KB113771

MAJOR LEAGUER

메이저리거

FUSION FANTASTIC STORY

강성곤 장편 소설

메이저리거 2

강성곤 장편소설

초판 1쇄 찍은 날 § 2015년 10월 30일
초판 1쇄 펴낸 날 § 2015년 11월 6일

지은이 § 강성곤
펴낸이 § 서경석

편집책임 § 김현미

펴낸곳 § 도서출판 청어람
등록번호 § 제387-1999-000006호
등록일자 § 1999. 5. 31
어람번호 § 제1-2275호

주소 § 경기도 부천시 원미구 부일로 483번길 40 서경B/D 3F (우) 14640
전화 § 032-656-4452 팩스 § 032-656-4453
http://www.chungeoram.com
E-mail § chungeorambook@daum.net

ISBN 979-11-04-90492-9 04810
ISBN 979-11-04-90490-5 (세트)

MAJOR LEAGUER

메이저리거

FUSION FANTASTIC STORY

강성곤 장편 소설

2

도서출판 청어람

MAJOR LEAGUER
메이저리거

목차

제1장

기회는 준비된 자에게 찾아온다

LC트윈스 2군 홈구장인 챔피언스파크에는 두 가지 단점이 있었다.

첫 번째는 바로 야간 훈련을 위한 조명 시설이 일체 설치되어 있지 않다는 점이었다.

퓨처스리그는 오후 1시—야간 경기는 거의 열리지 않는다—에 경기가 시작되어 해가 지기 전에 경기가 끝나는 경우가 보통이기에 경기 진행에는 별문제가 없었다.

하지만 경기가 끝나고 난 뒤 야간 훈련을 하고 싶어도 금방 해가 넘어가는 시간이 다가오기에 기껏해야 짧은 시간 훈련을 하는 것이 전부였다.

여름이 다가오면 그 시간이 조금 더 길어지긴 하겠지만 아직은 해가 빠르게 떨어지는 시기였기에 훈련할 수 있는 시간은 극히 짧다고 할 수 있었다.

LC트윈스는 경기 전 훈련은 필수였지만 경기 후 훈련은 자율에 맡기는 방임 스타일의 구단이었다.

그런 환경과 팀 스타일이 어우러져 경기가 끝난 뒤 피곤에 찌든 선수들은 대체로 마무리 훈련을 하지 않는 경우가 많았다. 그나마 숙소 지하에 위치한 체력 단련실로 향해 개인적으로 웨이트 트레이닝을 하는 경우가 대부분이었다.

두 번째 단점은 따로 실내 연습장이 마련되어 있지 않다는 것이다.

타 팀은 우천 시에도 훈련을 할 수 있도록 실내 연습장이 따로 마련되어 있었지만 LC트윈스 2군 선수들은 우천 시에는 그저 지하의 체력 단련실에서 웨이트 트레이닝을 하는 것이 전부였다.

이 때문에 시즌 전 하루 종일 훈련을 하던 일정과 달리 시즌이 시작된 뒤 선수들의 훈련 시간은 대폭 줄어들 수밖에 없었다.

이런 이면에는 모기업인 LC그룹이 야구단 투자에 인색한 것이 이유라고 할 수 있었다.

가장 대표적인 것으로 최근에 도입한 '신연봉제'라는 이름의 이상한 연봉 계산법이 있었다.

그런데 '신연봉제'라는 거창한 이름과 달리 이윤을 추구하는 기업답게 선수들의 연봉을 깎아내리려고 도입했다는 뒷담화가 끊이질 않았다.

이런 '신연봉제'로 연봉이 대폭 삭감된 선수들이 고연봉 선수들에 비해 상대적 박탈감을 느끼게 됐다. 이것은 사기 저하로 연결돼 결국 팀 성적으로 이어져 또다시 팀 성적은 하위권을 맴돌았다.

이처럼 모기업이 지원을 줄이려 혈안이 되어 있는 열악한 상황에 2군 훈련장에 대대적인 투자를 바라는 것은 애초에 무리가 있는 상황이었다.

최근에는 계속해서 하위권을 맴도는 팀의 성적에 그룹 회장이 진노하여 이번 시즌에도 포스트시즌에 진출하지 못한다면 구단에 대한 지원을 대폭 줄이겠다는 엄포를 내렸다는 소문이 자자했다.

그런 모습에 LC트윈스의 팬들은 삼정 라이온스처럼 제대로 된 훈련장도 마련해 주고 유망주들을 키울 생각을 해야지, 할 줄 아는 것이라고는 윽박지르기밖에 없다며 모기업을 향해 비웃음을 날릴 뿐이었다.

시즌 개막전인 오늘, 1시에 시작된 대산 베어스와의 첫 경기는 3시간 30분이 지난 4시 30분에 LC트윈스의 승리로 마무리되었다.

다른 선수들은 하나둘 짐을 싸 그라운드를 빠져나가고 있었는데, 민우는 홀로 남아서 티배팅을 하고 있었다.

"민우야."

자신을 부르는 목소리에 민우가 스윙을 멈추고 목소리가 들린 방향으로 고개를 돌렸다.

야구공이 가득 담긴 바구니 옆에 뱃살이 살짝 튀어나온 인물이 서 있었다.

"아, 코치님."

민우를 부른 인물은 다름 아닌 나찬엽 타격 코치였다.

"오늘 타격, 아주 좋았다."

"감사합니다."

찬엽의 칭찬에 민우는 고개를 꾸벅 숙이며 대답했다.

"하지만, 그 공이 패스트볼이 아니었다면 어땠을까?"

칭찬 뒤에 예상치 못한 질문이 날아왔다. 그런 찬엽의 말에 민우가 생각에 잠겼다.

'내 약점은 변화구에 대한 대처가 미흡하다는 점이지. 만약 그 상황에서 브레이킹 볼이 들어왔다면 청백전 때와 같은 결과가 나왔을지도 모른다.'

민우는 청백전 때, 명헌의 슬라이더에 대처하지 못하고 패스트볼 타이밍으로 배트를 휘둘러 땅볼 아웃되었던 때를 되돌아봤다.

청백전이 끝나고 길기태 감독이 하나의 힌트를 주었지만 그 이후 변화구 대처 방법에 대해 제대로 훈련할 겨를이 없었기에 아직까지 감조차 잡지 못하고 있었다.

"솔직히 제대로 대처하지 못했을 겁니다."

'솔직한 녀석이군.'

"그 이유가 뭐라고 생각하나?"

민우가 잠시 고민을 한 뒤 대답했다.

"항상 패스트볼에 대비해서 타격을 준비하기 때문입니다."

"그리고?"

민우의 말에 찬엽은 고개를 끄덕이며 더 말해보라는 듯 물었다.

"패스트볼에 타이밍을 맞춰 휘두른 배트는 이미 돌고 있는데, 공이 아직도 저만치 앞에 있다면 배트는 허공을 가를 수밖에 없기 때문입니다."

민우의 추가적인 대답에 찬엽이 만족스럽다는 듯 고개를 끄덕였다.

"그래 맞다. 그런데 넌 사회인 야구에서는 9할의 엄청난 타율을 기록했었지. 사회인 야구에도 변화구를 던지는 투수가 있었을 것이다."

"예."

"그런데 왜 그때는 변화구를 잘 때려냈을까?"

찬엽의 질문에 민우는 고민 없이 대답했다.

"구속이 느렸기 때문입니다."

민우의 대답에 찬엽이 고개를 끄덕이며 말을 이었다.

"그래 맞아. 사회인 야구에서는 구속이 느리기 때문에 패스트볼과 변화구를 판단할 시간이 충분하다. 또 변화구의 각도도 밋밋하기 때문에 판단을 내린 뒤에 배트를 내밀어도 늦지 않았을 거다."

민우는 고개를 끄덕이며 동의의 뜻을 내비쳤다.

"하지만 프로는 다르다. 패스트볼의 구속은 140km를 넘는 것이 평균이고 변화구는 100km부터 140km까지 다양한 폭을 가진다. 네 말대로 패스트볼이 빠르면 빠를수록 그것에 대비하기 위해 더욱 빠른 판단과 스윙을 가져가야 한다. 하지만 140km의 공에 맞춰 배트를 돌렸는데 100km의 변화구가 날아온다면 타자는 타이밍을 뺏기고 헛스윙을 하고 마는 것이지."

민우는 찬엽의 말을 들으며 자신이 상대했던 타석들을 되새겼다.

찬엽은 잠시 민우가 생각할 시간을 주는 듯 잠시 기다렸다가 말을 이었다.

"그렇다면 타자가 변화구에 대응하는 방법엔 무엇이 있을까?"

민우는 다시 고민에 빠졌다.

"게스 히팅을 하면 될까요?"

찬엽은 자신이 원한 답이 아니라는 듯 다시금 되물었다.

"틀린 답은 아니다. 변화구는 패스트볼보다 느린 만큼 노리고 친다면 그만큼 치기 쉬운 공이 또 없지. 하지만 게스 히팅은 볼 배합을 모르는 멍청한 타자들에겐 오히려 독이 될 뿐이야. 개인적으로 난 게스 히팅을 선호하지 않는다. 다른 방법은?"

"아니라면… 배터 박스에서 스탠스를 투수 쪽으로 가까이 위치해서 변화구가 꺾이기 전에 대응하면 될까요?"

민우의 말에 찬엽은 만족스러운 대답이 아니라는 듯 고개를 저으며 말했다.

"변화구에 조금이나마 수월하게 대응할 수는 있겠지만 그만큼 패스트볼은 더 빠르게 느껴지겠지. 스윙 타이밍이 조금만 늦어도 패스트볼을 놓치게 된다. 또?"

찬엽의 부정에 민우는 혹시나 하는 마음에 청백전이 끝나고 나서 길기태 감독이 자신에게 했던 말을 중얼거렸다.

"타격 기술… 허리와 손목을 이용한 타이밍 조절… 입니까?"

민우의 말에 그제야 찬엽이 고개를 끄덕였다.

"그래, 바로 그거다. 허리의 회전 타이밍을 조절해 변화구의 구속에 맞추는 것이지. 체중을 너무 일찍 앞으로 쏟아내지 말고 내가 때릴 타이밍에 공을 끌어 들인 다음에 회전에 들어가야 변화구에 타이밍을 맞출 수 있지."

민우는 찬엽의 말이 잘 이해가 되지 않는 듯 살짝 인상을 찌푸렸다.

"또 손목을 돌리는 타이밍을 조절해 뒤늦게 들어오는 공에 배트가 맞춰 돌도록 하는 기술이 필요하다."

민우는 뒤이은 찬엽의 말 역시 이해가 잘 되지 않는 듯한 표정이었다.

열심히 설명을 한 뒤 민우의 표정을 본 찬엽이 껄껄거리며 웃는 낯을 보였다.

"껄껄껄. 지금 내가 하는 말이 잘 이해가 되지 않을 것이다. 하지만, 몸으로 익히기는 더더욱 쉽지 않은 것이 바로 허리와 손목을 다루는 기술이지."

"그럼 제가 변화구 대처 능력을 키우려면 어떻게 해야 할까요?"

"민우 너에게 가장 부족한 것은 바로 경험이다. 머리로 이해하고, 수많은 연습과 경험을 통해 몸으로 서서히 익혀가야 할 것이다. 네 녀석이 천재라면 한 달이 걸릴 수도 있고, 아니라면 10년이 걸릴 수도 있겠지. 어쩌면 영원히 깨닫지 못할 수도 있다."

찬엽의 말은 가볍지만 무시무시한 뜻을 담고 있었다.

고교에서 촉망받던 수많은 유망주 타자가 프로 투수들의 패스트볼과 변화구에 농락당하며 쓸쓸히 그라운드 밖으로 사라지는 것이 현실이었다.

민우라고 그렇게 되지 말라는 법은 없었다.

찬엽은 민우의 패스트볼 대처 능력 만큼은 인정하고 있었다.

직선에 가까운 궤적으로 날아오는 포심 패스트볼은 그만큼 궤적의 예측이 가능하고 대응하기가 훨씬 수월했다. 하지만 여기에 변화무쌍한 구속과 궤적을 가진 변화구들을 섞어 던진다면 아무리 뛰어난 패스트볼 대처 능력을 소유했다 하더라도 아무 소용이 없게 되는 것이 현실이었다.

그렇기에 민우 역시 프로에서 살아남기 위해서는 변화구에 대한 대처 능력을 빠르게 터득해야 할 필요가 있었다.

'이 녀석이 과연 내 기대를 충족시킬 수 있을까?'

사실 찬엽은 신고 선수에게 그리 기대를 한 적이 없었다.

애초에 신고 선수는 프로구단의 지명을 받을 정도로 뛰어난 기량이나 재능을 보이지 못한 선수들이 택하는 마지막 선택지였다.

그리고 신고 선수는 계약 기간 또한 그리 길지 않았고 중간에 방출되는 경우도 허다했다.

지금껏 수많은 신고 선수가 LC트윈스를 거쳐 갔지만 그나마 눈에 띄게 성장한 선수는 단 한 명, 이병구 선수뿐이었다.

그런데… 민우는 그들과는 달랐다.

야구를 시작한 지 두 달밖에 되지 않았다는 녀석이 주력도 뛰어나고, 수비도 일품에, 타격 밸런스 또한 제대로 갖춰져 있었다. 단점이라고는 미흡한 변화구 대처 능력 외엔 아직까지 보이지 않았다.

왜 지금까지 야구를 하지 않고 살아왔는지 의문이 들 정도였다.

또 자신의 실력이나 활약에 자만하는 모습도 보이지 않았다. 흔히 어린 선수들은 첫 경기에서의 활약에 취해 곧장 슬럼프에 빠지는 일이 허다했다.

찬엽은 민우가 첫 경기에서 안타에 도루까지 성공시켰기에 혹시나 자만하지는 않을까 염려했는데 민우는 전혀 그런 모습을 보이지 않았다.

오히려 경기가 끝나고 피곤할 법도 한데 묵묵히 배팅 연습을 계속하고 있었다.

자신의 포지션과 관련이 없는 훈련에서도 조그마한 불만조차 없이 묵묵히 자기 역할에 충실한 모습과 오늘의 모습까지 겹치니 찬엽은 더더욱 민우가 마음에 들었다.

'이런 모습을 꾸준히만 보여준다면 대성할 것이다.'

생각을 마친 찬엽은 다시금 민우에게로 시선을 돌렸다.

민우는 찬엽의 말에 머리가 복잡한 듯 여전히 인상을 찌푸리고 있었다.

"너무 조급해 하지 마라."

고민에 빠져 있던 민우는 찬엽의 말에 고개를 들었다.

"급할수록 돌아가라는 말이 있듯이 조급함은 결국 화를 부르는 법이다. 지금은 아무리 생각해도 모를 거야. 너에게 부족한 게 뭐라고 했지?"

"경험이라고 하셨습니다."

민우의 대답에 찬엽이 고개를 끄덕이며 다시금 웃는 낯을 내비쳤다.

"그래. 네 녀석이 앞으로 수도 없이 겪을 경기가 다 경험이고 너의 자산이 될 것이다. 조급해하지 않아도 기회는 찾아올 거다. 끊임없이 생각하고 생각해라. 그리고 한 타석 한 타석을 소홀히 하지 말고 너의 것으로 만들어라. 그럼 네가 원하는 답을 찾을 수 있을 게야."

'내 감이 틀리지 않았다는 것을 보여 다오.'

찬엽은 그 말을 끝으로 그라운드를 벗어났다.

따악!

이윽고 그라운드에는 민우가 홀로 티배팅을 하는 소리만이 울려 퍼졌다.

*　　　*　　　*

짧은 밤이 지나가고 다시금 해가 떠오르자 그라운드에는 선수들의 거친 숨소리가 울려 퍼지기 시작했다.

플레이볼!

주심의 플레이 선언과 함께 LC트윈스와 대산 베어스의 퓨처스리그 페넌트레이스 2차전이 시작되었다.

오늘 LC트윈스와 대산 베어스의 선발 라인업은 개막전과 동일한 양상을 보였다.

당연하다는 듯 민우는 벤치에서 경기가 시작되는 모습을 지켜보고 있었다. 바뀐 것이라고는 선발투수뿐이었다.

오늘 LC트윈스의 선발투수는 박명헌이었다.

박명헌은 지난 청백전 이후 절치부심했는지 최근 스피드건에 찍힌 직구 구속이 140㎞ 중반까지 올라와 있어 최명석 투수 코치가 아주 만족스러워하고 있었다.

대산 베어스의 선발투수도 명헌의 명성에 뒤지지 않을 만한 선수였다.

챔피언스파크의 간이 불펜에서 대산 베어스의 유니폼을 입고 몸을 풀고 있는 투수의 등에는 '민선우'라는 이름 석 자가 선명하게 박혀 있었다.

'민선우. 메이저리그 완봉승을 세운 위대한 선수지.'

민선우는 메이저 완봉승 기록 포함 통산 13승을 기록한 투수였다.

다만 한국에 복귀한 이후에는 잔부상에 시달리며 1군과 2군을 오르내리고 있다는 것이 아쉬운 점이었다.

민선우는 최고 구속이 150㎞에 육박하는 포심 패스트볼을 소유하고 있었는데, 전성기에는 바로 이 포심 패스트볼이 상대 타자를 공략하는 강력한 무기로 평가받았다. 이외에도 역회전 무브먼트가 뛰어난 투심 패스트볼, 꺾이는 각이 예리한 슬라이더와 포크볼이라는 강력한 변화구 역시 소유하고 있었다.

'잔부상에 시달리고 있다는데… 현재 능력치는 어느 정도인지 확인해 볼까?'

민우는 선우의 능력치를 확인하기 위해 정신을 집중했다.

[민선우, 34세]
―구속[U, 77(54%)/100], 제구[R, 66(47%)/100], 멘탈[R, 67(14%)/100], 회복[R, 61(45%)/100].
―종합 [R, 271/400]

선우의 능력치를 확인한 민우의 눈이 크게 떠졌다.

선우의 구속 능력치는 민우가 여태껏 보아온 투수들 중 가장 높은 수준이었다.

'썩어도 준치라더니, 능력치가 꽤 높다. 저런 능력치로도 메이저리그, 아니, 당장 국내리그의 1군에서도 버티지 못한다는 건가… 1군과 2군의 차이가 어느 정도인지 참 실감이 안 나네.'

민우는 선우 같은 투수도 1군과 2군을 오르내린다는 것이 새삼 놀라웠다.

'메이저리그에는 선우만큼 빠른 공을 던지는 투수가 발에 채이겠지. 나도 그곳에서 뛸 수 있을까?'

민우는 잠시 메이저리그에서 뛰는 상상을 해보다가 이내 고개를 절레절레 흔들었다.

'내가 지금 무슨 생각을 하는 거지. 당장 1군에 진입하는 것만 생각하자.'

민우가 잡념에 빠져 있는 사이 LC트윈스의 선발투수인 명헌은 베어스의 테이블세터를 땅볼과 삼진으로 잡아낸 뒤, 3번 타자인 김수현마저 플라이아웃으로 돌려세우며 1이닝을 공 7개로 깔끔하게 마무리했다.

―박명헌 투수. 단 7개의 공으로 깔끔하게 삼자범퇴로 이닝을 마무리 지었습니다! 오늘 구위가 아주 좋아 보이는군요.

―슬라이더의 각이 전성기의 모습을 보는 듯하네요! 그러고 보니, 김지신 위원님. 박명헌 선수가 올해가 FA계약 마지막 해죠?

―네, 그렇습니다. 그동안 부상과 부진이 반복되면서 팬들에게 상당히 실망감을 안겨줬는데요. 조금 전 보여준 구위를 계속해서 유지한다면 올해는 그의 부활을 점쳐봐도 될 듯합니다.

―그렇군요! 과연 어떤 모습을 보여줄지, 오늘 경기에서 지켜봐야겠습니다.

캐스터와 해설위원이 멘트를 주고받는 사이 빠르게 공수가 교대되며 베어스의 선발투수인 민선우가 마운드에 올랐다.

'구속이 어느 정도 나올까?'

민우는 트윈스의 1번 타자인 대영의 자리에 자신이 서 있다고 상상하며 선우가 공을 뿌리길 기다렸다.

슈욱!

'빨라!'

대영은 잠시 몸을 움찔했으나 애매한 코스라고 판단해 배트를 휘두르지 않고 초구를 그대로 흘려보냈다.

팡!

"스트라이크!"

하지만 주심의 판정은 야속하게도 스트라이크였고, 승부의 추는 투수에게로 살짝 기울었다.

대영은 살짝 시선을 돌려 전광판에 찍힌 숫자를 확인했다.

[148km]

선우는 대영이 생각할 틈을 주지 않고 빠른 템포로 제2구를 뿌렸다.

슈우욱!

그런데 선우의 손을 떠난 공은 살짝 왼쪽으로 치우쳐 대영의 몸 쪽을 향해 날아가기 시작했다.

대영은 자신을 향해 날아오는 공에 순간적으로 몸을 살짝 비틀며 충격에 대비했다.

팡!

그런데 충격 대신 포수 미트에 공이 꽂히는 소리가 들려왔다. 그와 동시에 주심의 판정이 내려졌다.

"스트라이크!"

'뭐라고?'

예상과는 다른 판정이 나오자 대영은 어이없는 표정으로 주심을 바라봤지만, 주심은 그런 대영을 무표정한 얼굴로 바라볼 뿐이었다.

대영은 미처 보지 못했으나 더그아웃에 있던 민우는 그 궤적을 끝까지 볼 수 있었다.

'몸 쪽을 향하던 공이 홈 플레이트 쪽으로 급격히 휘었다. 분명… 투심 패스트볼의 궤적이었어.'

민우는 실제로 투심 패스트볼을 상대해 본 적은 없었지만, TV로 야구 중계를 보면서 투심 패스트볼을 던지는 투수들을 종종 봐왔다.

그런데 선우의 공처럼 꺾이는 각도가 큰 경우는 처음이었다.

'나였어도 대영과 같은 반응을 보였을지도 몰라.'

민우는 자신 역시 저런 공이 날아왔다면 부상을 방지하기 위해 몸을 틀었으리라 생각했다.

이어 선우는 바깥쪽 낮은 코스로 빠른 공을 하나 뺐다. 그러나 대영이 참아내 볼카운트는 1볼 2스트라이크가 되었다.

슈욱!

이어서 선우가 제4구를 뿌렸다.

대영의 반대편 배터 박스에 살짝 빠져 날아오던 공은 종으로 떨어지며 홈 플레이트로 살짝 방향을 틀었다.

대영은 스트라이크존에 걸치리라는 생각에 배트를 힘껏 휘둘렀지만 선우가 뿌린 공은 홈 플레이트로 다가올수록 계속 떨어지고 있었다.

팡!

"스트라이크 아웃!"

"아아!"

대영의 배트를 매정하게 외면한 공은 의주의 글러브에 안착했고, 대영은 인상을 찡그리며 아쉬움 가득한 소리를 질렀다.

이후 2번과 3번 타자도 선우의 구위에 압도당해 연속으로 땅볼로 물러나고 말았다.

그렇게 양 팀 투수들의 호투 속에 LC트윈스와 대산 베어스는 4회까지 무안타 행진을 이어갔다.

─5회 초, 베어스의 공격으로 이닝이 시작되겠습니다.

─양 팀 선발투수가 현재까지 단 하나의 안타도 허용하고 있지 않은데요. 과연 팽팽한 0의 균형을 깨뜨리는 것은 어느 팀이 될지 궁금합니다.

─마침 중심타선으로 넘어왔네요. 베어스는 4번 타자 임동주가 타석에 들어섭니다.

―첫 타석은 삼진이었습니다.

5회 초, 베어스의 선두 타자는 왕년의 거포타자 '두목곰' 임동주였다. 100㎏에 육박하는 덩치에서 뿜어져 나오는 펀치력으로 매년 20홈런을 때려내던 선수였으나 노쇠화가 진행되어 컨택 능력과 스윙 스피드가 떨어진 상태였다.

이런 이유로 현재는 1군에서 설 자리를 잃고 2군에 머물며 자신의 존재 가치를 증명하려 노력하는 중이었다.

'삼진을 받았으니 홈런으로 돌려주마.'

첫 타석에서 삼진을 당한 게 분했는지 타석에 들어서는 동주의 눈빛은 매서워 보였다.

이제 갓 입단한 풋내기 선수가 저런 눈빛을 보냈다면 코웃음을 쳤을 터였다.

하지만 동주는 산전수전을 다 겪은 베테랑이었다. 그렇기에 매서운 눈빛은 곧 매서운 스윙으로 이어질 확률이 높았다.

털썩.

"동주의 자세가 어때 보이냐?"

명헌과 동주의 대결에 집중하고 있던 민우는 옆에 누군가 앉으며 말을 걸어오자 고개를 돌린 민우의 눈이 동그래졌다.

"코치님?"

민우의 근처에는 아무도 앉아 있지 않았기에 빈자리는 넘쳐났다. 그런데 타격 코치인 찬엽은 민우의 바로 옆자리에 털썩 주저앉으며 말을 걸어온 것이었다.

"내가 우리 팀 코치인거 모르는 사람도 있나? 엉뚱한 소리 하지 말고 동주의 자세에 대해 네가 느끼는 대로 이야기해 봐라."

찬엽은 뭘 그리 놀라냐는 듯 능청스럽게 말을 돌리며 민우에게 대답을 요구했다.

이에 민우는 놀란 가슴을 진정시키고 다시 시선을 돌려 동주를 바라보았다.

동주는 머리 옆에서 배트를 살살 흔들며 허리를 좌우로 움직이고 있었다. 몸이 긴장하지 않게 함과 동시에 빠르게 발동을 걸 준비를 하는 듯 보였다.

"타격 준비 자세에서 긴장감이 전혀 느껴지지 않고 움직임이 부드럽습니다."

하지만 찬엽이 원하는 것은 그것이 아니었던 듯 별 반응을 보이지 않고 동주를 지켜보고 있었다.

그에 민우는 입을 다물고 다시 시선을 돌렸다.

명헌이 와인드업 자세를 취하자 배트를 다잡은 동주가 레그 킥을 하며 허리를 회전시킬 준비를 했다.

하지만 초구는 홈 플레이트 앞에서 뚝 꺾여 떨어지는 슬라이더였기에 스트라이드를 내디디며 돌아가려던 허리가 멈춰 섰다.

'무얼 보라고 하시는 걸까.'

민우는 찬엽의 두루뭉술한 질문이 잘 이해가 되지 않았지만 어제의 일도 있고 하니 일단 집중해 보기로 했다.

동주가 2개의 공을 내리 흘려보내며 볼카운트는 2볼 1스트라이크의 상황.

투수는 볼카운트를 유리하게 잡기 위해 스트라이크를 던질 확률이 더 높아 보였다.

그리고 이어 명헌이 제4구를 던졌다.

슈우욱!

그와 동시에 동주가 스트라이드를 내딛으며 허리를 회전시키기 시작했다.

그런데 명헌이 던진 공은 스트라이크존에 걸쳤다가 바깥쪽으로 살짝 꺾여 빠지는 슬라이더였다.

'헛스윙이겠군.'

민우의 눈에는 동주의 배트는 변화구가 도달하기 전 홈 플레이트 위를 지나갈 것처럼 보였다.

탁!

'어?'

그런데 순간적으로 동주는 상체를 살짝 숙이며 스윙 속도를 늦췄고 배트 끝으로 공을 쳐 냈다.

슈욱!

동주가 때려낸 타구는 오른쪽 파울라인을 따라 쭉 날아가더니 결국 밖으로 나가며 파울이 되고 말았다.

─방금 전 공은 박명헌이 잘 던졌는데 임동주 선수, 역시 베

테랑이네요. 배트 컨트롤이 아주 좋아요.

　―운이 좋았다면 안타가 될 수도 있었는데, 임동주 선수는 바람이 야속하겠어요.

　민우가 찬엽을 바라보니 찬엽은 무언가 깨달은 게 있냐는 듯한 표정으로 민우를 바라봤다.

　"허리의 회전을 늦추고… 손목으로 배트를 조절해 밀어낸 타구였습니다."

　"그래, 맞다. 타자는 투수가 주는 공에 따라 반응을 해야 타격을 할 수 있지. 투수가 낮은 공을 던졌는데 스트라이크존 한가운데로 배트를 휘두른다면 코치의 눈에 그것만큼 멍청해 보이는 행동도 없지."

　민우는 코치의 말에 집중하며 귀를 기울였다.

　"그리고 그걸 가능하게 하는 것이 바로 허리와 손목이다. 타자는 항상 직구 타이밍에 맞춰 타격을 준비하기 때문에 변화구 대처 능력이라는 말은 있어도 패스트볼 대처 능력이라는 말은 없다. 너도 들어본 적이 없을 거야."

　민우가 그 이야기에 자신의 지식을 잠시 뒤져보았지만 찬엽의 말대로였다.

　"동주는 신인 시절부터 타격에 천부적인 재능을 가지고 있었지. 그 바탕에는 허리 회전과 강력한 손목 힘, 그리고 그걸 잘 버무릴 수 있는 경험이 있었다. 그리고 그것이 바로 너에게 필요한 것들이지."

찬엽은 다시 한 번 민우에게 타격 이론을 설명했다.

"체중을 너무 일찍 앞으로 쏟아내지 말고 최대한 자신의 타이밍으로 끌어들인 뒤, 허리의 회전에 틈을 주어 변화구의 타이밍에 맞추는 것이 첫 번째요. 이에 뒷받침돼야 할 것이 바로 손목의 컨트롤 능력이라는 말, 기억하고 있겠지?"

"네."

딱!

와아아!

순간 깔끔한 타격음과 함께 대산 베어스의 더그아웃에서 환호성이 들려왔고, 민우와 찬엽의 대화는 거기서 끊겼다.

─쳤습니다! 한가운데로 쭉쭉 뻗어갑니다! 뒤로 갑니다! 담장! 담장!

캐스터의 외침과 함께 중견수인 대영이 펜스를 향해 빠르게 달리기 시작했다. 높은 궤적을 그리며 뻗어나가던 공은 대영이 잡을 수 있을 듯 말 듯한 모습이었다.

그리고 대영이 담장에 거의 도달해 몸을 날리며 글러브를 뻗었고, 동주의 타구는 아슬아슬하게 대영의 글러브에 빨려 들어갔다.

퍽!

"악!"

그와 동시에 대영의 몸이 달리던 힘을 채 줄이지 못하고 펜스에 강하게 부딪혔고, 워닝 트랙의 흙바닥으로 크게 굴렀다.

대영은 몹시 고통스러운 듯 짧은 비명을 내지르고는 그라운
드에서 일어나지 못하고 있었다.

잠시 더그아웃에 정적이 흐르더니 코치진의 움직임이 바빠
졌다.

"좋지 않아 보이는데… 민우야, 나갈 준비하고 있어라."

"예?"

민우가 의문의 뜻을 표하자 찬엽이 '교체 준비'라고 말하고는
빠른 걸음으로 감독에게로 향했다.

―아~ 이대영 선수. 결국 일어나지 못하고 실려 나가네요.

―달리던 속도를 줄이지 못하고 펜스에 강하게 부딪힌 것으
로 보였는데요. 부디 큰 부상이 아니었으면 좋겠습니다.

갑작스러운 상황에 경기를 구경하러 온 몇 안 되는 관중들
사이에서 웅성거림이 일었다.

"아, 우리 대영 오빠 어떡해!"

"크게 다친 거 아니야?"

"많이 아픈가봐! 일어나질 못하잖아!"

선수를 걱정하는 팬의 울먹이는 목소리와 함께 다른 한편에
선 투자에 인색한 구단을 질타하는 거친 목소리도 들려왔다.

"내 언젠가 한 번은 이럴 줄 알았다니까."

"그러니까! 진즉에 저 딱딱한 펜스를 바꿔야 한다고 그렇게

얘기를 했는데!"

"엉뚱한데 돈쓰지 말고 선수들 안전에 투자를 해라!"

안타까움과 분노에 찬 소리를 내지르던 사람들은 경기장 한쪽에서 모습을 드러낸 구급차를 보고는 하던 말을 멈추고 말았다.

그라운드로 뛰어간 의료진이 대영을 살피더니 이내 교체 사인을 보냈다.

대영은 결국 스스로 일어나지 못한 채, 뒤늦게 들어온 구급차에 실려서 경기장을 빠져나갔다.

그 모습에 덩달아 더그아웃의 분위기마저 가라앉았다.

'괜찮으려나……'

민우는 그 누구보다 부상에 대해 좋지 않은 기억이 있는 당사자였다.

어릴 적 야구를 그만두게 된 계기가 바로 부상이며, 그로 인해 꿈을 빼앗기고 가정이 풍비박산 났다.

특히, 야구 선수로서 부상을 당해 야구를 하지 못한다는 것만큼 고통스러운 것이 없다는 것을 지난 10년간 뼈저리게 느껴왔다.

그랬기에 대영이 결국 일어나지 못하는 모습에 마치 자신이 다친 것 마냥 마음이 편치 못했고 부디 부상이 크지 않기를 바랄 뿐이었다.

그라운드의 분위기가 가라앉은 것도 모든 선수들이 한 번쯤은 부상을 겪어봤기 때문이리라.

"민우야! 얼른 글러브 챙겨서 나가라."

잠시 생각에 빠져 있던 민우는 감독의 교체 지시가 내려지자 곧장 글러브를 챙겨들고 그라운드에 들어섰다.

잠시 중단됐던 경기가 재개되었지만 열기로 가득 차 있어야 할 그라운드의 분위기는 살짝 가라앉은 듯 느껴졌다.

─LC트윈스가 중견수를 교체합니다. 이대영 선수를 대신해 들어온 선수는… 강민우 선수네요?

─예, 그렇군요. 제가 알기로 LC의 중견수 자원으로는 김용희 선수가 있는 걸로 알고 있는데, 예상 밖의 교체네요.

─강민우 선수는 올해 새로 팀에 합류했죠? 어제 개막전 막판에 이대영 선수의 타석에 대타로 들어와서 안타 한 개와 도루 한 개를 기록했습니다. 짧지만 인상 깊은 활약을 보여줬어요.

─그렇습니다. 과연 오늘도 LC의 교체가 좋은 결과를 가져올지, 남은 경기에서 지켜봐야겠습니다.

5회 초, 1아웃 상황, 타석에는 베어스의 5번 타자 최만석이 들어섰다.

명헌은 중단된 경기에 팔이 식었을 텐데도 노련한 투수답게 만석을 삼진으로 돌려세운 뒤, 6번 타자인 손시혁마저 내야 땅볼로 잡아 이닝을 마무리 지었다.

이후 양 팀 모두 소득 없는 공방을 주고받으며 민우의 타석이 점점 다가오고 있었다.

6회 말, 민선우는 경기 초반보다 더욱 강력한 공을 뿌리며 LC의 8, 9번 타자를 내리 삼구삼진으로 돌려세우며 전광판의 아웃 카운트를 2개로 늘려놓았다.

그리고 드디어 민우의 시즌 2번째 타석이 돌아왔다.

더그아웃으로 향하던 태곤은 민우에게 슬금슬금 다가오더니 민우를 잠시 멈춰 세웠다.

민우가 어리둥절한 표정을 짓자 가까이 오라는 듯 손짓하더니 귓속말을 하기 시작했다.

"민우 씨, 오늘 민선우가 결정구로 던진 공은 1회 첫 타석을 빼고는 전부 투심이었어요. 코스가 변화무쌍해서 그렇지 스윙 스피드가 빠른 민우 씨라면 충분히 쳐낼 수 있을 거예요. 그리고……"

태곤은 잠시 뜸을 들인 뒤 말을 이었다.

"조금 전에 상대하면서 느꼈는데 포심과 투심을 던질 때, 팔의 각도가 미묘하게 다른 것 같았어요. 포심이 살짝 더 높아보였는데 긴가민가해서… 이건 확실하지는 않으니 그냥… 참고만 하세요."

민우는 엄청난 정보를 알았다는 듯 눈이 동그래졌다. 그 모습에 태곤은 웃는 낯을 보이며 민우의 어깨를 탁 치고는 더그아웃으로 들어갔다.

'팔의 각도에 미묘하지만 차이가 있다고?'

타석에 들어서며 주심에게 늦어서 미안하다는 표시로 고개를 꾸벅인 뒤, 장갑을 매만지며 선우를 바라봤다.

선우는 로진백을 매만지며 타석에 들어서는 민우를 바라봤다.

'강민우. 올해 신고 선수로 LC트윈스에 입단했고, 어제가 첫 타석. 직구를 때려내 깔끔한 안타를 뽑았지.'

민우에 대한 정보는 그게 전부였다. 선우뿐만 아니라 LC트윈스에서도 길기태 감독과 나찬엽 타격 코치 정도만이 민우의 약점이 브레이킹 볼이라는 것을 알고 있을 뿐이었다.

'직접 상대해 봐야 알 수 있다… 는 거군.'

선우는 민우에 대한 정보가 없었지만 크게 걱정되지는 않았다.

오늘따라 공이 제대로 긁혀 변화구의 각도 일품이었고, 직구 최고 구속도 149㎞까지 나왔기 때문이다.

타석에 들어선 민우는 빠른 공에 대응하기 위해 배터 박스의 가장 뒤쪽에 자리를 잡고 스퀘어 스탠스를 취했다. 그리고 배트로 반대쪽 배터 박스를 툭 하고 친 뒤, 배트를 들어 가볍게 흔들며 선우가 공을 대비할 준비를 마쳤다.

민우는 시선을 돌려 선우의 얼굴을 바라봤다.

'태곤의 말대로 오늘 구위에 자신이 있어 보인다. 얼굴에 여유가 넘쳐.'

민우 역시 경기를 그냥 지켜보고 있던 것이 아니었다.

선우는 6회 말 2아웃까지 16타자를 상대했는데 결정구로 패스트볼을 던진 것이 13번이었다.

특히, 오늘 던진 공 80개 중 패스트볼이 60여 개에 달한다는 것에 주목했다.

'패스트볼을 많이 던진다는 건 나에게 나쁠 게 없다.'

민우는 그것을 파악하고 자신이 브레이킹 볼에 약하다는 것을 상기하며 변화구에 대처할 수 없다면 패스트볼을 노리리라 생각했다.

이내 주심의 플레이 사인이 떨어지자 의주와 선우가 가볍게 사인을 교환했다.

슈우욱!

선우의 손을 떠난 공은 빠른 속도로 민우가 서 있는 배터 박스 쪽으로 날아왔다.

'으.'

깜짝 놀란 민우가 몸을 비틀며 움찔했지만 그사이 공은 방향을 돌려 포수의 미트로 빨려 들어갔다.

팡!

"스트라이크!"

심판의 콜은 스트라이크였다.

선우가 던진 공은 대영이 꼼짝없이 당했던 투심 패스트볼이었다.

민우 역시 몸을 움찔하면서 순간 투심이라고 생각했지만 자세를 다잡고 배트를 돌리기엔 이미 늦은 상황이었다.

―아~ 오늘 민선우의 투심이 타자를 여러 번 속이고 있네

요. 강민우 선수가 움찔하며 돌아서게 만들면서 유유히 스트라이크존에 꽂아 넣었습니다.

─지난 시즌에는 저 투심의 궤적이 밋밋해서 그다지 효과를 보지 못했거든요. 그런데 아직 첫 경기이지만 지난 시즌과는 확연히 달라진 위력을 보여주고 있어요.

'타석에서 보니 정말 어렵구나. 아마추어랑은 차원이 다르다.'

전광판에 찍힌 구속은 144㎞였다.

'내 입장에서 투심은 빠른 변화구나 마찬가지야. 그것도 몸쪽으로 날아오다 휘어져 들어가니 더더욱 어렵다.'

사실 곧은 궤적으로 날아가는 포심 패스트볼과 달리 투심 패스트볼은 휘어지는 궤적을 보이기에 일부는 패스트볼로, 일부는 변화구로 각기 보는 시각이 다르기도 했다.

민우의 입장에서는 변화구라는 시각에 더 동의하는 마음이었다.

선우는 민우가 자신의 투심 패스트볼에 움찔하는 모습을 보이자 피식 웃으며 민우에 대한 경계심을 풀어버렸다.

'오늘 내 구위는 아주 좋아. 미안하지만 오늘은 더그아웃으로 돌아가라.'

포수인 의주는 어제 민우에게 맞은 안타가 뇌리에 남아 있었다.

'첫 타석에 운 좋게 안타를 치는 경우도 많으니까.'

하지만 오늘 선우의 구위가 몹시 좋았기에 이내 그 모습을 머릿속에서 지워 버렸다.

　이후 선우가 바깥쪽으로 뿌린 슬라이더와 포심 패스트볼을 내리 흘려보낸 민우가 생각에 잠겼다.

　'빠른 공에 자신이 있는데 보여주기 위한 느린 공… 그리고 태곤의 조언처럼 포심과 투심의 팔의 각도가 미묘하게 다르다. 이번에 투심이라면… 칠 수 있어.'

　민우는 선우의 팔이 올라오기만을 예의 주시하며 타격 자세를 취했다.

　슈우욱!

　이번에도 초구와 같은 몸 쪽으로 향하는 공이 날아왔다.

　'투심! 두 번은 안 당해!'

　따악!

　빠르게 돌아간 민우의 배트는 선우의 투심을 당겨 쳐 우익선상으로 흐르는 깨끗한 안타를 만들어냈다.

　─제3구. 쳤습니다! 우익선상을 타고 흐르는 깨끗한 안타가 나왔습니다.

　"나이스!"

　더그아웃에서 민우의 타격을 예의 주시하고 있던 태곤은 깨끗한 타구가 나오자 자리에서 벌떡 일어나며 환호성을 질렀다.

　반면에 민우와 포지션 경쟁을 해야 하는 입장이 되어버린 지웅의 표정만은 똥을 씹은 것처럼 좋지 않아 보였다.

'제대로 배워먹지도 못한 놈이… 아니, 아니지. 그래 봤자 얼마 안 남았다. 어디 뛸 수 있을 때 마음껏 해봐라. 애송아.'

지웅은 언제 그랬냐는 듯 어느새 여유 있는 미소를 지으며 그라운드를 바라보고 있었다.

타타탓!

민우는 타격과 동시에 배트를 놓고 잽싸게 1루를 향해 튀어나갔고, 그사이 공은 펜스를 향해 날아가고 있었다.

―아! 우익수가 공을 흘립니다. 그사이 강민우 선수는 1루 돌아 2루로 달립니다!

그런데 공을 쫓던 베어스의 우익수가 펜스에 너무 가까이 간 나머지 공이 옆으로 새어버렸고 1루를 밟고 2루를 향해 방향을 전환한 민우는 그 기세로 2루까지 내달렸다.

촤아악!

세이프!

그리고 공이 도달하기 전 민우는 몸을 날려 슬라이딩을 했고 주심의 판정은 세이프였다.

―강민우 선수의 2루타로 LC는 득점 기회를 잡습니다!

―이야~ 마치 기다렸다는 듯이 제대로 당겨 친 깨끗한 안타가 나왔어요!

민우가 타임을 외치고 보호 장구를 풀어 2루 베이스를 향해 다가오는 1루 코치에게 가져다주었다.

"아주 깔끔한 스윙이었다. 잘했어."

1루 코치는 민우의 장구를 받으며 가볍게 칭찬의 말을 전했다.

2루 베이스로 돌아가는 민우의 모습을 말없이 보고 있던 찬엽은 길기태 감독을 향해 입을 열었다.

"민우 녀석, 방금 전 스윙이 아주 호쾌했습니다."

그에 기태 역시 화답했다.

"맞습니다. 스윙스피드 하나만큼은 흠잡을 데가 없어요. 스위트스폿에 제대로 맞았다면 더 큰 타구가 됐겠지만… 실전 경험이 부족한데도 저 정도라면 아주 좋아요."

"허허. 이제 갓 야구를 시작한 녀석입니다. 경험이 부족해서 그런 거지요. 앞으로 1년 정도 투수의 공을 상대하면서 경험이 쌓이면 더욱 높은 수준으로 성장하리라 봅니다. 그 모습을 볼 생각을 하니… 저는 벌써부터 기대가 됩니다."

공식 경기 단 두 번의 타석이었지만 두 타석 모두 안타를 뽑아내는 모습에 기태와 찬엽은 민우에 대한 기대감이 더욱 커졌다.

한 방을 맞은 선우는 방심이 화를 불렀다는 생각에 다시금 마음을 다잡았다.

'너무 얕잡아 봤군… 나의 불찰이다.'

혈기 넘치는 투수라면 흥분하거나, 주자에 너무 신경 쓰는 바람에 제구가 흔들리거나 하는 등의 반응이 있었겠지만 선우는 메이저리그를 경험한 베테랑 투수였다.

민우는 출루한 것에 만족하지 않고 2루에서 3루로 뛸 것처럼 몸을 움찔거리며 포수와 투수의 신경을 흩뜨리려 노력했다.

하지만 선우는 민우에게 신경도 쓰지 않는다는 듯 무표정한 얼굴로 2루를 한두 번 살필 뿐이었다.

결국 2번 타자인 윤택을 삼구삼진으로 잡아내며 LC의 득점 기회를 사그라뜨렸다.

"산전수전 다 겪어봤다 이건가……."

민우는 2루에서 더 이상 진루하지 못한 채 더그아웃으로 돌아가야 했다.

"멋진 안타였어요!"

터덜터덜 더그아웃으로 돌아오는 민우를 반기는 건 역시나 태곤뿐이었다.

"하하. 고마워요. 다 태곤 선배님 조언 덕분이었어요."

이에 민우는 멋쩍게 웃으며 화답한 뒤, 수비 포지션으로 들어갔다.

이후 7회 초, LC의 다음 투수로 올라온 동헌이 타자에게 연속 안타를 허용했다. 그리곤 곧바로 베어스의 4번 타자 임동주에게 스리런홈런을 허용하며 스코어는 순식간에 3 대 0, 베어스가 먼저 앞서가기 시작했다.

이후 7회 말 1아웃 상황, 동주의 홈런에 자극을 받은 듯, LC의 4번 타자 백병호는 셋업맨으로 등판한 장재훈에게 솔로 홈런을 뽑아냈다.

하지만 장재훈은 솔로 홈런을 허용한 것을 제외하곤 단 한 타자의 진루도 허용하지 않은 채 8회까지 깔끔하게 막아냈고 베어스에게로 승기가 기우는 듯 보였다.

9회 말, 장재훈은 마무리 이웅찬에게 공을 넘기고 마운드를 내려갔다.

LC로서는 정규 이닝 마지막 공격 기회이기에 선두 타자의 출루가 절실했다.

그리고 배터 박스로 들어서고 있는 선수는 바로 LC의 1번 타자인 민우였다.

배터 박스로 들어서며 민우는 조금 전의 대화를 떠올렸다.

헬멧을 쓰고 배트를 챙겨 그라운드로 나가려던 민우에게 찬엽이 다가왔다.

"민우야."

"예, 코치님."

"이웅찬은 포심 구속이 140㎞ 후반에 육박하고, 슬라이더와 포크볼 중 결정구로 허를 찌르는 포크볼을 주로 던진다. 포크볼은 대체로 스트라이크존에 들어올 확률이 낮고, 구속이 직구보다 현저히 느리다는 점은 알고 있겠지? 최대한 너의 타이밍으로 끌어 들이며 공을 끝까지 본 뒤 판단을 내려야 한다는 점을 잊지 마라."

찬엽은 변화구에 대한 경험이 부족한 민우를 위해 속성으로 대응법을 주입시켰다.

사실 프로 선수가 되었다면 상대 팀 투수에 대해 어떤 투수가 어떤 구종을 던지는지는 대체로 알고 있다고 할 수 있다.

하지만 민우는 이제 갓 입단해 두 경기를 치르고 있었기 때문에 상대 투수에 대한 정보가 전혀 없는 것이나 마찬가지였다.

어떤 공이 날아올지 모르는 상태에서 투수의 공을 제대로 상대할 수 있는 타자는 거의 없다고 할 수 있다.

그렇기에 찬엽은 혹시나 하는 마음에 민우에게 한 번 더 귀띔을 해준 것이었다.

"예! 알겠습니다."

사실, 이전에 민우가 개막전에서 안타를 때려낸 것은 궤적 변화가 없는 직구였기에 수월한 타격을 할 수 있었던 것이다.

또, 오늘 경기에서 안타를 때려낸 것은 능력치 보정 효과로 다른 타자들보다 공을 0.1초 정도 더 바라볼 수 있었던 것과 태곤의 조언을 바탕으로 반쯤은 게스 히팅을 한 것이 크게 작용했다고 할 수 있었다.

하지만 그런 우연이 두 번 통하리라는 법은 없었다.

결국 타자에게 중요한 것은 허리 회전과 손목을 다루는 방법, 그리고 공을 끝까지 보고 투수에게 타이밍을 빼앗기지 않는 것이었다.

찬엽은 그 점을 민우에게 다시 한 번 상기시켜 주고 있는 것이었다.

민우는 마운드에 서서 로진백을 두드리고 있는 웅찬에게로 시선을 집중했다.

[이웅찬, 22세]
─구속[U, 76(36%)/100], 제구[R, 68(23%)/100], 멘탈[R, 62(29%)/100], 회복[R, 64(15%)/100].
─종합 [R, 270/400]

'구속 능력치가 꽤나 높지만 민선우와 비슷하다. 문제는 역시 변화구의 구위겠지.'

배터 박스에서 타격 자세를 취한 민우는 초구를 노려보기로 했다.

'바뀐 투수의 초구를 노리라는 말이 있지. 결정구가 포크볼이라는 건… 스트라이크 카운트를 채우기 위해서는 포심을 던질 확률이 높을 거야.'

베어스의 마무리 투수인 웅찬은 무표정한 얼굴로 투수와 사인을 주고받고 있었다.

이내 웅찬이 와인드업 자세를 취하자 민우도 배트를 다잡으며 근육이 굳지 않게 배트를 살살 흔들었다.

슈우우욱!

웅찬의 손에서 공이 떠남과 동시에 민우는 빠르게 배트를 돌렸다.

그런데 홈 플레이트로 올수록 웅찬이 던진 공은 큰 폭으로 떨어져 내렸다.

'이익!'

팡!

민우의 배트는 공의 궤적을 크게 벗어나 휘둘러졌고, 허공을 헛치고 말았다.

그 여파로 중심이 무너져 크게 휘청한 민우였다.

게스 히팅의 실패였다.

'젠장. 코치님이 그렇게 말씀해 주셨는데…….. 정신 차려라, 민우야.'

민우는 머리를 크게 한 번 흔든 뒤, 다시금 자세를 다잡으며 웅찬이 뿌릴 다음 공에만 집중하기로 했다.

그러나 웅찬은 스트라이크존을 넘나드는 제구로 볼과 스트라이크를 하나씩 꽂아 넣으며 볼카운트를 유리하게 가져갔다.

1볼 2스트라이크 상황.

확률적으로 2스트라이크 상황에서의 평균 타율은 1할 5푼으로 타자인 민우에게 몹시 불리한 상황이었다.

민우는 찬엽이 해줬던 말을 다시 한 번 상기했다.

'결정구로 뚝 떨어지는 포크볼을 조심하라고 하셨지.'

민우는 마음속으로 낮은 공에 대한 스윙 궤적을 떠올려 본 뒤 자세를 다잡았다.

그리고 웅찬의 제4구.

슈우욱!

민우의 눈에 웅찬의 손을 떠난 공이 미묘하게 떠오르다 내려

앉기 시작하는 모습이 보였다.

'포크볼! 놓치지 않는다!'

그와 동시에 민우는 포크볼의 구속에 맞게 배트를 내미는 타이밍에 살짝 틈을 줬다.

따악!

배트를 울리는 정갈한 타격음과 함께 유격수의 키를 넘긴 타구는 좌익수와 중견수 사이로 굴러가기 시작했다.

타타탁!

그 사이 민우는 거침없이 내달렸고, 2루까지 여유 있는 보폭으로 서서 들어갈 수 있었다.

"좋아!!"

"나이스 배팅!!"

마지막까지 희망을 놓지 않고 있던 LC의 더그아웃에 다시금 활기가 돌기 시작했다.

'솔직히 바로 쳐낼 줄은 몰랐는데, 아주 깔끔한 타격이었어. 역시 녀석은 타격에 재능이 있다.'

찬엽은 민우가 여유 있게 2루로 들어가는 모습을 보고 흐뭇한 미소를 짓고 있었다.

이후 윤택이 우익수 앞 안타를 때려낸 사이 빠르게 스타트를 끊었던 민우가 홈 플레이트를 밟으며 추격의 불씨를 남겼다.

하지만 이후 3번 타자인 병구가 유격수 앞 땅볼을 치며 6—4—3 병살타로 한꺼번에 2개의 아웃 카운트를 헌납했고, 오늘 팀 내 유일한 홈런의 주인공인 병호가 삼진으로 잡히며 패배를 기록하고 말았다.

이로써 시즌 성적 1승 1패를 기록하는 LC트윈스였다.

"예, 예, 알겠습니다."

찬엽이 누군가와 통화를 하는 듯, 휴대폰을 붙들고 무어라 이야기를 하고 있었다. 그리고 용건이 끝난 듯 전화를 끊고는 기태에게 다가왔다.

"대영이 검사 결과가 나왔다고 합니다."

"어떻다고 하던가요?"

기태의 물음에 찬엽이 심각한 표정으로 말을 이었다.

"왼쪽 갈비뼈가 골절됐다고 합니다. 전치 6주 진단이 나왔다는데, 아무래도 경기에 다시 나서려면 6월은 지나야 할 것 같다고 합니다."

"허어… 내일 경기까지 뛰고 1군으로 올려 보내라는 지시가 있었는데 큰일이군요."

"일단 대신 용희를 올리고 2군 중견수로는 민우와 지웅을 번갈아 투입하는 게 어떨까 싶습니다."

찬엽은 차선책을 제안했고 딱히 수가 없던 기태는 그의 말에 동의할 수밖에 없었다.

제2장

좋지 않은 소문

　LC트윈스 2군은 초반 대영의 부상 공백이 무색하게 10차전까지 7승 3패라는 쾌조의 성적을 올리고 있었다.

　그리고 부상으로 빠진 대영과 1군으로 콜 업된 용회를 대신해 주전 중견수 자리를 놓고 민우와 지웅이 번갈아 경기를 나서고 있는 상황이었다.

　기태는 의자에 기댄 모습으로 민우와 지웅의 시즌 성적이 적힌 기록지를 보며 고심하고 있었다.

　"이거 뭐 성적으로만 보면 우열을 가리기가 힘들군요."

　"타격에선 비슷한 모습이지만, 수비에선 지웅이 민우에게 한 수 접고 들어가야 한다고 봅니다."

　맞은편에 앉아 있던 찬엽은 타격도 타격이지만 중견수는 무룻 외야 수비의 중심이므로 수비 능력에도 중점을 두고 봐야 한다는 의견이었다.

시즌 10경기까지의 성적은 이랬다

강민우, 23세 : 6경기(4선발) 21타석 19타수 6안타(2루타 2개, 3루타 1개) 3타점 2도루, 타율 0.315, OPS 0.907.

박지웅, 27세 : 4경기(4선발) 17타석 16타수 5안타(2루타 2개) 4타점 1도루, 타율 0.312, OPS 0.789.

타격만 봐서는 어느 누구를 꼽기가 애매할 정도로 비슷한 수준이었다.

민우의 OPS가 조금 더 높았지만 2루타 하나는 운이 따랐던 것이라고 할 수 있었기에 표본이 부족한 상황이었다.

하지만 수비는 조금 다른 모습이었다.

민우는 자신의 빠른 발을 적극적으로 활용하여 바운드가 될 타구를 여러 번 걷어내는 모습을 보여 주었고, 보살도 하나를 기록하고 있었다.

반면, 지웅은 시야에서 타구를 잃어버려 평범한 플라이를 놓치는 실책을 하나 기록하고 있었다.

기록지를 내려놓은 기태는 걱정이 된다는 말투로 입을 열었다.

"흠… 좋아요. 수비만 봐서는 당장 1군에서 뛰어도 좋을 정도로 아주 좋아요. 그런데 민우가 최근 두 경기에서 안타가 하나밖에 없다는 게 조금 걸리네요."

기태의 말대로 민우는 첫 선발 출장 두 경기에서 8타수 3안타를 때려내는 좋은 모습을 보여줬으나, 이후 두 경기에서는 8타수 1안타로 좋지 않은 모습을 보이고 있었다.

"역시 변화구에 약하다는 점이 드러난 것이 문제인 것 같습니다. 경기를 뛰면서 경험을 쌓다 보면 차차 나아지리라 생각됩니다."

찬엽의 말에 기태가 고개를 끄덕였다.

"그럼 조금 더 지켜보도록 하지요."

*   *   *

경기가 끝난 후, 티배팅을 하기 위해 준비를 하던 민우는 잠시 동작을 멈추고 상념에 빠졌다.

'이런 식으로 주전이 될 줄은 몰랐는데…….'

우연이었다.

대영의 부상으로 민우는 중견수 자원인 지웅과 번갈아가며 선발 라인업에 들어가게 됐고, 실력을 뽐내 1군에 들어갈 확률이 더 높아진 것이 사실이었다.

하지만 누구보다 부상의 수렁에 깊게 빠져 있다 겨우 동아줄을 잡은 민우였기에 마냥 좋아할 수만도 없는 것이 사실이었다.

"어이, 민우~"

상념을 끝내고 다시 장구를 챙기던 민우에게 누군가 다가와 건들거리는 목소리로 말을 걸었다.

"지웅 선배님. 무슨 일이십니까?"

목소리의 주인공은 민우와 함께 로테이션으로 중견수를 맡고 있는 지웅이었다.

"요새 경기 계속 뛰니까 기분이 좋지?"

"예?"

'무슨 의미지?'

민우는 지웅의 질문의 요지를 파악할 수가 없었다.

어리둥절해하는 민우를 보던 지웅이 피식 하며 웃었다.

"품. 그래. 뭐 요새 감독이며 코치며 너 칭찬만 한다는 소문이 자자하더라. 이번에 1군에 등록되는 것도 너라는 말도 나오고 말이야."

민우로서는 전혀 들어보지 못한 이야기였다.

"그런데 말이야. 너무 안 됐지만 그럴 일은 절대로 없을 거야. 알아? 이제 얼마 안 남았어요~ 그러니까 즐길 수 있을 때 즐겨두라고. 알았지~? 하하하."

"무슨 말씀이신지 잘 모르겠습니다."

민우는 지웅의 말이 귀로 들어왔지만 뇌로는 제대로 전달이 되지 않는 듯한 느낌이었다.

그런 민우의 반응에 지웅이 이 상황이 너무 즐겁다는 듯한 표정을 지으며 여유 있는 목소리로 입을 열었다.

"아냐아냐. 지금은 몰라도 돼. 음~ 때가 되면 다 알게 될 테니까 그냥 지금은 즐겨둬~"

말을 끝낸 지웅은 민우의 어깨를 툭툭 두드리고는 뒤돌아서 손을 흔들며 멀어져 갔다.

'도대체 무슨 소리지? 내가 1군에 올라갈 수가 없다고? 때가 되면 알게 될 거라니?'

민우는 지웅의 말이 이해가 되지 않았지만, 1군에 올라갈 수 없다는 것은 상상만 해도 끔찍한 일이었기에 머리가 어지러워짐을 느꼈다.

"민우 씨!"

민우가 고뇌하고 있을 때 들려온 다급한 목소리는 민우에게는 아주 익숙한 목소리였다.

"아, 태곤 선배님."

고개를 들어보니 민우의 옆에 어느새 태곤이 다가와 걱정스러운 눈빛으로 민우를 바라보고 있었다.

"민우 씨! 지웅 선배가 뭐라고 했어요?"

"네?"

민우가 질문에 바로 대답하지 않자 태곤이 답답한 듯 다시 되물었다.

"보니까 지웅 선배랑 얘기하고 있던 것 같은데 혹시 지웅 선배가 뭐라고 하지 않았냐고요."

민우는 태곤의 질문에 방금 전 상황을 떠올린 뒤, 어떻게 대답을 해야 하나 고민을 했다.

'그대로 말해야 하나? 아니, 말해도 이해할 수 있으려나 모르

겠는데.'

짧은 고민 뒤, 민우가 입을 열었다.

"제가 1군에 올라갈 일은 없을 거라고 하더군요."

"아… 역시… 그런 거였군요."

민우의 입이 열리길 기다리던 태곤은 민우의 말을 듣자마자 뭔가 알고 있는 듯한 모습을 보였다.

"혹시, 뭔가 알고 계신건가요?"

민우의 물음에 태곤의 표정이 어두워졌다.

"사실… 지웅 선배에 관해서 좋지 않은 소문이 돌고 있어요."

"좋지 않은 소문이요?"

"네, 이번에 우리 팀에서 FA로 영입한 강태성 선수에 대해선 알고 계시죠?"

태곤의 물음에 민우가 알고 있다는 듯 고개를 끄덕였다.

"그럼요. 지난 시즌 홈런왕에 한국시리즈 7게임 연속 홈런의 주인공인데 모를 수가 없죠."

민우의 말대로 지난 시즌이 끝난 뒤, FA로 풀린 선수들 가운데 가장 주목받은 선수가 바로 거포 1루수 자원인 강태성이었다.

"그런데 강태성 선수 이야기는 갑자기 왜……."

민우는 왜 갑자기 강태성 선수에 대한 이야기를 하는지 이해가 되지 않았다.

그런 민우의 모습에 태곤은 한숨을 한 번 푹 쉬고는 말을 이었다.

"사실, 이 이야기를 꺼낸 건 그 둘의 관계 때문이에요."

민우는 태곤의 말에 영문을 모르겠다는 표정을 지었다.

"설명하자면 조금 복잡하긴 한데, 최대한 간단히 설명드릴게요."

태곤의 말은 민우에게 놀라운 사실이었다.

강태성은 서울 제일고 출신 고교 최대어로 2002년, 타이거즈와 계약금 5억 원을 받고 입단했다. 이후 첫 시즌부터 30홈런을 때려내더니 9년 연속 매 시즌 30홈런이라는 대기록을 세운 국내 최대 거포 타자였다.

그런데 고교 때부터 자신의 활약여하에 따라 팀이 좌지우지 되는 모습을 보더니 감독을 협박해 선발 라인업에까지 직접 관여하는 모습을 보였다고 한다.

이런 모습에 강태성에게 잘 보이려는 선수들이 선발의 한 축을 차지하게 되었고, 그렇지 않았던 선수들은 어느새 경기에 출전조차 못하게 되었다고 한다.

그리고 강태성을 따르는 이들 중에는 바로 지금 민우와 포지션 경쟁을 하고 있는 박지웅도 포함되어 있었다는 것이었다.

하지만 수많은 고교 팀 중 하나의 속사정일 뿐이었다. 학교에서는 학교 이미지가 실추될까 하는 우려에 감독에게 잠자코 있으라고 하면서 공론화되지 못했고 강태성의 졸업과 동시에 이 사건을 유야무야 덮었다는 것이었다.

"놀랍네요… 그런데 그렇다고 해도 고등학교 시절의 소문 아닌가요?"

민우는 처음 듣는 충격적인 이야기에 놀라는 표정을 지었지만 아직까지 이해가 되지 않는다는 듯 물음을 던졌다.

"후우… 그게 고등학교에서 돌던 소문으로 끝났다면 좋았겠지만 그렇지가 않았다고 해요. 프로에서도 선수들 사이에 은연중에 비슷한 소문이 돌았거든요."

태곤은 한숨을 푹 쉬며, 아직 끝나지 않은 이야기를 이어갔다.

강태성은 데뷔 첫 시즌부터 3할 5푼이라는 고타율에 38홈런 128타점을 기록하며 팀의 중심 타자로서 대활약을 하는 모습을 보였다. 이런 모습에 구단 입장에서는 강태성의 똥이라도 닦아줄 정도로 지극정성을 보였다고 한다.

그런데 강태성은 시즌이 끝난 뒤, 구단에 한 가지 요구사항을 전했고 구단에서는 흔쾌히 그 요구를 받아들였다.

태성의 요구는 바로 고교 1년 후배인 박지웅을 지명해 달라는 것이었다.

구단에서 흔쾌히 그 요구를 받아들인 이유는 강태성에 대해 정보를 수집하며 박지웅의 정보 역시 이미 알고 있었기 때문이었다.

대어급의 선수는 아니지만 버리기엔 아까운 그런 수준의 중견수 자원. 박지웅에 대한 타이거즈의 평가였다.

그리고 태성의 부탁대로 신인 드래프트 2차 10순위로 박지웅은 타이거즈와 계약을 하게 되었다.

문제는 그때부터였다고 한다.

강태성의 내리사랑이 시작되며 감독과의 불화가 시작된 것이다.

강태성의 요구는 간단하지만 감독의 권한에 도전하는 요구였다.

'강지웅을 2군 주전 라인업에 포함시켜 달라. 그렇게 해주지 않으면 좋지 않은 결과가 있을 거다.'

그 요구를 전해들은 감독은 분노에 찬 목소리로 태성의 2군 행을 통보했다.

하지만 태성이 빠진 타선은 무게감이 사라지며 상대 팀들의 손쉬운 먹잇감이 되었고, 백업 요원이 약했던 타이거즈로서는 타선을 이끌어가기에 강태성만 한 선수가 없었기에 속수무책으로 당할 수밖에 없었던 것이다.

결국 구단 수뇌부가 그 사실을 알고 감독을 다독였고, 감독이 결국 백기를 들며 태성은 다시 1군으로 복귀해 맹활약하는 모습을 보여주었다.

지웅은 2군에서 성적과 상관없이 주전 중견수로 꾸준히 뛰게 되자 점점 태업하는 모습을 보였고 결국 2008시즌을 앞두고 방출 통보를 받고 만다.

방출 통보를 받고서 뒤늦게 정신을 차린 지웅은 이 팀, 저 팀을 돌아다니며 신고 선수 테스트를 본 뒤에 선수층이 얇은 LC트윈스에 입단하고 절치부심을 하고 있었던 것이다.

그리고 FA로 풀린 강태성을 품은 팀이 바로 LC트윈스였던 것이다.

"그런 일이 가능할 리가… 프로야구에서 그런 말도 안 되는 파벌이 존재한다는 말인가요?"

태곤의 설명은 고교 시절에 대한 이야기보다 더욱 충격적이었다.

프로야구에서 자신의 파벌을 챙기기 위해 감독의 권위까지 침범하다니… 상상조차 힘든 일이었다.

태곤은 그 마음을 안다는 듯 고개를 끄덕이며 설명을 이어나갔다.

"조금 다른 경우이지만, 저도 처음 프로에 지명됐을 때는 모두가 반겨주고 형, 동생 하면서 두루두루 친하게 지내는 줄 알았어요. 그런데 그건 저의 착각이었죠. 처음 그들이 보인 눈빛은 환영의 눈빛이 아니라 탐색의 눈빛이었어요. 결국 어떤 지역, 어떤 학교 출신이냐에 따라 끼리끼리 놀게 되더군요."

민우는 오늘만 도대체 몇 번을 놀라는지, 눈이 커졌다 작아지길 반복하고 있었다.

"단체 훈련이 끝나면 각각의 무리들이 끼리끼리 클럽을 가고, 술을 마시러 가더군요. 저는 남은 선수들과 함께 연습을 했고요. 지금 와서 생각하면 오히려 그 덕분에 일탈하지 않고 연습 벌레가 될 수 있었고, 프로 선수로서 성공할 수 있는 기반을 닦은 것 같아 다행이라고는 생각하고 있어요. 결국 그렇게 방만했던 선수들은 지금 팀에 거의 남아 있지 않으니까요."

"그렇… 군요."

"결국 실력으로 이겨 살아남아야 파벌도 가능한 법이니까요."

민우는 그제야 자신이 입단 테스트를 위해 경기장에 들어왔을 때 받았던 경계의 시선이 이해가 되었다.

'경쟁자가 생기는 것이 반갑지 않다는 의미인줄만 알았는데, 자신의 파벌에 해가 되지 않을지 경계하는 의미도 있었구나.'

설명을 끝낸 태곤이 더욱 심각한 표정으로 말을 이었다.

"하지만 지웅 선배의 경우에는 파벌의 힘 자체가 다르다고 할 수 있어요. 기존의 파벌이 끼리끼리 노는 것에 그쳤다고 하면, 강태성 선수는 감독의 권한에도 도전할 수 있다는 말이니까요. 만약 그 소문이 사실이라면… 그 타깃이 되는 건 민우 씨겠죠."

"제 포지션은 중견수… 지웅 선배도 중견수죠. 그리고 강태성 선수가 우리 팀에 왔다는 건……."

민우가 이제야 깨달았다는 듯 말을 꺼내자 태곤이 그 말에 살을 덧붙였다.

"네, 맞아요. 소문으로 듣던 그 일이 정말로 일어나지 말라는 법은 없으니까요. 이번에는 더 강력해요. 그때는 신인이었지만 지금은 FA로 초대형 계약을 이뤄낸 괴물 타자가 되었으니까요. 그리고 한 가지 더……."

태곤이 잠시 뜸을 들이며 민우의 눈치를 살폈다.

민우가 그런 태곤의 입이 열리기만을 기다리자 한숨을 크게 한 번 내쉰 태곤이 다시 입을 열었다.

"후… 타이거즈였다면 차라리 나왔을지도 몰라요. 우승을 해봤으니까요. 그런데 LC는 달라요. 우승을 위해서라면 웬만한 요구는 다 들어줄 정도로 달아올라 있거든요. 당장 내일부터라도 강태성 선수가 무엇을 요구하더라도 들어줄지 몰라요. 가령… 그 소문처럼 말이죠."

태곤의 말은 민우의 가슴을 철렁하게 만들었다.

'그럼… 내가 아무리 좋은 성적을 낸다고 해도 1군에 올라갈 수 없다는 말인가?'

생각지도 못한 충격적인 상황이었다.

이제야 지웅의 말의 의미를 알았다.

지웅은 지금을 즐겨두라고 했다.

마치 부상당한 사냥감을 앞에 둔 사자처럼……

배가 고파지면 언제든지 잡아먹을 준비를 하고 있는 것이었다.

민우의 표정이 어두워지자 태곤이 걱정스러운 표정으로 다가왔다.

"민우 씨… 너무 걱정하지는 말아요. 아직 아무 일도 일어나지 않았잖아요. 민우 씨가 열심히 한다면 구단에서도 긍정적으로 생각하지 않을까요?"

실의에 빠져 있던 민우는 애써 자신을 위로해 주려는 태곤의 모습에 나락으로 떨어지려는 정신을 다잡았다.

'그래. 아직 일어나지도 않은 일이다. 아니, 솔직히 애초에 말도 안 되는 일이야. 그런 일이 생겼었다면 당장 스포츠 뉴스 1면

헤드라인을 장식할 정도로 어이없는 이야기니까. 그저 소문에 불과할 거야.'

"그렇죠. 아무리 생각해도 말도 안 되는 일이니까요. 그래도 절 생각해서 그런 이야기를 해줘서 고마워요. 걱정해 주셔서 고맙고요."

민우가 애써 웃음을 보이며 태곤에게 감사의 뜻을 전했다.

태곤은 기가 죽은 민우의 모습에 괜한 이야기를 했나 싶기도 했지만 그래도 알아두는 게 나을 거라는 생각에 후회는 하지 않았다.

"고맙다니요. 제가 뭘 했다고요. 아니에요."

민우와 태곤이 긴 이야기를 주고받는 사이 어느새 해가 산 너머로 뉘엿뉘엿 넘어가고 있었다.

"아, 벌써 시간이 이렇게 됐네요. 일단 숙소로 돌아가요."

태곤은 혹시나 민우가 다시 실의에 빠질까 화제를 돌리며 민우가 벌려놓은 장비들을 빠르게 정리하며 말했다.

민우도 하늘을 바라보더니 태곤을 따라 장비들을 정리해 창고에 가져다놓기 시작했다.

어느새 그라운드는 깨끗이 정리되어 어둠과 적막만이 흐르고 있었다.

제3장

시선 집중

딱!

배트가 공을 때려내며 깔끔한 울음을 내뱉었다.

―2구 퍼 올립니다! 왼쪽입니다! 좌익수! 뒤로! 뒤로! 펜스! 넘어~ 갑니다! 끝내기! 강태성의 끝내기 스리런홈런이 나옵니다!

―와~ 엄청난 승부네요! 정말 드라마 같습니다! 마무리 손성락의 구석을 찌르는 공이었는데, 강태성이 정말로 잘 쳤다고 봐야겠네요. 이런 홈런은 아무나 치는 홈런이 아닙니다.

―정말 대단합니다. 지금 이 홈런으로 LC트윈스가 엑셀 히어로즈와의 3연전을 스윕하면서 시리즈를 기분 좋게 마무리합

니다! 그와 동시에 8승 2패로 선두 자리를 굳건히 지킵니다.

―강태성 선수 개인적으로도 벌써 시즌 5호 홈런인데요. 이 페이스면 산술적으로 66.5홈런이 가능하다는 결과가 나옵니다. 이게 사실, 정말 인간적으로 말도 안 되는 수치인데요.

―정말 입이 떡 벌어지는 예측이네요. 혹시 계산이 틀린 것은 아닌가요?

―저도 혹시나 해서 계산기까지 꺼내서 두드려 봤는데 확실합니다.

―이야. 정말 대단합니다. 시즌 말미에 강태성 선수가 몇 개의 홈런을 기록할지 벌써부터 기대가 되는데요? 아직 시즌 초이니만큼 더 지켜봐야겠지만 벌써부터 기대가 됩니다.

마운드에서 공이 맞는 순간 손성락은 망연자실한 표정을 지었고, 강태성은 배트를 던지고 한 손을 뻗으며 여유 있는 보폭으로 베이스를 돌기 시작했다.

그 모습을 관중석에서 지켜보고 있던 금발 벽안의 40대 남성은 노트북을 두드리며 강태성에 대한 자료를 더해 넣고 있었다.

"언제 봐도 동양인 치곤 멋진 스윙이야. 당장 메이저리그로 넘어와도 될 정도인데."

키보드에서 손을 땐 남성이 천천히 고개를 들었다.

그의 시야에 어느새 홈 플레이트를 밟은 강태성에게 달려들어 물세례를 날리는 트윈스의 선수들이 보였다.

"메이저리그 팀들의 오퍼도 마다하고 해외로 진출하지 않은 이유가 LC가 우승을 하면 메이저리그 진출을 적극적으로 지원하기로 했기 때문이라고…… . 얼마든지 가능하다는 건가. 대단한 자신감이군."

남성의 입에서 나온 말처럼 강태성이 메이저리그 구단들의 오퍼를 마다한 것은 익히 알려진 사실이었다.

그리고 한 방을 날려줄 거포의 부재로 고민 중이던 LC와 FA계약을 하며 팬들에게 꽤나 큰 충격을 주었다.

LC와 강태성 간의 FA계약은 기존의 대형 FA계약과는 상당히 다른 모양을 보이고 있었다.

바로 계약 기간이 1년짜리 단기 계약에 옵션으로 1년이 더해진 계약, 즉 1+1 계약이라는 것이었다.

보통 이런 플러스 계약은 노장 선수나 부상 경력이 있는 선수들을 대상으로 이루어진다.

그렇기에 FA최대어라 할 수 있는 강태성이 저런 계약을 맺었다고 발표가 되자 야구에 관심을 둔 이들은 한 번씩 고개를 갸우뚱거리며 의문을 표했다.

그런데 뒤늦게 알려진 강태성의 계약에는 각종 옵션이 사과나무의 사과마냥 주렁주렁 달려있다는 점이 알려지면서 큰 파장이 일었다. 그 중 가장 특이한 옵션이 바로 한국시리즈 우승을 조건으로 한 1+1 옵션 계약이었다.

보통 일반적인 1+1 옵션 계약은 선수의 활약 여하에 따라 플러스 계약이 발동되는 것이 일반적이다.

하지만 강태성의 계약은 그와 정반대로 아주 독특한 조항이 달려 있었다.

'한국시리즈 우승을 달성할 시 옵션 계약은 소멸되며, 선수가 요구할 시 해외 진출을 적극 지원한다.'

'한국시리즈 우승을 달성하지 못할 경우 옵션 +1년 계약이 자동 적용된다.'

이 계약 조항이 뒤늦게 알려졌을 때, 야구팬들 사이에선 큰 소란이 일었다.

―강태성이 머리가 어떻게 된 거 아니냐?

―그러게. 도대체 왜 저런 손해 보는 계약을 맺은 거지? 메이저리그에서도 손가락에 다 꼽지 못할 정도의 팀에서 오퍼가 왔다던데?

―1년 계약이랑 4년 계약이랑 무슨 차이야? 어쨌든 다년 계약하는 게 연봉 고정되고 좋지 않나? 뭐, 우승 못 하면 한국에 남아야 되니까 재계약 때 연봉 더 올려달라고 할 생각인 건가?

―뭐, 내가 듣기로는 2년째에도 우승 못하면 임의 탈퇴 형식으로 해외 진출 할 거라던데?

―그건 어디서 튀어나온 정보야? 그리고 그게 선수 맘대로 되나? 구단이 막으면 끝이잖아.

―내 생각은 다른데? 강태성의 KBO 역대 기록을 봐라. 최소 30년은 아무도 갈아치우지 못할 기록을 남겼잖아. 이번에 거부했다는 건 내년에 한 방에 LC우승시키고 자기 몸값 더 올려서

갈 수 있다 이거지! 이번 계약은 그 자신감의 표출이고. 막을 테면 막아봐라! 나는 메이저리그로 간다!

—오오! 거포 무덤 트윈스에도 볕들 날이 오는가!

—아아! 벌써 우승할 것만 같아. 내가 유광잠바를 어디에 뒀더라?

—준비성이 부족하네. 난 FA계약 소식 듣자마자 잘 보이는 데다가 모셔놨지. 후후.

그리고 강태성은 그런 팬들의 기대와 우려를 한 몸에 받으며 부담을 느끼기는커녕, 시즌 개막과 함께 현재까지 압도적인 모습을 보여주며 우승에 대한 팬들의 기대감을 더욱 높여주고 있었다.

남성은 테이블 옆에 놓인 맥주를 한입에 털어 넣었다.

잠시 그라운드를 바라보던 남성은 더 이상 기록할 내용이 없는지 노트북을 탁 하고 덮었다.

그러자 노트북 덮개에 그려진 엠블럼이 눈에 띄었다.

'LA 다저스.'

"찬호의 나라는 참 재미있단 말이지. 9회까지 이렇게 열정적으로 응원하는 나라가 또 있을까?"

남성이 주변을 둘러보았다. 관중석에는 경기가 끝났는데도 많은 관중이 남아 아직까지 환호성을 지르며 그라운드를 바라보고 있었다.

"야구 선수가 야구를 즐기기에는 최상의 조건이지. 미국 야구는 뭔가 좀 심심하단 말이야."

남자는 미국인임에도 불구하고 메이저리그의 심심한 응원 문화에 질린 듯한 말투였다.

"강태성 말고는 딱히 눈에 띄는 선수가 없는걸."

강태성의 활약에 눈이 높아져서일까.

남자의 눈에 트윈스나 히어로즈의 다른 선수들은 그다지 만족스럽지 않았다.

하지만 1군 경기에서 만족할 만한 선수를 찾지 못했다고 그냥 돌아가기엔 무언가 아쉬움이 남았다.

품에서 수첩을 꺼낸 남자는 페이지를 넘기다 멈칫하더니 고개를 끄덕거렸다.

"그러고 보니 2군 경기를 잊고 있었군. 이름이 퓨처스리그라고 했지. 꿈을 좇는 이들의 리그라. 좋은 이름이야."

남자는 퓨처스리그라는 이름이 마음에 드는 듯했다.

"일본으로 가기 전에 2군에 한번 들러봐야겠군. 치열한 경쟁이 벌어지는 곳에 어쩌면 아직 다듬어지지 않은 원석이 있을지도 모를 테니."

이내 자리에서 일어난 남성이 천천히 경기장을 빠져나갔다.

*   *   *

LC트윈스의 퓨처스리그 시즌 11차전 AK 와이번스와의 경기는 송도 LNG파크에서 치러질 예정이었다.

송도 LNG파크는 경기장 바로 옆에 푸른 바다가 펼쳐져 있는 분위기가 아주 좋은 경기장이었다.

쾌조의 시즌 성적을 올리고 있던 지라 경기 전 팀 분위기는 여유가 넘쳤다.

민우는 태곤과 팀을 이뤄 토스배팅 연습을 하고 있었다.

딱!

따악!

어제의 일 때문인지 민우와 태곤은 별 대화가 없었다.

태곤이 던져준 공을 민우가 배트로 때려내는 소리만이 울리고 있었다.

'묘하게 어깨에 힘이 들어간 것 같은데. 어제 일 때문인가…….'

태곤은 민우의 그런 모습이 어색한 듯 머리를 긁적거렸다.

민우는 갑자기 태곤이 공을 던져주는 것을 멈추자 '왜?'라는 시선을 보냈다.

"민우 씨. 어깨에 힘이 너무 들어가 있어요."

"아, 제가 그랬어요?"

민우는 전혀 몰랐다는 듯이 태곤에게 되물었고, 태곤은 고개를 끄덕였다.

"평소에는 폼이 정말 부드러운데 오늘은 뭔가 딱딱한 느낌이 들어요. 조금씩 어긋나는 느낌이랄까."

"저도 모르게 힘이 들어갔나 봐요. 다시 해볼게요."

말이 끝남과 동시에 민우가 배트를 다잡자 태곤이 다시 공을 토스해 줬다.

딱!

딱!

공을 10개쯤 쳐냈을까, 다시 태곤이 토스해 주기를 멈췄다.

'이상해. 역시 평소에 보여주던 모습이 아니야.'

"어때요? 지금도 그래요?"

민우가 수건으로 땀을 훔치며 묻자, 태곤은 애매한 표정을 지었다.

"아까보단 나아지긴 했는데, 공을 칠 때 몸이 앞으로 조금 쏠리는 느낌이에요."

"이상하네… 평소처럼 한다고 하는데 그렇단 말이죠?"

태곤의 설명에 민우는 이상하다는 듯 고개를 갸웃거렸다.

"다음! 민우!"

배팅케이지에서 선수들의 타격을 지켜보던 나찬엽 타격 코치가 민우의 이름을 불렀다.

"예!"

민우가 준비 자세를 취하자 배팅볼이 날아오기 시작했다.

딱!

따악!

민우의 타격 자세를 유심히 보고 있던 찬엽은 만족스럽지 않은 듯 '흐음' 하는 소리를 내며 민우의 자세를 지적했다.

"공이 오기도 전에 몸이 따라 나온다. 타격 중심을 조금 더 뒤쪽에 둬라."

"넵! 알겠습니다."

찬엽의 말에 씩씩하게 대답한 민우가 타격을 이어나갔지만 여전히 중심이 앞뒤로 흔들리며 불안한 모습을 보였다.

'민우 녀석. 갑자기 타격 폼이 흐트러지는데… 어디 아프기라도 한가?'

총 10개의 배팅볼을 쳐낸 뒤, 배팅케이지를 벗어나는 민우를 찬엽이 손짓으로 불렀다.

"민우야, 타격 자세가 계속 불안정하다. 어디 불편한 곳이라도 있는 거냐?"

찬엽의 말에 민우가 고개를 가로저었다.

"아뇨, 전혀 아픈 곳은 없습니다."

"흐음. 알았다. 수비 연습으로 들어가라."

"예."

찬엽과 대화를 끝낸 민우가 글러브를 챙겨 외야로 향했다.

'무언가에 쫓기는 듯한 느낌인데. 내 착각이려나.'

찬엽은 이내 민우에게 신경을 끄고 다음 타자의 타격을 지도하기 시작했다.

*　　　　*　　　　*

―3연패에 빠진 AK 와이번스는 위기를 탈출할 수 있을지! 오늘 LC와의 3연전 중 2차전이 진행되는 LNG파크에서 보내드립

니다.

─LC트윈스가 3연전 중 1차전을 먼저 승리로 가져갔는데요. 기세를 몰아 2연승을 이어갈 수 있을지 궁금하네요!

"플레이볼!"

주심의 경기 시작을 알리는 신호와 함께 LC트윈스와 AK 와이번스의 시즌 11차전이 시작되었다.

원정 경기이기에 1회 초 LC가 먼저 공격을 시작했다.

1번 타자이자 중견수를 맡은 민우가 타석에 들어섰다.

와이번스의 선발투수는 프로 7년차 좌완투수인 고호준이었다.

그의 별명은 좌완 파이어볼러였는데 그 별명답게 140㎞ 중반의 빠른 직구와 130㎞대의 슬라이더, 120㎞대의 커브를 구사할 줄 아는 투수였다.

다만 들쑥날쑥한 제구력이 단점이 되어 '롤러코스터'라는 별명도 가지고 있었다. 그 별명 때문에 1군에서 잘 던지다가도 제구력이 흔들려 2군에 내려오는 일이 잦은 선수였다.

민우는 타석에 들어서기 전 장갑을 매만지며 호준의 능력치를 확인해보았다.

[고호준, 28세]

─구속[U, 77(36%)/100], 제구[R, 63(89%)/100], 멘탈[R, 62(81%)/100], 회복[R, 64(54%)/100].

'구속이 높지만 제구가 좋지 않다. 스트라이크 한가운데로 몰리는 공이 나올 확률도 높겠지.'

민우가 배터 박스에 들어서 자리를 잡자 AK의 배터리가 빠르게 사인을 교환했다.

'강민우. 변화구에 약점을 보인다. 일단 빠른 공을 보여주고 결정구로 떨어지는 커브.'

AK의 포수 정성호의 사인에 고개를 끄덕인 호준이 와인드업 자세를 취한 뒤 공을 뿌렸다.

슈욱!

팡!

"볼~"

제구가 그리 좋지 않으리란 민우의 예상대로 초구부터 스트라이크존을 크게 벗어난 볼이었다.

'아직 영점이 잡히질 않았어. 그전에 쳐 낸다!'

1번 타자의 역할이 후속 타자들에게 공을 많이 보여주는 것이라곤 하지만 좋은 공을 버리는 것만큼 멍청한 짓은 없었다.

민우는 좋은 공이 들어오면 치리라 마음을 먹었다.

이후 2구와 3구가 연속해서 볼로 빠지며 3볼이 되었다.

이번에 투수가 스트라이크존에 꽂아 넣을 확률은 거의 100%라고 할 수 있었다.

보통 이런 경우 타자들은 공 한 개쯤은 그냥 흘려보내며 볼

넷을 노려보기도 한다.

슈욱!

그리고 제4구, 호준의 선택은 스트라이크를 잡기 위한 한가운데로 들어오는 포심 패스트볼이었다.

하지만 민우는 뛰어난 직구 컨택 능력을 소유하고 있었고, 그 눈에 호준의 공은 너무나도 매력적인 코스로 날아오고 있었다.

딱!

경기장에 경쾌한 타격음이 울려 퍼졌다.

민우는 스트라이크존으로 공이 날아오자 본능적으로 배트를 휘둘렀고 타구는 투수 옆을 스치며 날아가 깨끗한 중전 안타로 이어졌다.

―고호준 선수가 방심했나요. 한가운데로 꽂아 넣는 빠른 공을 강민우 선수가 그대로 때려냅니다.

―고호준 선수. 오늘 제구가 그리 좋지 않아 보입니다.

"흐음. 역시 중심이 살짝 무너지고 팔꿈치가 벌어지는데."

찬엽이 중얼거리자 기태가 고개를 돌리며 의문을 표시했다.

"나 코치님. 무슨 문제라도 있나요?"

"아, 예. 오늘 민우 녀석 연습 때 보니 타격 폼이 많이 흐트러지더군요. 어깨에 계속 힘이 들어가는 모양새였습니다. 그래서 계속 수정을 하라고 얘기는 했는데… 방금 전 타석에서도 중심이 살짝 흔들리는 모습이 보여서 말입니다."

찬엽의 설명을 들은 기태가 미간을 찡그렸다.

"뭔가 평소와 조금 다르다 싶더니, 그런 거였군요."

"예. 힘을 제대로 싣지 못할 테니까요. 그래도 배트를 제대로 갖다 대는 능력은 문제가 없어 보여 다행입니다. 다음 타석엔 힘을 좀 빼고 걸대로 치라고 주문을 해야겠습니다."

민우에 대한 대화는 거기까지였다.

민우는 1루 베이스에서 리드 폭을 크게 넓혔다. 도루를 하겠다는 의미였다.

하지만 좌투수인 호준이 그것을 보지 못할 리가 없었다.

'저 녀석, 발이 빠른 녀석이었지?'

지난 몇 경기에서 보여준 도루와 호수비로 인해 다른 팀들도 모두 민우의 존재를 조금씩 의식하고 있었다.

분석 역시 조금씩 이루어져 현재 패스트볼에 강하고, 변화구에 약점을 보이며, 빠른 발을 소유해 수비가 좋은 중견수라는 이미지가 잡혀 있었다.

성호 역시 민우를 주시하고 있었고, 호준과 같은 생각을 하고 있었다.

'저 녀석, 발이 빠르다. 견제구를 던져.'

눈빛을 교환한 호준은 LC의 2번 타자 윤택에게 초구도 던지기 전에 빠른 동작으로 1루 견제를 시도했다.

슉!

호준이 1루를 향해 공을 뿌림과 동시에 민우 역시 1루 베이스로 몸을 날렸다.

'후, 아슬아슬했어.'

투수에게로 공이 다시 전해지는 걸 본 뒤에 몸을 털던 민우는 다시 리드 폭을 넓혔다.

'확실히 왼손투수의 견제는 무서워.'

좌투수의 강점은 견제에 있다고 해도 과언이 아니다. 좌투수는 정면으로 1루 주자를 확인할 수 있고, 키킹 동작 전까지 1루 주자가 투구인지 견제인지 구분할 수 없기에 도루 타이밍을 잡기에 어려움이 많다.

만약 호준의 제구가 완벽하다면 도루를 시도하지 않았을 테지만 오늘 호준의 제구가 그리 좋지 않았기에 도루를 시도해 볼 만한 상황이었다.

'포수가 원하는 코스로 공이 가지 않는다면 충분히 시간적으로 여유가 생긴다.'

슈욱!

"스트라이크!"

호준은 도루를 대비해서인지 초구를 빠른 공으로 가져갔다.

그리고 두 번의 견제 동작이 더 이어졌다.

'날 너무 의식하고 있어. 분명 제구가 흔들릴 거야.'

민우는 이번에 타이밍을 빼앗아 뛰기로 결심했다.

그리고 호준이 키킹 후 홈 플레이트 방향으로 스트라이드를 내딛자 잽싸게 스타트를 끊었다.

타타타탓!

바람이 귓가를 스치는 소리와 함께 2루 베이스가 점점 가까워졌다.

퍽!

"볼!"

포수 미트에 공이 꽂히는 소리와 동시에.

슈우욱!

성호가 2루를 향해 빠르게 공을 뿌렸다.

헤드 퍼스트 슬라이딩을 한 민우가 2루 베이스를 터치함과 동시에 유격수가 공을 캐치하며 글러브로 민우의 손을 터치했다.

"세이프!"

2루심의 판정은 세이프. 민우의 승리였다.

"후~"

성호는 민우를 잡아내지 못한 게 못내 아쉬운 듯, 타임을 요청하고 유니폼에 묻은 흙을 털고 있는 민우를 짧게 노려본 뒤 몸을 돌렸다.

그리고 그런 민우에게 시선을 보내는 이가 한 명 더 있었다.

"이름이 강민우인가? 타격 폼이 조금 불안정하긴 하지만 발은 꽤나 빠르군. 도루 센스가 꽤 좋아."

혼잣말을 중얼거리며 노트북을 두드리는 이는 어제 1군 경기를 관전하며 선수들을 살피던 바로 그 금발 벽안의 남자였다.

더그아웃에 남아 있던 선수들은 뒤늦게 그 모습을 발견하곤 수군거리기 시작했다.

"2군 경기장에 웬 외국인이래?"

"그러게. 주변에 사는 사람인가?"

"아냐, 자세히 봐봐. 노트북에 로고가 붙어 있는데?"

"어? LA다저스 로고잖아. 티셔츠에도 LA로고가 있어. 그럼 저 사람 혹시 스카우터 아니야?"

"에이, 설마. 어떤 스카우터가 2군 경기장까지 찾아와. 1군에도 볼 사람이 넘칠 텐데."

더그아웃에 웅성거림이 시작되자 그 여파는 코치진에게까지 이어졌다.

"감독님. 저기 저사람 보이십니까?"

찬엽의 물음에 기태가 시선을 돌리더니 눈이 살짝 커졌다.

"음? 아, 저자는?"

"아는 사람입니까?"

"안면이 있는 사이입니다. 마크 엘리스라고 LA다저스의 스카우터인데 예전에 제가 도움을 준적이 있거든요."

기태의 말에 찬엽이 의문을 표했다.

"그렇군요. 그런데 스카우터가 왜 2군 경기를 보러 왔을까요?"

"글쎄… 신고 선수 말고는 계약에 묶여서 데려갈 수도 없을 텐데 말입니다. 먼 미래라도 내다보고 있는 건지도 모르겠네요."

스트라이크 아웃!

그 사이 호준의 제구가 잡혔는지 2번과 3번 타자가 내리 삼진을 당하고 4번 타자인 병호가 타석에 들어섰다.

호준은 앞선 두 타자를 연속 삼진으로 잡은 뒤 자신감이 붙은 듯 그 자신감은 구위로 이어졌다.

슈욱!

호준은 병호를 상대로 초구부터 스트라이크존에 빠른 공을 꽂아 넣었고, 병호는 그 공을 놓치지 않겠다는 듯 무섭게 배트를 돌렸다.

딱!

"와아!"

병호의 타구가 크게 뻗어나는 듯 보이자 더그아웃의 관심이 스카우터에게서 병호의 타구로 돌아갔다.

'중견수!'

호준은 병호의 배트가 울리는 소리를 듣는 순간 천천히 뒤로 돌아 타구를 바라봤다.

호준의 예상대로 쭉쭉 뻗어나가던 타구는 워닝 트랙 앞에서 힘을 잃고 떨어져 내렸고, AK의 중견수가 여유 있게 글러브로 캐치해 냈다.

'아, 플라이구나.'

타구를 바라보며 천천히 베이스를 돌던 민우는 아쉬움에 속으로 탄식을 뱉었다.

민우 개인으로는 첫 회부터 안타와 도루를 기록했고, 추가로 득점까지 기록할 수 있는 기회였기에 아쉬움이 남았다.

공수가 교대되는 모습을 보며 스카우터는 생각에 잠긴 모습이었다.

"백병호. 펀치력은 괜찮은 듯한데… 정확성이 떨어지는군."

스카우터는 민우에 이어 병호를 관찰하며 바쁘게 노트북을 두드리고 있었다.

LC의 선발투수인 류재욱 역시 호준에게 밀리지 않겠다는 듯 1회 말을 깔끔하게 삼자범퇴로 끝냈다.

그렇게 소득 없는 공격과 수비가 5회까지 이어졌다.

그사이 민우는 3회, 2번째 타석에서 떨어지는 커브에 당해내야 땅볼로 물러나고 말았다.

수비에서도 중견수 방면으로 날아오는 타구가 없어 글러브를 놀리고 있었다.

'흠. 저 강민우라는 선수의 수비 능력이 어느 정도인지 보고 싶은데… 영 기회가 오지를 않는군.'

LA다저스 스카우터 마크는 민우의 어깨를 확인해 보고 싶은 마음이 들었지만 양 팀이 번갈아가며 솜방망이를 휘둘러대는 통에 그런 마크의 바람을 들어주기에는 부족한 모습이었다.

그리고 5회 말, AK의 공격이 진행되고 있었다.

AK의 4번 타자인 이하준이 타선의 침묵을 깨는 우익선상 3루타를 때려내 무사 주자 3루 상황이 되었고, 타석에는 AK 와이번스의 5번 타자 최적이 들어서고 있었다.

노아웃에 주자 3루의 위기 상황.

포수인 태곤은 그런 최적을 힐끗 바라봤다.

'최적은 펀치력과 정확성을 겸비한 선수다. 어설픈 공을 던졌

다가는 통타당할 확률이 높지. 철저하게 유인구로 간다.'

고민을 마친 태곤이 변화구 사인을 보내자 재욱이 고개를 끄덕였다.

재욱의 장점은 포심 구속이 140㎞ 초반에 불과하지만 그것을 뒷받침해 줄 수준급의 체인지업을 보유했다는 점이다. 거기에 더불어 간간히 섞어 던지는 커브는 체인지업과 함께 타자의 타이밍을 뺏기에 좋은 무기였다.

슈욱!

초구는 홈 플레이트 앞에서 뚝 떨어지는 커브볼이었다.

"볼!"

하지만 최적은 선구안이 좋기로 유명했고 그 공이 볼이 될 것을 알았다는 듯 그냥 흘려보냈다.

'높은 쪽 포심을 하나 보여준 뒤, 체인지업으로 속여보자.'

사인 교환을 마치고 재욱이 제2구로 빠른 포심 패스트볼을 던졌다.

그런데 높은 쪽으로 던지려던 공이 제구가 흔들려 스트라이크존 한가운데로 날아가기 시작했고, 최적은 그것을 놓치지 않겠다는 듯 강하게 배트를 돌렸다.

'아… 실투다.'

따악!

정갈한 타격음이 귓가를 울리자 재욱은 푹하며 고개를 숙이고 말았다.

깔끔한 타격음이 들리자 양 팀 더그아웃과 관중석의 마크까지 모두 눈으로 타구를 쫓기 시작했다.

최적의 타구는 센터 방면의 하늘을 뚫을 듯한 기세로 쭉쭉 뻗어나가기 시작했다.

'갔다!'

타구를 때리는 순간 최적은 홈런임을 직감하고 베이스를 천천히 돌기 시작했다.

그런데 그의 눈에 LC의 중견수 민우가 엄청난 속도로 펜스 방향으로 달리는 것이 보였다.

'저 녀석, 헛심 빼는구나.'

안쓰럽다는 생각을 하며 1루 베이스를 돌던 최적의 표정은 점점 설마 하는 표정으로 바뀌어가고 있었다.

타타타타탓!

민우는 펜스를 향해 전력 질주를 하며 시야에 보이는 붉은 화살표의 색깔이 점점 노란색으로 바뀌는 것을 보고 있었다.

'된다. 잡아낸다!'

어느새 눈앞에 펜스가 보였고 머리위로는 타구가 보였다. 여기서 스퍼트를 늦추지 않는다면 펜스에 그대로 부딪힐 듯 보였다.

"어! 어!"

"저 녀석. 저러다 다칠 거 같은데."

더그아웃에서 웅성거리는 소리가 커져갔다.

그 순간!

타탁!

민우가 점프를 함과 동시에 펜스를 밟고 도움닫기를 한 뒤 허공으로 떠올랐다.

순간의 정적 뒤.

팟!

펜스를 넘어갈 듯 보이던 공이 아슬아슬하게 민우의 글러브로 빨려 들어갔고 민우는 부드러운 동작으로 바닥으로 착지해 내려왔다.

"아아……."

"우와아!!"

"나이스캐치!!"

LC의 더그아웃에선 놀라움의 함성이, AK의 더그아웃에선 아쉬움의 탄식이 흘러나왔다.

민우는 거기서 그치지 않고 빠르게 스텝을 밟으며 3루를 향해 공을 뿌렸다.

쉬이익!

"어?"

"3루 주자!"

홈런이라는 판단에 홈으로 들어가 여유 있게 서 있던 하준은 3루 코치의 다급한 손짓에 그제야 3루로 돌아가고 있었다.

파공성을 울리며 거의 일직선으로 날아간 민우의 송구는 그런 하준의 귀루를 허락하지 않았다.

팍!

"아우~ 웃!"

하준이 베이스에 손을 뻗기 전 3루수의 글러브에는 이미 민우의 송구가 도착해 있었고, 3루심은 주먹을 크게 휘두르며 아웃을 선언했다.

"우오옷!"

"저 자식! 완전 대박이잖아!"

"어떻게 저걸 잡아내지?"

더그아웃에선 또 한 번 술렁임이 일었다.

'호오! 홈런을 훔쳐낸 것도 모자라 3루 주자까지 잡아내다니! 빠른 발과 넓은 수비 범위… 거기에 강한 어깨까지 가졌다는 건가. 저 정도 선수에 대해 아무것도 모르고 있었다니… 나도 참 한심하군. 이건 팀에 보고를 넣어야겠어. 도대체 LC트윈스는 저런 선수를 2군에 박아두는 이유가 뭐지?'

관중석에서 그 모습을 지켜보던 스카우터 마크는 이런 곳에서 저런 플레이를 볼 줄 몰랐다는 듯 눈을 크게 뜨더니 민우를 뚫어질 듯 쳐다보며 키보드를 두드렸다.

─강민우가 예술적인 수비와 송구를 동시에 보여줬습니다!

─지금 뭐, 강민우 선수가 자신의 수비력과 강한 어깨를 만천하에 뽐냈어요. 웬만한 선수들은 애초에 저 공을 잡을 시도조차 못하는데 아주 엄청난 모습을 보여줬어요.

─예, 맞습니다. 1군 경기였다면 오늘의 하이라이트로 스포츠 뉴스를 장식할 만한 엄청난 플레이였습니다.

오늘 경기의 해설을 맡은 중계진도 이런 장면이 흔치 않다는 듯 감탄의 목소리로 연신 민우의 플레이를 칭찬하고 있었다.

무사 3루에서 순식간에 주자 없는 2아웃 상황으로 바뀌자 AK의 더그아웃에는 침묵만이 가득했다.

AK의 감독 이수만도 순식간에 벌어진 일에 선수들에게 무슨 지시를 내려야 한다는 생각조차 하지 못했다.

그의 머릿속엔 온통 LC의 중견수 강민우에 대한 생각만이 가득했다.

'강민우… 홈런을 훔친 것도 모자라 3루 주자까지 잡아내다니. 순식간에 LC로 분위기가 넘어갔어. 저 녀석은 어디서 갑자기 튀어나온 거지? 신고 선수로 합류했다는 말은 들었지만… 드래프트에서 뽑히지 않았다는 건 그저 그런 실력이라는 말인데… 크흠……'

"스트라이크 아웃!"

민우의 호수비에 탄력을 받은 재욱은 6번 타자인 김광민을 삼진으로 돌려세우며 이닝을 마무리 지었다.

"민우 씨, 굉장한 수비였어요!"

"고맙습니다. 태곤 선배님."

태곤이 타석으로 향하기 전 민우에게 감탄의 목소리로 한마디를 전하고는 그라운드로 나갔다.

"민우야!"

재욱은 더그아웃으로 돌아온 민우에게 손을 들어 내밀었다.

"아주 멋진 플레이였다. 덕분에 살았어."

민우 역시 손을 들어 하이파이브를 하며 대답했다.

"고맙습니다."

"같이 1군으로 올라가자. 너 정도 실력이면 1군 등록은 시간문제로 보이니까."

재욱이 웃으며 건넨 말에 민우는 순간적으로 얼굴이 살짝 굳을 수밖에 없었다. 경기에 집중하며 애써 기억 저편에 밀어두었던 지웅의 말이 다시 떠올랐기 때문이다.

더그아웃 저편으로 고개를 돌리니 조금 떨어진 곳에 앉아 있던 지웅이 여유 있는 표정으로 자신을 바라보고 있는 모습이 보였다.

눈이 마주치자 지웅은 씨익 웃으며 가볍게 박수를 치더니 이내 그라운드로 시선을 돌렸다.

"1군 등록? 안 됐지만 그럴 일은 절대로 없을 거야. 즐길 있을 때 즐겨두라고. 하하하!"

민우는 고개를 도리질 치며 그 말을 잊어버리려 했다.

"예, 꼭 1군에 같이 올라가길 바라겠습니다."

민우는 그 말을 끝냄과 동시에 헬멧과 배트를 챙겨 대기 타석에 들어섰다.

휙! 휙!

'일어나지도 않은 일은 신경 쓸 필요 없어. 지금은 내 타격에만 집중하자.'

민우는 배트를 휘두르며 애써 생각을 정리하려 노력하고 있었다.

6회 초, LC의 선두 타자로 나선 태곤은 풀카운트 접전 끝에 낙차 큰 커브를 툭 건드리는 바람에 유격수 방면 땅볼로 아웃되고 말았다.

그 모습을 지켜보고 있던 민우가 천천히 대기 타석을 벗어나며 배트를 휘둘렀다.

'첫 타석엔 직구를 때려서 안타, 두 번째 타석에선 저 낙차 큰 커브에 땅볼이었지. 볼카운트가 몰리기 전까진 되도록 직구를 노려보자.'

민우가 배터 박스에 자리를 잡자 AK의 배터리는 빠르게 사인을 교환하기 시작했다.

'스트라이크를 잡고 시작하자. 초구는 바깥쪽 낮은 코스. 포심.'

포수의 사인에 호준이 고개를 끄덕였다.

슈욱!

팡!

하지만 호준이 힘차게 키킹을 하고 뿌린 공은 스트라이크존에서 크게 벗어났고 주심의 판정은 볼이었다.

'세 타석 모두 초구는 포심이군.'

민우는 호준이 공을 뿌리는 순간 이미 볼이라고 판단하고 배트를 움직이지 않았다.

포수는 마음에 들지 않는 듯 고개를 갸웃하며 다시 한 번 포심을 요구했다.

'이번엔 눈에 가깝게 높은 코스로.'

고개를 끄덕인 호준이 다시 한 번 힘차게 공을 뿌렸다.

슈우욱!

민우는 공이 몸 쪽 높은 곳으로 날아오자 순간적으로 갈등을 했다.

'몸 쪽 포심! 애매한 코스인데. 이건 제대로 못 치면 바로 플라이야. 한 번은 참자.'

팡!

공을 잡는 순간 미트질을 한 성호는 주심을 바라봤지만 주심의 손은 미동조차 하지 않았다.

볼이라는 판정이었다.

'휴~ 좋아!'

민우는 속으로 안도의 한숨을 쉬었고, 성호는 밖으로 한숨을 내뱉었다.

'젠장. 제구가 갑자기 흔들려서 볼카운트가 몰리고 있어.'

성호는 미트에서 공을 꺼내 호준에게 던지며 사인을 보냈다.

'카운트를 잡아야 돼. 여기서 하나 더 내주면 안타를 맞을 확률이 더 높아져. 몸 쪽으로 붙는 느린 커브로 카운트를 잡자.'

호준은 동의한다는 듯 고개를 끄덕였다.

그리고 다시 한 번 와인드업 후 힘차게 뿌린 공이 날아왔다.

슈우욱!

그 궤적이 민우 자신에게 너무 가까워 보이자 민우는 살짝 몸을 틀었다.

팡!

몸 쪽으로 높은 궤적을 띄던 공은 민우의 예상과 달리 점점 휘어지며 몸 쪽 낮은 쪽 스트라이크존에 꽂혔다.

"스트~ 라이크!"

민우의 타석에서 처음 들려온 주심의 스트라이크 콜이었다.

'아무리 봐도 프로의 변화구는 급이 다르다. 특히 몸 쪽은 구분이 잘 안 돼.'

민우는 방금 전 정도의 변화구를 수월하게 쳐내려면 더 많은 노력이 필요하리라 생각했다.

'아직 카운트는 2볼 1스트라이크. 나에게 유리해. 여기서 카운트를 잡으러 들어온다면 노려볼 만하다.'

민우가 생각을 하는 사이 호준이 제4구를 던졌다.

슈우욱!

'포심!'

호준의 공은 뚜렷한 직선의 궤적을 그리고 있었다. 하지만 민우의 배트는 미동조차 하지 않고 공은 그대로 포수의 미트에 꽂혔다.

성호는 공을 받자마자 주심의 콜을 듣지도 않고 호준에게 다시 공을 넘겼다. 너무 낮은 궤적에 누가 봐도 볼이었기 때문이다.

'좋아. 이번엔 스트라이크를 잡으려고 존에 몰리는 공을 던

질 확률이 높다. 노려서 쳐보자.'

민우는 혹여나 몸이 굳어 제대로 타격하지 못할까 손에서 힘을 빼며 배트를 가볍게 쥐었다.

호준은 자신의 제구가 마음에 들지 않는다는 듯 어깨를 한 번 돌리며 풀어보는 모습이었다.

성호는 민우를 한 번 슥 본 뒤, 호준에게 사인을 보내기 위해 다리 사이로 손을 숨겼다.

'카운트를 잡아야 돼. 변화구에 약하니까 빠른 슬라이더로 하나 잡자. 스트라이크존에 꽂아 넣어.'

고개를 끄덕인 호준이 슬라이더 그립을 잡은 뒤 힘차게 공을 뿌렸다.

슈우욱!

'이건 변화구야!'

공이 호준의 손을 떠남과 동시에 살짝 떠오르는 모습에 민우는 변화구임을 직감했다.

그에 맞춰 허리의 회전을 살짝 늦춘 민우가 공의 궤적을 눈으로 쫓으며 그에 맞춰 배트를 돌렸다.

따악!

공을 때리는 순간 아주 가벼운 반발력이 배트를 쥔 민우의 손에 느껴졌고, 정갈한 타격음이 그라운드를 울렸다.

─제5구! 쳤습니다! 큽니다!! 쭉쭉 뻗어 날아갑니다!!

'이건……!'

민우는 처음 느껴보는 감각에 한동안 배트를 놓지 못하고 있다가 뒤늦게 배트를 놓고 달리기 시작했다.

그런 민우의 눈에 호준이 한쪽 무릎을 털썩 꿇는 모습이 잡혔다.

'홈런… 이구나.'

시선을 돌려 타구를 바라보니 당겨 친 타구는 우측 외야를 지나 펜스 위를 넘어가고 있었다.

관중석에서 노트북을 두드리던 마크는 타격음이 들리는 순간 손을 멈췄다.

그리고 타구가 포물선을 그리며 펜스를 넘어가 시야에서 사라지자 민우에게로 시선을 돌렸다.

'강민우. 빠른 발과 수비력, 강한 어깨, 거기에 한 방까지 갖췄어. 다재다능한 선수야. 체격을 좀 더 키운다면 거포로 클 가능성도 보인다.'

생각을 마친 마크는 휴대폰을 꺼내 어디론가 전화를 걸었다.

─펜스! 펜스!! 홈런입니다!! 강민우가 시즌 첫 홈런을 솔로 홈런으로 장식합니다! 이 홈런으로 양 팀 0의 균형이 무너졌습니다!

─이야. 저 체구에서 저런 파워가 나올 수 있다니. 대단합니다. 조금 전 스윙은 정말 부드러웠는데요.

─예. 최적 선수의 홈런을 훔쳐낸 것도 모자라 호쾌한 스윙

으로 직접 홈런을 만들어냅니다. 정말 대단합니다.

─앞으로의 모습이 정말 기대가 되네요!

천천히 다이아몬드를 돌아 홈 플레이트를 밟자 전광판의 스코어가 올라갔다.

[LC트윈스 1 : 0 AK 와이번스]

다음 타자인 윤택이 무뚝뚝한 표정으로 손을 내밀었고 민우는 가볍게 손을 뻗어 터치한 뒤 더그아웃으로 향했다.

"타격 자세가 제대로 돌아왔네요."

기태가 가볍게 입을 열자 옆에 서 있던 찬엽이 답했다.

"예, 앞선 두 타석과는 다르게 조금 전엔 정말 완벽한 타격 메커니즘을 보여줬습니다. 허허. 조금씩 발전해 가는 모습을 보여주는 것 같아서 개인적으로 기분이 좋습니다."

"전부 나 코치님의 가르침 덕분이라고 생각합니다. 저기에 다양한 변화구 대처 능력까지 더해지면 더할 나위가 없겠지요. 앞으로도 고생 좀 해주세요."

"예. 제가 잘 키워보겠습니다."

기태가 찬엽의 공이라며 띄워주자 찬엽은 과찬이라는 듯 고개를 숙였다.

더그아웃에 앉아 물을 마시는 민우의 옆으로 태곤이 다가왔다.

"민우 씨, 방금 전 스윙 엄청났어요! 민우 씨가 때린 한 방으로 우리가 앞서기 시작했고요. 어떻게 해야 그런 스윙을 할 수 있는 거예요?"

태곤의 물음에 민우는 난감한 표정을 지었다.

"그렇게 물으셔도… 저보다는 태곤 씨가 더 잘 알 것 같은데요."

"에이… 방금 전 스윙은 정말 대단했어요. 저는 한 번도 그런 스윙을 해본 적이 없거든요."

민우는 태곤의 말에 가볍게 고민을 했다.

'이걸 어떻게 설명해야 되는 거지. 가볍게 스윙을 했지만 능력치의 도움이 있었다라고 말할 수는 없잖아.'

"하하… 저도 이번이 처음이었어요. 어깨에 힘을 빼고 배트를 가볍게 돌린다는 느낌으로 쳐냈는데 이런 결과가 나온 거라… 뭐라 설명하기가 어렵네요. 다음에 저랑 같이 연습하면서 한번 살펴보죠."

민우의 애매한 대답에 알 듯 모를 듯한 표정을 짓던 태곤이 웃으며 고개를 끄덕였다.

"예, 그렇게 하죠."

띠링!
[기간 제한 퀘스트 발동─타격 코치]
[대상─김태곤]
[기간─7일]

─LC트윈스의 포수 김태곤과 타격 훈련을 함께하십시오.

─김태곤과 함께 티배팅 200개, 토스배팅 200개, 배팅볼 배팅 200개의 훈련량을 소화하십시오.

─김태곤의 스윙 메커니즘을 관찰하십시오.

─완료 시 영구적으로 파워 +1, 정확 +1.

─미완료 시 일주일간 파워 −3, 정확 −3. 하루 동안 근육통 발생.

─본 퀘스트는 발생 횟수에 제한이 없습니다.

'이건?'

민우는 여태껏 단발성의 돌발 퀘스트만을 진행했었다.

그런데 이번에 나타난 퀘스트는 기간이 7일로 잡힌 기간 제한 퀘스트라고 되어 있었다.

그와 동시에 우측 상단에 남은 시간이라는 글자와 함께 6일 23시간 59분 59초라는 숫자가 나타나 조금씩 줄어들기 시작했다.

'이런 퀘스트도 있었구나.'

민우는 아직도 새로운 것이 있다는 것에 새삼 자신에게 적용된 시스템에 놀라움을 느꼈다.

'그러고 보니 능력치가 얼마나 올랐지?'

[강민우, 23세]

[타자]

─파워[B, 43(34%)/100], 정확[B, 49(18%)/100], 주력[B, 50(23%)/100], 송구[B, 47(49%)/100], 수비[B, 48(91%)/100].
　─종합 [B, 237/500]

　그간의 훈련과 경기에서의 실전 경험, 그리고 호수비와 송구, 타격, 코치의 조언 등 특수한 경험들이 시너지 효과를 일으켜 능력치는 가파르게 상승했다.

　그 결과 처음 능력치가 생겼을 때에 비하면 각각의 능력치가 20 전후로 상승한 수준을 보이고 있었다.

　'나… 엄청 성장했구나.'

　비약적으로 상승한 능력치에 민우는 감개무량함을 느꼈다.

　"스트~ 라이크! 아웃!"

　그사이 윤택은 호준의 바깥쪽 꽉 찬 직구에 헛스윙을 하며 삼진을 당하고 말았다.

　이후 7회 양 팀의 구원투수가 등판했고, 병호가 볼넷으로 출루한 것을 제외하고는 8회까지 서로 소득 없는 공방을 계속했다.

　중견수 방향으로 날아오는 타구는 민우의 깔끔한 수비로 가볍게 처리되었고 9회가 되었다.

　9회 초, 선두 타자로 들어서는 것은 1번 타자인 민우였다.

　AK의 바뀐 투수는 좌완 장우람이었다.

　그는 직구 최고 구속이 140㎞ 초반으로 느린 편이었지만 안정적인 투구 폼에서 직구와 같은 동작으로 뿌리는 위력적인 체인지업을 소유하고 있었다. 여기에 예리한 각도로 휘어지는 슬라이더까지 더해져 피안타율은 2할에 불과했다.

민우는 대기 타석에 놓인 스프레이를 배트에 뿌리며 마운드에서 연습 투구를 하고 있는 우람을 바라봤다.

'직구와 체인지업을 적절히 섞어 던지는 투수라고 했지. 슬라이더도 던지지만 그 비율이 극히 미미하다. 직구 아니면 체인지업이야. 이번 타석은 타이밍 싸움이다.'

체인지업은 과거에는 느린 공(Slow Ball)이라고 불렸다. 말 그대로 패스트볼보다 느리고 조금 더 가라앉는 다는 것 외에는 패스트볼과 그리 차이를 보이지 않는 구종이라고 할 수 있다. 90년대 이후 변형 체인지업이 등장하면서 다시 주목받기 시작한 구종이기도 하다.

민우가 배터 박스에 자리를 잡자 AK의 배터리가 일사분란하게 사인을 교환하기 시작했다.

이윽고 우람이 고개를 끄덕이곤 부드러운 투구 폼으로 공을 던졌다.

슈욱!

'포심인가?'

민우의 눈에는 스트라이크존 낮은 쪽으로 살짝 걸치는 포심 패스트볼로 보였다.

'잘못 치면 땅볼이야. 하나는 보내자.'

그렇게 생각하는 순간 공이 급격히 가라앉기 시작했다.

'아니?'

민우는 순간적으로 떨어져 내리는 공의 궤적에 당황할 수밖에 없었다.

'체인지업이구나. 패스트볼 타이밍에 배트를 돌렸으면 그대로 헛스윙이었겠어. 조심해야겠다.'

팡!

스트라이크존 아래에서 포구한 성호가 미트를 살짝 들어 올렸지만 주심의 판정은 볼이었다.

성호는 아쉬운 듯 고개를 한 번 갸웃한 뒤 우람에게 공을 던져주었다.

'한 번 더 체인지업으로. 지금보다 살짝 높게.'

사인 교환을 마친 우람이 다시 한 번 공을 뿌렸다.

슈우욱!

민우는 비슷한 코스로 날아오는 공을 보며 고민에 빠졌다.

'이번에도 체인지업인가? 아니면 포심인가?'

고민을 하던 민우는 한 번 더 흘려보내기로 하고 배트를 돌리지 않았다.

유혹적인 코스로 날아오던 우람의 공은 홈 플레이트 앞에서 궤적을 바꿔 뚝 떨어지는 모습을 보였다.

"스트라이크!"

이번에는 성호의 미트질이 통한 듯 주심은 스트라이크 콜을 외쳤다.

볼카운트는 1볼 1스트라이크.

이후 기습적으로 포심을 꽂아 스트라이크를 잡은 우람은 다시 한 번 체인지업을 던졌지만 또다시 볼 판정을 받았다.

카운트는 순식간에 2볼 2스트라이크가 되었고, 카운트 상으로는 민우에게 불리한 상황이었다.

'알 듯 말 듯한 느낌이야.'

민우는 잠시 타석에서 물러서 장갑을 매만지며 생각을 정리했다.

'능력치 때문인지 몰라도 패스트볼보다 확실히 눈에 보인다. 이번에도 체인지업을 던진다면 칠 수 있어.'

배트를 크게 한 번 휘두른 민우가 배터 박스에 들어서자 성호가 그런 민우를 힐끗 바라봤다.

'방금 전 스윙은… 큰 걸 노리고 있으니 체인지업을 던지길 유도하는 건가?'

민우의 단순한 행동은 성호의 생각을 복잡하게 만들었다.

'볼카운트는 우리한테 유리해. 바깥쪽에 걸치는 체인지업으로. 빠져도 좋아.'

성호의 사인에 우람은 가볍게 고개를 끄덕였다.

'제대로만 들어가면 삼진이고, 치더라도 땅볼로 잡을 수 있다.'

와인드업 자세를 취한 우람이 키킹을 하며 힘차게 공을 뿌렸다.

슈우욱!

그와 동시에 민우의 배트도 움직이기 시작했다.

'잡았다!'

우람과 성호는 같은 생각을 하며 돌아가는 민우의 배트를 바라보고 있었다.

그런데.

따악!

민우가 그 공을 때려냈고 타구는 3루수의 글러브를 스쳐 3루 선상을 따라 빠르게 흘러갔다.

—아! 강민우 선수가 바깥쪽으로 떨어지는 변화구를 밀어 쳐 안타를 만들어냅니다.

—이번 타격은 손목을 이용한 배트 컨트롤이 아주 정교했어요! 아주 기술적으로 밀어 친 것으로 보입니다!

—오늘 강민우 선수의 활약이 대단합니다. 사이클링 히트에서 3루타 하나가 모자랄 뿐입니다.

'아니? 그 공을 어떻게?'

우람은 허탈한 표정을 지으며 타구를 바라봤고, 성호 역시 마찬가지였다.

좌익수가 펜스를 맞고 튀어나온 공을 잡아 던질 때, 이미 민우는 여유 있게 2루까지 도달해 있었다.

'능력치의 영향인가? 점점 공이 더 잘 보여. 구속이 느려서 더더욱 그럴지도 모르겠어.'

민우는 타임을 요청하고 장구를 풀며 생각에 빠졌다. 그동안 비약적으로 상승한 능력치 덕분인지 공이 눈에 익숙해지는 속도가 점점 빨라지는 것처럼 느껴졌다.

'처음엔 저 정도 속도의 공도 빠르다고 느꼈었는데, 이젠 그리 빠르게 느껴지지 않는다. 그만큼 나도 성장하고 있다는 거겠지.'

민우가 생각에 빠져 있는 사이 2번 타자인 윤택이 들어섰다.

민우는 머리를 비우고 다시 온 신경을 경기장으로 돌렸다.

"민우 녀석. 초반에는 타격 폼이 영 미덥지 않더니, 언제 그랬냐는 듯 대활약을 해버리는군요. 보면 볼수록 참 대견합니다. 허허허."

찬엽은 어느새 민우에게 마음이 뺏긴 듯 뿌듯한 표정으로 2루에서 리드 폭을 넓히고 있는 민우를 바라보고 있었다.

"처음에 비하면 변화구도 조금씩 눈에 익어가는 모습입니다. 아직은 부족하지만 6월 등록일 전까지 발전한 모습을 보여준다면 딱히 경쟁자는 없겠지요."

찬엽에게 질세라 기태 역시 민우를 칭찬했다. 찬엽은 그런 기태의 말에 물음표를 던졌다.

"1군 등록 말입니까?"

"예, 민우를 재치고 등록될 만한 인재가 보이질 않는군요."

기태는 처음 천강이 자신에게 물건이라며 민우를 던져줬을 때가 잠시 떠올랐다.

'천강이 녀석이 보는 눈이 아주 정확해. 아주 좋은 녀석을 선물해 줬어. 허허.'

딱!

윤택이 때린 타구는 2루 방면으로 흐르는 느린 땅볼이 되었고 1루에서 아웃이 되고 말았다.

그사이 민우는 3루까지 내달렸고 외야 플라이가 하나만 나온다면 충분히 득점할 수 있는 찬스였다.

하지만 이후 3번과 4번 타자 모두 우람의 체인지업에 낚이는 바람에 득점 기회는 날아가고 말았다.

이후 9회 말에 등판한 LC의 마무리 투수 오규민이 삼자범퇴로 깔끔하게 이닝을 마무리 지으며 승리를 지켜냈고, 민우의 홈런은 팀의 결승타가 되었다.

민우의 오늘 성적은 4타수 3안타 1홈런 1도루 1타점 1득점이었다. 시즌 타율은 순식간에 0.391까지 올라갔다.

〈신고 선수 신화를 꿈꾸는 LC트윈스의 '강민우'〉

프로야구 퓨처스리그에서 제2의 신고 선수 신화를 꿈꾸는 선수가 있어 화제다.

LC트윈스의 2군 명단에는 작년까지 보이지 않았던 낯선 이름이 보인다. 바로 올해 23살의 늦은 나이에 신고 선수로 입단한 강민우가 그 주인공이다.

중, 고교 기록조차 없는 선수가 신고 선수로 팀에 입단한 것은 지난 3월 초. 팀에 합류한 지 이제 갓 한 달이 넘어선 이 선수가 오늘 AK 와이번스와의 경기에서 3루타가 빠진 사이클링 히트를 때려내 놀라움을 자아내고 있다.

특히 5회 말의 호수비가 경기의 향방을 갈랐다고 할 수 있다. 바로 강민우가 최적의 홈런을 훔쳐내며 팀의 실점을 막아낸 것이다.

그리고 기적과도 같은 일이 벌어졌다.

바로 다음 이닝에 강민우가 때려낸 솔로 홈런이 결승타가 되었고, 팀에 1 대 0 승리를 가져온 것이다.

등번호 73번을 달고 있는 이 선수.

뛰어난 수비에 이어, 홈런까지 터트리며 LC를 이끌 차세대 외야 자원으로 주목받고 있다.

구리 = 이아름 기자

경기 지방신문에 짤막하게 실린 이 기사는 대형 포털 스포츠 뉴스에 잠깐 올라왔지만 별 관심을 받지 못한 채 새로이 올라오는 뉴스들에 밀려나고 말았다.

제4장

천사와 악마

민우는 월요일 자율 훈련 시간을 쪼개 태곤과 타격 연습을 하며 퀘스트를 진행하고 있었다.

티배팅과 토스배팅을 끝내고 배팅 볼을 치는 것도 거의 막바지였다.

체력 안배를 위해 중간중간 휴식을 취하고 있었고, 이제 남은 공도 10개뿐이었다.

"그런데, 민우 씨."

태곤이 갑작스레 민우를 불렀다.

"예?"

"언제까지 저한테 존대하실 거예요?"

민우가 무슨 의미냐는 듯 태곤을 바라보니 태곤은 답답한 마음을 토해내듯 말을 이었다.

"솔직히 민우 씨, 아니 민우 형. 팀에 합류한 뒤로 시간이 꽤 많이 흘렀잖아요."

"예, 뭐, 그렇죠."

민우는 태곤의 '형'이라는 호칭에 고개를 갸웃거렸지만 무심하게 고개를 끄덕였다.

태곤은 그것마저 답답한지 빠르게 말을 이었다.

"아니, 언제까지 저한테 그렇게 거리를 두실 거예요? 다른 사람은 몰라도 저한테는 편하게 대해줄 수 있잖아요. 저, 솔직히 저보다 나이도 많은데 자꾸 존댓말 쓰시는 게 저한테 거리를 두려고 하는 것 같아서 조금 섭섭해요."

태곤의 말을 끝까지 들은 민우는 그제야 무언가를 깨달은 듯 '아' 하며 탄성을 내뱉었다.

사실 민우는 나이보다는 팀에 합류한 순서가 더 중요하다고 생각했다. 그렇기에 자신보다 한 살이 어린 태곤을 비롯해 모든 선수에게 존대를 하며 높이고 있었고, 그것이 맞다고 생각했다.

사회로 치면 민우는 수습 사원이었고, 태곤은 먼저 입사한 선배라고 할 수 있었으니까.

그런데 태곤은 반대로 자신보다 나이가 많은 민우가 계속 존댓말을 사용하고 깍듯이 선배라고 부르니 거리를 두는 느낌이 들어 답답한 마음이 있었던 것이다.

민우는 태곤의 말을 듣고 자신이 팀에 합류했을 때부터 현재까지를 빠르게 되새겨봤다.

처음 테스트를 보기 위해 챔피언스파크를 찾았을 때가 한 달도 더 되었다.

그런데 자신은 하루는 배팅볼을 던져주는 기계처럼 지내고, 다른 하루는 홀로 배팅 연습을 하고 코치가 쳐내는 펑고를 잡거나 하는 등 오로지 연습만 하며 살아왔던 것이다.

이유는 있었다.

자신에게 찾아온 기적 같은 능력. 그 기회를 놓치고 싶지 않았다. 하루 빨리 야구 선수로 성공해 어머니를 보살펴야 하는 절실함이 있었다.

그렇기에 퀘스트가 발동되면 그 퀘스트에 집중하느라 다른 곳에 정신을 분산시킬 여유가 없었다.

훈련 시간은 1분 1초가 아까웠기에 체력이 되는 한 끝없이 자신을 몰아붙였다.

시즌이 개막하고, 로테이션이지만 경기에 계속 나가게 되면서 변화구 대처 능력이 조금은 나아졌지만 아직까지도 많이 부족함을 느끼고 있었다.

3할이 넘는 타율이지만, 변화구만을 따져보면 2할을 겨우 넘는 수준이었다.

이 때문에 민우는 1군 등록 기간 전까지 변화구 대처 능력을 키워내는 것에 온 신경이 집중되어 있었고, 팀원들과의 조화라는 측면에 대해 전혀 생각해 보지 않았었다.

그런데 태곤의 말을 듣고 나서야 그 점을 깨닫게 된 것이었다.

'내가 그랬었구나.'

돌이켜 생각해 보면 처음 야구를 시작했던 더 쇼 야구단에서는 가족 같은 팀 분위기 속에서 야구를 하는 것이 즐거웠었다.

상대 투수에게 한 방 날리고 돌아왔을 때의 더그아웃의 분위기는 그 순간만큼 현실에 대한 부담을 잊게 해주었고 오히려 야구를 진심으로 즐길 수 있게 해줬다.

즐기는 야구는 곧 자연스레 성적으로 이어졌고, 그 덕분에 민우는 프로야구 구단까지 들어올 수 있었던 것이다.

하지만 LC트윈스에 입단하고 나서는 한 번도 즐기는 야구를 해본 적이 없었다.

사회인 야구와 달리 프로는 약육강식의 세계라는 생각이 박혀 있었다.

처음에 느꼈던 팀원들의 곱지 않은 시선에 민우는 알게 모르게 스트레스가 쌓이고 있었다. 또, 시한부 인생이라는 생각에 살아남기 위해 쫓기듯 퀘스트와 훈련을 수행해 왔었다.

체력이 닿는 대로 무조건 훈련과 휴식에 모든 시간을 쏟아부었다.

지금까지 민우는 팀에 융화되려는 노력을 전혀 하지 않았었다. 그저 선배 선수가 무슨 일을 시키면 기계처럼 그에 따를 뿐이었고, 그런 일이 없을 때는 자신만의 시간을 가졌다.

'거리를 두고 있는 것은 나 자신이었구나.'

모 감독은 '4할을 치더라도 팀 분위기를 깨뜨리는 선수는 필요가 없다'고 말했다.

야구는 개인의 실력도 중요하지만 그보다 팀 분위기를 해치지 않는 것이 더 중요하다는 뜻이 담긴 말이었다.

민우는 새로운 무언가를 깨닫는 듯한 느낌을 받았다.

태곤은 항상 웃는 낯이었고 즐거워 보였다.

태곤의 능력치는 프로 선수라고 보기에는 낮은 축에 속했지만 그는 모자람 없이 야구를 즐기고 있었다.

천재는 노력하는 자를 이길 수 없고, 노력하는 자는 즐기는 자를 이길 수 없다는 말도 있지 않은가.

어쩌면 민우에게 필요한 것은 여유일지도 몰랐다.

돌이켜 생각해 보면 항상 태곤이 민우에게 다가와 말을 걸어 줄 때마다 그 순간만큼은 여유를 갖고 마음이 편해짐을 느꼈었다. 자신을 진정 동료라고 생각하는 태곤의 마음이 있었기 때문인지도 몰랐다.

생각의 정리를 마친 민우가 드디어 입을 열었다.

"그럼… 내가 말을 편하게 해도 될까?"

"하하, 그럼요."

민우의 말에 태곤이 그제야 표정을 풀며 대답했다.

"그래… 생각해 줘서 고맙다."

민우의 고맙다는 말에 태곤은 잠시 어리둥절한 표정을 짓더니 이내 픽하며 웃음을 지었다.

"뭐가 고마워요. 그렇게 고마우면 저도 형처럼 타격 잘할 수 있게 비법 좀 알려줘요."

말이 끝남과 동시에 태곤이 야구공을 주워 던졌다.

탁!

태곤이 던진 공을 맨손으로 잡은 민우가 씨익 웃었다.

"그래. 내가 도와줄 수 있는 한 최대한 도와줄게."

"옙! 꼭입니다!"

태곤이 능청스러운 목소리로 대답하자 민우는 괜히 기분이 좋아졌다.

"마지막 10개다! 전력투구할 테니까 집중해!"

"예!"

민우의 말에 태곤이 다시 타격 자세를 잡았다.

'민우 녀석. 이제야 좀 어울리려고 하는구나.'

언제부터인지 찬엽이 멀리서 그 둘을 지켜보고 있었다.

'혼자서 무언가를 하다 보면 벽에 부딪히게 마련이지. 그럴 땐 누군가의 몇 마디가 깨달음을 주기도 한다. 태곤이 녀석의 어른스러움이 이럴 땐 참 기특하구나.'

따악!

각자의 마음을 품은 채, 그라운드에는 경쾌한 타격음만이 울려 퍼지고 있었다.

화요일이 밝았다.

이번 3연전의 상대는 퓨처스리그의 강호 상무였다.

민우는 자신의 어깨를 짓누르고 있던 무언가가 조금은 떨어져 나간 듯 경기 내내 시원한 스윙을 보여줬다.

따악!

─제4구! 걷어 올리면서 오른쪽으로 쭉쭉 뻗어갑니다! 펜스!!! 강민우의 타구가 펜스를 넘어~ 갑니다!

─이야. 오늘 3번째 안타를 스리런 홈런으로 장식합니다.

─강민우의 홈런으로 LC가 상무와의 격차를 다시 벌립니다.

8회 말에 터진 민우의 스리런 홈런으로 LC는 상무를 8 대 4로 누르고 1승을 먼저 챙겼다.

이날 민우의 성적은 5타석 4타수 3안타 1홈런 1볼넷 4타점 2득점이었다.

이런 민우의 활약을 시작으로 LC는 상무와의 3연전을 스윕해 내며 리그 선두 자리를 굳건히 지켜냈다.

경찰청과의 첫 3연전을 앞두고 그라운드는 선수들이 훈련 장비들을 챙기며 분주한 모습이었다.

그늘진 더그아웃 한편에서는 그런 선수들을 바라보며 코치진이 회동을 갖고 있었다.

"요즘 민우의 활약이 아주 대단합니다."

"그러게 말입니다. 처음에는 어디서 근본도 모르는 놈이 들어왔다는 생각에 기분이 별로 좋지 않았는데, 실력뿐 아니라 노력도 정말 대단하더군요. 그런 생각을 했던 제가 다 부끄러워집니다. 하하."

대화의 주제는 3연전 상대인 경찰청이 아니라 요즘 활약을 이어가고 있는 민우에 대한 것이었다.

"감독님. 6월이 되면 민우 녀석 바로 1군으로 올려 보낼 겁니까?"

대화를 나누던 코치 중 한 명의 물음에 모두의 시선이 기태에게로 쏠렸다.

"흠… 확실히 민우가 빠르게 성장하고 있긴 합니다. 야구를 한지 겨우 3달이 지났다는 것이 무색하게 너무나도 잘해주고 있어요. 솔직한 말로 우리 팀에서는 민우에 견줄 만한 자원이 없다고 보이는군요."

기태의 말에 코치진은 역시나 하는 표정이었다.

"저희도 같은 의견입니다."

"아무래도 이번에는 크게 고민할 필요가 없겠군요."

2군 코치진 사이에서 1군 등록에 대한 여론은 이미 결론이 난 듯한 느낌이었다.

"자자, 이제 민우 얘기는 이쯤에서 끝내고, 작전 회의로 넘어갑시다. 오늘 경찰청 선발투수는……."

이야기가 대충 결론이 지어지자, 한 코치가 화제를 전환하며 경찰청의 투수에 대한 말을 이어갔다.

훈련 장구를 챙기며 더그아웃을 지나가던 지웅은 더그아웃 안쪽에서 들려오는 목소리에 눈이 크게 떠졌다.

'X발… 뭐라고? 민우 그 녀석을 이번에 1군으로 올리겠다고?'

으드득!

지웅은 이를 으드득 갈며 분노를 삼키려 노력했다.

지웅으로서는 절대로 일어나서는 안 될 일이며 일어날 수도 없는 일이 지금 더그아웃에서 벌어지고 있었던 것이다.

'조금 이른 감이 있지만, 어쩔 수 없다. 태성 선배한테 말씀을 드려야겠어.'

"야, 공 가지고 온다더니 여기서 뭐하냐."

지웅은 갑작스레 들려오는 목소리에 움찔하며 놀랐다.

"죄송합니다. 잠시 다른 생각을 하느라고……."

"정신 차려 인마. 너 그러다 민우한테 주전 자리 뺏긴다. 빨리 가봐!"

선배의 한심하다는 듯한 말투에 지웅은 다시금 속이 부글부글 끓었다.

'젠장. 이젠 이놈이나 저놈이나 다 내가 밀린다고 생각하네. 강민우 이 새끼. 아주 매장시켜 버리겠어.'

"옙!"

끓고 있는 속과 달리 웃는 낯으로 크게 대답한 지웅이 빠른 걸음으로 그라운드로 향했다.

                    *   *   *

'휴~ 오늘도 대승이구나. 타격감도 많이 올라왔고… 이대로 1군까지 쭉 갔으면 좋겠다.'

꼬르륵!

경기가 끝난 뒤, 숙소로 돌아와 샤워를 마친 민우는 허기짐을 느끼고는 식당으로 발걸음을 옮겼다.

'오늘 메뉴는 뭘까?'

툭!

민우가 식당 입구에 도착해 들어서려는 순간, 식사를 마치고 나오는 누군가와 어깨를 스치고 말았다.

"앗, 죄송합니다."

민우와 어깨가 부딪힌 인물은 다름 아닌 지웅이었다.

인상을 쓰고 있던 지웅은 자신과 부딪힌 이가 민우라는 것을 확인하자 입꼬리를 씨익하고 올리며 기분 나쁜 웃음을 보였다.

"아～ 이게 누구야. 민우구나! 조심해야지."

"예, 조심하겠습니다."

"그래, 그렇게 너만 생각하니까 남한테 피해를 주는 거야～ 진즉에 조심했어야지."

민우는 갑작스런 지웅의 질책이 왠지 모르게 날이 서 있다는 느낌을 받았다.

"예?"

민우가 당황한 빛을 보이자 지웅의 얼굴이 살짝 일그러졌다. 마치 크게 웃고 싶지만 억지로 참는 것처럼 '큭' 하는 소리를 냈다.

"아니다, 아니야. 민우야～ 요새 너 되게 잘나가지? 조만간에 좋은 소식이 있을 거야."

지웅은 그 말을 끝으로 민우의 대답을 기다리지 않고 유유히 식당을 벗어나며 시야에서 멀어져 갔다.

민우는 아무리 생각해도 지웅의 마지막 말의 의미를 알 수가 없었다.

'무슨 말이지? 좋은 소식이라니? 뭔가 아는 게 있는 건가?'

민우에게 좋은 소식이라 함은 코치진의 눈에 들어 정식 선수로 등록되는 것뿐이었다.

하지만 지웅에 대한 민우의 이미지는 긍정보단 부정에 가까웠기에 괜스레 기분이 찝찝해졌다.

결국, 민우는 밥을 받아놓고도 한 숟갈도 뜨지 못한 채 계속 고민에 빠져 있었다.

툭!

"민우형!"

"응?"

언제 다가왔을까.

태곤이 밥과 반찬을 한가득 담은 식판을 내려놓고는 민우를 쳐다보고 있었다.

"밥 먹다 말고 무슨 생각을 그렇게 해요? 밥 다 식겠다."

의자를 드르륵 하고 빼며 옆자리에 앉은 태곤의 물음에 민우는 자연스레 조금 전의 이야기를 꺼냈다.

"조금 전에……."

민우의 말이 끝나자 태곤 역시 찝찝함을 느낀 듯한 표정이었다.

"흠, 이상하네요. 굳이 그 상황에서 그런 말을 할 이유가 없는데 말이에요."

"그렇지? 이상하단 말이야."

잠시 고민을 하듯 턱에 손을 괴고 있던 태곤은 이내 숟가락으로 밥을 한 숟갈 푹 떠서 입에 넣고는 말을 이었다.

"배고픈데 밥부터 먹죠. 일단 먹다 보면 뭔가 생각날지도 몰라요!"

그 말을 끝으로 태곤은 식사 삼매경에 빠져 숟가락과 젓가락을 빠르게 움직이기 시작했다.

태곤이 먹는 모습을 보자 민우는 그제야 다시금 허기짐이 느껴지기 시작했다.

"그래, 일단 먹자."

민우는 결국 해답이 없는 고민을 접어놓고는 식사에 열중하기 시작했다.

*　　　　　*　　　　　*

털썩!

"후~"

더그아웃에 짐을 풀고 있던 민우는 몸이 무거운 듯 의자에 털썩 주저앉으며 한숨을 푹 하고 내쉬었다.

"민우형, 오늘 안색이 안 좋네요. 어디 아파요?"

"응?"

어느새 다가왔는지 태곤은 그런 민우가 걱정스럽다는 듯 물음을 던졌다.

"아… 어제 일이 계속 찝찝해서… 잠을 좀 설쳤어."

"아, 그러셨구나. 뭔가 좀 알 것 같아요?"

태곤의 물음에 민우는 고개를 절레절레 저었다.

"아니, 그런데 이상하게 기분이 찝찝해."

"그건 저도 그래요."

사실 민우의 말을 듣고는 태곤 역시 이유를 알 수 없는 찝찝함을 느끼고 있었다.

"너네는 선배를 보고도 인사를 안 하냐?"

민우와 태곤이 대화를 나누던 사이, 어느 사이엔가 지웅이 그들 곁에 다가와 있었다.

"선배님, 안녕하십니까."

"안녕하십니까."

지웅의 쓴소리에 민우와 태곤이 부리나케 일어나 인사를 하자 지웅이 손을 휙휙 휘저으며 됐다는 표시를 했다.

그리고는 웃는 낯을 한 채 민우에게로 시선을 돌렸다.

"그래그래. 그나저나 민우 넌 안색이 별로 안 좋아 보이는데? 오늘 경기는 쉬는 게 어떠냐? 아니면 아예 푹 쉬는 것도 괜찮을 거 같은데?"

"예?"

'무슨 꿍꿍이지?'

민우는 지웅의 속을 도무지 알 수가 없어 답답한 느낌이었다.

민우가 당황하는 모습을 보이자 지웅은 뭐가 그리 좋은지 더욱 짙은 웃음을 보이며 작별 인사를 하듯 손을 휘휘 흔들었다.

"크큭! 장난이야 인마. 쫄기는… 볼일들 봐라."

지웅이 그렇게 떠난 뒤, 민우의 표정은 펴지기는커녕 더욱 어두워졌다.

태곤은 못 볼 것이라도 본 듯한 표정을 지으며 민우를 바라봤다.

"형, 저 지웅 선배가 저런 농담 하는 거 처음 봤어요. 느낌이 이상해요."

"응, 나도 그래. 지웅 선배가 뜬금없이 저런 말을 한다는 게… 무슨 꿍꿍이라도 있는 것 같단 말이야."

민우는 마치 수수께끼를 맞히고 있는 듯한 기분이었다. 그런데 힌트가 새까만 펜으로 그어져 보이지 않는 느낌이었다. 그래서인지 이유를 알 수 없는 불안감은 더욱 짙어져 갔다.

'왜지? 도대체 뭐지?'

민우는 자꾸만 복잡해지는 머리에 이제 곧 시작할 경기에 제대로 집중을 할 수가 없었다.

경찰청과의 경기는 6회 말, LC의 공격이 이어지고 있었다.

1아웃 상황에서 타석에 들어선 것은 1번 타자인 민우였다.

스트~ 라이크!

민우가 배트를 크게 휘둘러보았지만 상대 투수가 뿌린 공은 배트의 궤적과는 큰 차이를 보이며 포수의 글러브로 빨려 들어갔다.

'젠장.'

중심이 크게 무너지며 휘청거린 민우가 속으로 거친 말을 내뱉으며 배트를 다잡았다.

―오늘 강민우 선수가 컨디션이 좋지 않아 보입니다. 앞선 두 타석에서도 모두 땅볼로 물러났었죠?

―예, 맞습니다. 지금 타석에서도 중심축이 완전히 무너지는 모습을 보여주고 있는데, 몸에 어딘가 문제가 있는 게 아닌가 싶기도 합니다.

더그아웃에서는 타격 코치인 찬엽이 그런 민우의 모습을 예의 주시하고 있었다.

'중심이 계속 무너지고 있어. 축이 제대로 버티질 못하니 배트가 엉성하게 돌아갈 수밖에. 저 녀석, 이틀사이에 무슨 일이 있었던 거지?'

민우는 현재까지 2타수 무안타로 상대 선발에게 압도당하고 있는 상황이었다.

"코치님, 오늘 민우 몸에 무슨 문제라도 있었습니까?"

역시 민우를 지켜보고 있던 기태가 찬엽을 향해 입을 열었다.

"경기 전 훈련까지 별문제는 없었습니다. 그래서 저도 조금 당황스럽습니다."

찬엽은 그런 기태의 말에 영문을 모르겠다는 듯 대답했다.

"흠… 일단 지웅이 투입시킬 준비를 해주세요."

"예, 알겠습니다."

스트~ 라이크! 아웃!

"젠장."

민우는 결국 삼진을 당한 뒤, 거칠게 욕설을 내뱉고는 더그아웃으로 돌아왔다.

그런 민우를 지켜보던 찬엽이 인기척을 내며 다가왔다.

"흠흠."

"후, 코치님?"

고개를 푹 숙이고 있던 민우가 찬엽을 발견하곤 자세를 바로 했다.

찬엽은 그런 민우를 향해 걱정스런 목소리를 뱉었다.

"오늘따라 조급한 모습을 계속 보이는군. 어디가 아픈 거냐?"

"아뇨. 아픈 곳은 하나도 없습니다."

"그런데 오늘 왜 그리 조급한 모습을 보이는 거냐?"

찬엽의 물음에도 민우는 쉽사리 그 이유를 말할 수 없었다.

'지웅 선배의 수수께끼 같은 말 한마디 때문에 정신이 팔려 있다고는… 그런 한심한 이유 때문이라고 말할 수는 없잖아.'

"잠을 좀 설쳐서 그런 것 같습니다. 죄송합니다."

"흠… 그러냐?"

찬엽은 민우의 대답에 만족하지 못한 눈치였고 혹시나 하는 마음에 민우의 얼굴을 바라봤다.

하지만 민우의 표정에서 무언가를 더 읽어낼 순 없었기에 그냥 넘어갈 수밖에 없었다.

"알았다. 앞으로는 조금 더 신경을 쓰거라. 몸을 관리하는 것도 실력이다. 7회부터 지웅이가 들어갈 테니 오늘은 그만 쉬어라."

찬엽의 말에 민우는 무어라 말을 하려는 듯 입을 오물거렸지만 결국 '네'라는 대답밖에 할 수 없었다.

제5장

다가오는 어둠

2군 경기가 끝난 뒤, 어둠이 내린 챔피언스파크에는 적막만
이 흐르고 있었다.

모든 불이 소등된 야구장에서 유일하게 빛이 새어 나오고 있
는 곳이 있었다.

빛이 새어 나오고 있는 곳은 다름 아닌 LC트윈스 2군 감독
실이었다.

스륵. 스륵.

감독실 안에는 기태가 홀로 앉아 책상에 수북이 쌓인 파일
을 하나씩 뒤적거리고 있었다.

파일을 넘기던 기태의 손이 원하는 것을 찾아낸 듯 움직임
을 멈췄다. 펼쳐진 페이지에는 '강민우'라는 이름 석 자와 함께

다양한 사항이 빼곡히 적혀 있었다.

'흠… 역시 민우만 한 인재가 없군. 천강이 녀석이 보물을 가져다줬어.'

처음 천강에게 연락을 받았을 때만 해도 그렇게 기대를 하지 않았었다. 그저 약간의 호기심이 동했을 뿐.

하지만 테스트 때부터 패기와 열정을 보여줬고 지금은 프로 선수에 걸맞게 한층 더 성장한 모습을 보이고 있었다.

'민우가 1군으로 올라가면 2군 전력이 약해지겠지만, 뭐 그게 2군의 존재 이유니까. 민우가 1군에서도 지금 같은 모습을 보여준다면 더할 나위가 없겠지.'

사실 코치진과의 이야기가 있기 이전에 민우의 1군 등록에 대해 구단에 보고를 올렸던 기태였다.

'FA로 데려온 강태성이가 요새 엄청난 활약을 하고 있기도 하니까… 올해는 가을 야구가 기대가 되는구먼.'

지이잉! 지이잉!

상념에 빠져 있던 기태를 깨운 것은 몸을 부르르 떨며 책상을 울리는 휴대폰의 몸짓이었다.

LC트윈스 감독 박종운

전화의 발신자는 LC트윈스의 1군 감독을 맡고 있는 박종운이었다.

'음? 영감님이 이 시간에 연락을?'

시계는 밤 10시를 가리키고 있었다.

"예, 길기태입니다."

―엉. 날세~ 자네 통화 괜찮은가~?

'술… 을 드신 건가?'

지금의 종운은 평소 기태가 알던 근엄하던 종운이 아니었
다. 술에 취한 것인지 종운의 말은 조금씩 늘어지고 있었고, 발
음도 조금씩 새고 있었다.

"예, 괜찮습니다만. 무슨 급한 일이라도 있으신가요?"

―어엉. 다른 게 아니고! 흠~ 내 자네에게 부탁 하나만 함
세! 괜찮은가~?

"예? 예, 어떤 부탁을……?"

기태가 물음을 던졌지만, 수화기 너머에서는 말 대신 크게
숨을 내쉬는 소리만이 들려왔다.

기태는 종운을 보채지 않고 조용히 대답이 들려오기를 기다
렸다.

그러길 얼마가 지났을까.

―자네가 추천했던 그… 강민우! 그래… 강민우 말일세.
후… 1군에는 못 올리게 됐어.

"예에?"

전혀 예상하지 못한 종운의 말에 기태는 자기도 모르게 큰
소리를 내고 말았다.

"아니 그게 무슨 말씀이신가요?"

―그리고… 2군 경기에도 내보내지 말게.

"에에!? 갑자기 그게 무슨 말씀이십니까!"

기태는 너무나도 놀란 나머지 의자에서 벌떡 일어서고 말았다.

—후… 자네는 그냥 내가 하라는 대로 하게!

"도대체 이유가 뭡니까? 납득할 만한 이유를 말해주세요!"

흥분한 기태가 소리쳤지만 수화기 너머에서는 그런 기태의 행동에도 화를 낼 힘조차 없는듯했다.

—후… 모두를 위해서일세. 모두를 위해서… 그러니 자네는 그냥 내 말에 따르게나… 노구의 부탁일세.

힘없는 종운의 목소리에 기태는 솟아오르던 흥분이 점점 가라앉고 있었다.

"감독님……."

—크흠! 그럼, 끊겠네.

뚝.

털썩!

기태는 전화가 끊기자 망연자실한 표정을 지으며 의자에 주저앉았다.

"하아… 도대체 무슨 일이 일어난 거지……."

기태는 종운의 통보에 정신이 얼떨떨한 기분이었다. 기태는 자신이 제대로 들은 것인지 확인하기 위해 조금 전의 대화를 다시 복기해 보았다.

'정식 등록 불가에 2군 경기도 내보내지 말라니…….'

기태는 책상에 펼쳐져 있던 프로필 파일에 붙은 민우의 사진을 쳐다봤다.

성실함, 열정, 근성, 실력… 무엇 하나 빠지지 않는, 요즘에 보기 드문 건실한 청년이 바로 민우였다.

정상이라면 이런 선수를 구단에서 거부할 이유가 없었다.

'이건… 선수를 그냥 죽이겠다는 소리야.'

사회에서도 이런 경우가 종종 발생한다. 회사에서 고위 인사의 자제의 자리를 마련하기 위해 이미 합격된 사람을 탈락시키는 경우가 은연중에 존재했다.

'분명 무언가 있다. 영감님이 저럴 분이 아니라는 건 내가 가장 잘 알아. 필시 내가 모르는 무언가가 있어.'

기태는 무엇인가 있다는 것을 어렴풋이 느낄 수 있었다. 그러나 감으로만 알 수 있을 뿐, 그것이 무엇인지는 명확히 알 수 없었다.

'무슨 일인지 알아내야 한다.'

고민을 마친 기태는 파일을 정리한 뒤 짐을 챙겨 감독실을 빠져나왔다.

로테이션에 따라 경찰청과의 마지막 경기는 지웅이 출전하게 되었고 지웅은 4타수 1안타를 기록했다.

하루의 휴식일이 지나고 다음 3연전 상대는 대산 베어스였다.

LC트윈스는 대산 베어스와의 첫 3연전에서 2승 1패로 위닝 시리즈를 가져갔고, 이후로도 북부리그 선두자리를 지키고 있었기에 기세등등한 상태였다.

반면 대산 베어스는 경찰청과 상무에 밀려 4위에 머물고 있는 상태였고, 분위기 전환을 위해 LC와의 3연전을 그 교두보로 삼을 생각이었다.

경기가 시작하기 전, LC의 더그아웃에서 약간의 소란이 일었다.

"감독님? 오늘 경기는 민우가 출전할 차례가 아닙니까? 왜 지웅이가 오늘도 선발 명단에 들어가 있는 거죠?"

찬엽은 경기에 선발로 출전할 선수들의 컨디션을 점검하기 위해 라인업을 확인하고 있었다. 그런데 중견수 자리에 있어야 할 민우의 이름이 없는 것을 확인하고는 기태에게 물음을 던진 것이다.

기태는 그런 찬엽의 물음에 마음에 무엇이 마음에 들지 않는지 미간에 주름을 만들었다.

"크흠… 저번 경찰청과의 경기에서 말입니다. 민우가 타격에 임할 때 자세가 자꾸 무너지는 모습을 보였었지요?"

"예, 저번 경기에서는 그런 모습을 보였습니다."

기태는 자신의 물음에 찬엽이 동의하는 모습을 보이자 고개를 끄덕이며 마저 말을 이었다.

"제가 간밤에 고민을 해보니 민우가 야구를 오랫동안 쉬었던 만큼 타격 폼을 완전히 자신의 것으로 만들지 못해 그런 것이라는 생각을 했습니다. 그래서 타격 자세를 완벽히 자신의 것으로 만들기 전까지는 경기 출전을 보류하기로 했습니다."

기태의 말에 찬엽은 이해가 잘 되지 않는다는 듯 고개를 갸웃거리며 물음을 이었다.

"하지만 민우의 현재 성적은 아주 좋습니다. 그런데 겨우 한 경기에서 그런 모습을 보였다고 바로 라인업에서 제외하는 것은 바람직하지 않은 것 같습니다. 감독님의 말씀대로 타격 폼이 흔들린다는 것이 문제이긴 하지만 실전에 임하면서 충분히 수정이 가능하다고 생각합니다."

기태는 찬엽이 쉽게 자신의 말에 동의하지 않자 답답한 마음에 눈을 지그시 감았다.

'이보게, 찬엽이. 나도 이러고 싶어서 이러는 게 아니야. 그냥 내 말에 따라주면 안 되겠나.'

기태는 찬엽은 둘째 치더라도 민우가 상처를 받지는 않을까 싶어 차마 그 말을 입 밖으로 꺼낼 수가 없었다.

감고 있던 눈을 뜬 기태는 찬엽을 똑바로 바라보며 입을 열었다.

"나도 다 심사숙고해 보고 결정한 사항입니다. 그러니 나 코치님은 부디 제 지시에 따라주셨으면 합니다."

기태가 흔들림 없는 눈빛으로 자신을 바라보며 강경한 태도로 지시를 내리자 찬엽은 어쩔 수 없이 고개를 끄덕일 수밖에 없었다.

"예… 알겠습니다. 민우에게도 잘 이야기하겠습니다."

"그럼, 부탁합니다."

기태는 더 이상의 대화는 원치 않는다는 듯 찬엽에게서 아에 몸을 돌아섰다.

찬엽은 그런 기태의 뒷모습이 오늘은 왠지 다른 사람같이 느껴졌다.

'타자에 관해서는 항상 나에게 믿음을 주고 의견을 구했던 분이다. 그런데 오늘은? 평소의 모습과는 너무나도 다르다. 내가 모르는 무언가가 있는 걸까?'

잠깐의 고민이었지만 해답은 나오지 않았다. 결국 찬엽은 자신의 본업에 충실하기 위해 기태에게서 신경을 끄고는 그라운드로 발걸음을 옮겼다.

*　　　　*　　　　*

"감독님, 소식은 들었습니다. 제 말씀대로 해주셨다고요."

젊은 청년의 저음의 목소리가 방 안에 울려 퍼졌다.

그 목소리가 향한 곳에는 머리가 하얗게 센 노인이 대답 없이 무표정한 얼굴로 청년을 바라볼 뿐이었다.

청년은 그런 감독의 시선을 느끼고는 웃는 낯을 지우고는 진지한 표정을 지었다.

"감독님이 제 부탁을 들어주셨으니, 저도 약속은 지키겠습니다."

청년의 이어진 말에 노인이 미간이 움찔거렸다.

잠시 눈을 감고 마음을 추스른 노인이 다시 눈을 뜨며 입을 열었다.

"네 녀석이 무슨 수작을 부렸기에 구단에서 명령이 내려 왔는지는 모르겠지만… 난 그래서 네 녀석이 더더욱 마음에 들지 않는다."

노인의 눈빛은 청년을 죽일 것마냥 날카롭게 빛나고 있었다.

"아이고, 절 너무 미워하지 마십시오. 저처럼 팀을 위해 노력하는 사람이 또 있답니까?"

강태성이 손을 앞으로 내저으며 능청을 떠는 모습에 노인의 미간에 다시금 주름이 잡혔다.

그리고는 청년의 얼굴도 보기 싫다는 듯 자리에서 일어나 창밖으로 시선을 돌렸다.

잠시 생각에 빠진 듯 말이 없던 노인의 입이 천천히 열렸다.

"이전에도 네놈처럼 감독의 권위에 도전하는 녀석들이 있었지."

노인의 목소리는 칼칼하지만 연륜으로 다져진 무게감이 느껴졌다.

"그리고 한두 번쯤은 원하는 결과를 가져간 녀석들도 있었다."

청년은 노인의 고압적인 태도에 빈정이 상한 듯 웃음기를 지우고는 미간을 살짝 찌푸렸다.

"하지만 그렇게 감독의 권위에 도전했던 녀석들의 마지막은 모두 좋지 않았다는 것을… 네 녀석이 기억해 두길 바란다."

어느새 돌아선 노인은 형형하게 빛나는 눈빛으로 청년을 노려보고 있었다.

청년은 그런 노인의 눈빛을 말없이 바라보더니 이내 신경 쓰지 않는다는 듯 입가에 진한 미소를 지어 보였다.

"과연, 시즌이 끝나고 난 뒤 찬사를 받는 것이 감독님일지, 아니면 저일지 정말 궁금하네요."

청년은 말을 끝내고는 문으로 다가가 문고리를 돌려 열었다.

"아, 기왕이면 같이 찬사를 받는 것도 좋겠습니다. 하하하."

탁!

청년이 나가고 난 뒤, 감독실에는 한동안 정적만이 흐르고 있었다.

*　　　　*　　　　*

퓨처스리그가 개막한 지 어느덧 2달이 다 되어가고 있었다.

그리고 민우가 경기에 결장한 지도 2주가 다 되어가고 있었다.

팀이 원정 경기를 떠난 후 라인업에 들지 못한 선수들은 챔피언스파크에 모여 훈련을 이어가고 있었다.

민우 역시 그곳에 남아서 훈련을 준비하고 있었다.

찬엽은 훈련 내용을 정리하며 멀찍이 서 있는 민우를 바라봤다.

'큰일이군. 완전히 기가 죽어 있어. 저런 모습으로는 경기에 내보내라고 해도 제대로 뛸 수가 없을 거야.'

처음 1주일간 민우는 자신의 컨디션이 최상이라고 어필을 하듯 악착같이 훈련에 임했다.

하지만 아무리 열심히 타격 훈련을 하고 수비 훈련에 임해도 감독으로부터의 출전 명령이 떨어지지 않고 있었다.

결장이 길어질수록 민우는 스스로의 실력에 대한 불신이 생기기 시작했고, 자신감이 떨어지고 있었다.

특히나 정식 선수 등록일이 코앞까지 다가왔는데 선수로서 어필할 수 있는 기회인 출전조차 못하고 있다는 것이 상당한 압박을 받고 있었다.

그 결과 총명하던 눈빛은 어디로 갔는지 보이질 않았고 낯빛은 항상 어두웠다. 그 모습을 보는 사람까지 힘이 빠지게 할 정도였다.

그 모습을 쭉 지켜본 찬엽 또한 지금의 상황이 이해가 잘 되지 않았다.

'감독님은 도대체 무슨 생각이신거지?'

아끼던 제자가 힘들어하는 모습은 스승의 입장에서 가슴이 아플 수밖에 없었다.

"오늘은 백 토스 타격 훈련이다. 공이 배트에 맞을 때까지 정확히 보고 타격을 하는데 도움이 되는 훈련이다."

민우에게 다가온 찬엽은 분위기를 바꿔보려는 듯, 일부러 목소리에 힘을 더 실어서 오늘의 훈련 내용을 말해주었다.

"저… 코치님?"

민우의 조심스러운 부름에 찬엽은 들고 있던 파일에서 애써 눈을 떼고는 고개를 들어 민우를 바라봤다.

"왜 그러냐?"

"혹시 제가 무슨 잘못이라도 했나요?"

민우의 물음에 찬엽은 속으로 흠칫할 수밖에 없었다. 민우의 물음이 무엇을 의미하는지 잘 알고 있었기 때문이다.

찬엽은 다른 선수들이 멀찍이 떨어져 있는 것을 확인하고는 속으로 한숨을 내뱉었다.

그리고 겉으로는 짐짓 아무것도 모르는 척하며 민우에게 물음을 되돌렸다.

"그게 무슨 말이냐? 네가 잘못을 했다니?"

찬엽의 물음에 민우의 표정이 더욱 어두워졌다.

"그게 아니라면 제가 경기에 뛸 수 없는 이유라도 있는 건가요?"

'흠… 무어라 말을 해줘야 좋을까?'

찬엽은 민우에게 어떤 말을 해줘야 도움이 될 수 있을까 상당히 고민이 되었다.

'감독의 명령이라고? 아니면 실력 부족이라고? 음모가 있다고? 무슨 말을 해도 녀석에게 도움이 되지는 않을 것이다. 어떡한담.'

사실 그간 민우를 개인적으로 가르침과 동시에 기태에게 지속적으로 민우에 대해 어필하고 있었다.

하지만 기태는 감독의 권한으로 민우의 출전을 지속적으로 보류하고 있는 상황이었다.

다만 알음알음 알아낸 것이라곤 민우의 결장은 구단 수뇌부의 지시에 의한 것이라는 것뿐이었다.

'자신감이 결여된 선수는 결국 제 실력을 제대로 발휘할 수가 없지. 기운을 북돋아주어야 해.'

고민을 하던 찬엽이 천천히 입을 열었다.

"민우야. 지금 당장 경기를 못 뛰니 많이 답답할 것이다. 하지만… 너무 조급해해서는 안 된다."

찬엽의 말에 민우는 숙였던 고개를 들어 찬엽을 바라봤다.

"지금 당장은 많이 힘들게다. 당장 너의 몸이 어디 하나 아픈 곳이 없고, 경기에 내보내만 준다면 최고의 실력을 보여주리라 자신하고 있겠지."

민우는 찬엽의 말에 속으로 고개를 끄덕였다. 민우는 스스로의 몸 상태는 자신이 제일 잘 안다고 생각하고 있었다.

타격 훈련과 수비 훈련, 주루 훈련 등 모든 훈련에서 좋은 결과를 내고 있었다.

당장 경기에만 내보내 준다면 자신을 여태껏 경기에 출장시키지 않았던 이들에게 실력으로 답을 보여주고 싶은 마음이 가득했다.

"하지만 당장 눈앞의 결과에 취해 성급히 쫓다가 잘못된 길로 들어선다면 다시 돌아서 제대로 된 길을 찾기가 매우 어렵단다."

찬엽의 말을 들은 민우가 처음으로 입을 열었다.

"눈앞이 아닌 먼 미래를 보라는 말씀이신가요?"

찬엽은 민우가 자신의 말을 이해하는 듯하여 조금은 안도할 수 있었다.

"그래, 맞다. 타자로서 사소한 버릇이 결정적인 순간에 독이 될 수도 있다. 아마도 감독님이 널 경기에 내보내지 않는 것은 네가 미워서가 아닐 것이다. 오히려 너의 미래까지 생각해서, 그런 점들을 고치라는 뜻일 게다."

'과장이 조금 섞여 있긴 하지만 거짓은 아니니까.'

찬엽의 말을 들은 민우는 생각에 잠겼다.

'날 생각해서… 먼 미래를 위해서……'

사실 민우도 그것을 잘 알고 있었다.

고교 야구뿐 아니라 프로에서도 잘못된 버릇을 미리 고치지 못하고 몸에 배어 수정하는 데에만 몇 년을 허비하는 경우도 있었다.

'나도 잘 알고 있다. 하지만… 내가 당장 정식 선수로 등록되지 못하면 야구를 포기하지 않고는 어머니를 보살필 방법이 없어. 내게 남은 기회는… 올해가 처음이자 마지막인걸.'

민우는 주먹을 꽉 쥔 채 고개를 숙이고는 말을 잇지 못했다.

민우의 이런 사정을 모르는 찬엽은 말을 계속 이어나갔다.

"네가 이렇게 기죽은 모습을 보인다면 훗날 다시 경기에 뛸 기회가 찾아오는 것에 오히려 역효과를 불러일으킬 거다. 그러니 기죽지 말거라. 네 녀석이 최선을 다한다면 기회는 빠르게 찾아올 것이다."

말을 끝낸 찬엽은 조심스레 민우를 살펴보았다.

'그래, 코치님 말씀이 맞아. 어쩌면 내 스스로의 조급함이 나를 갉아먹고 있을지도 모른다.'

찬엽의 마지막 말에 민우는 무언가를 깨달은 듯한 기분이었다.

'내가 최고의 모습을 보였는데도 결과가 나쁘다면 그것은 어쩔 수 없는 일이야. 하지만 지금 같은 모습을 보이며 현실에 낙망하는 것은 잘못된 일이야.'

민우는 어느새 주먹을 쥔 손을 풀고 찬엽을 바라보고 있었다.

"코치님… 감사합니다. 이렇게 신경 써주셔서……."

민우가 조금은 기운을 차린 듯 보이자 찬엽은 한숨이 놓였다.

'녀석, 그래도 금방 기운을 차려 다행이구나.'

"아니다. 선수를 챙기는 것은 코치로서 당연히 해야 할 일, 그럼 바로 연습에 들어가자."

"예!"

찬엽은 민우를 위해 해준 말이 민망했던 듯 빠르게 훈련을 진행했다.

제6장

나락에서 천국으로

 며칠 뒤, 조용하던 더그아웃이 누군가의 등장으로 소란스러워졌다.

 "저번에 봤던 그 스카우터다!"

 "여긴 왜 온 거지?"

 "어? 감독님한테 가는 것 같은데?"

 소동의 주인공은 그런 선수들의 수군거림을 뒤로한 채 손을 흔들며 누군가를 불렀다.

 "Hey, 기태!"

 더그아웃에 한구석에서 고민에 잠겨 있던 기태는 자신을 부르는 소리에 고개를 돌렸다.

 소리가 들려온 방향에는 노란 머리에 파란 눈을 가진 남성이 서서 손을 흔들고 있었다.

그 모습을 본 기태의 눈이 크게 떠지며 반가운 표정을 지었다.

"아니, 마크! 여긴 어쩐 일인가?"

"왜긴. 경기장에 들렀는데 자네도 보고 갈 겸 해서 왔지."

가볍게 포옹을 나눈 두 사람은 더그아웃에 앉아 대화를 이어갔다.

"내 저번에도 자네를 보았네만. 그래, 2군 경기장에는 어쩐 일로 온 건가?"

"1군 경기만 보다 보니 너무 심심하잖아. 그래서 혹시나 하는 마음에 2군 경기를 보러왔었거든. 그런데 눈에 띄는 선수가 있더라고."

마크의 말에 기태는 놀랍다는 표정을 지으며 마크에게 물음을 던졌다.

"그래? 우리 팀에 자네 눈에 들 만한 선수가 있다고? 그게 누군가?"

기태가 질문을 던지자 마크는 주위를 두리번거리더니 쏠린 시선이 많음을 느끼고는 기태에게 가까이 오라고 손짓을 했다.

'응? 아!'

기태가 의아한 표정을 짓다가 주변의 시선을 눈치채고는 얼굴을 가까이했다.

그제야 마크는 귓속말로 말을 이었다.

"강민우."

마크의 입에서 민우의 이름이 나오자 기태는 뒤통수를 망치로 쾅하고 맞은 느낌이었다.

'강민우? 강민우라고?'

기태가 놀란 나머지 대답조차 하지 못했지만 마크는 그것을 눈치채지 못하고 계속해서 말을 이었다.

"그래서 조금 더 지켜보려고 저번에도 경기장을 찾아왔다네. 그런데 요즘 그 선수가 도통 경기에 안 나오지 뭔가. 내 하도 답답해서 자네를 찾아온 거야. 도대체 어떻게 된 건가?"

마크의 물음에 기태는 대답을 할 수 없었다.

기태의 눈에 비친 마크는 민우를 구제하러 하늘에서 빛을 타고 내려온 구원자로 보이고 있었다.

'그래, 민우를 위해서 차라리 이게 나을지도 몰라.'

짧은 침묵을 끝낸 기태가 드디어 입을 열었다.

"자네… 내가 무얼 해주면 되겠나?"

"응? 뭘 해준다고?"

기태의 호의적인 태도에 마크는 잠시 어리둥절한 표정을 지었다.

보통 스카우터가 어떤 선수를 주목하고 있다고 하면 그 앞에서는 담담한 척을 하고, 뒤에서 선수의 몸값을 올리기 위해 손을 쓰는 것이 일반적이라고 할 수 있었다.

그런데 기태의 태도는 당장에라도 선수를 자신의 손에 쥐어줄 듯한 태도였던 것이다.

마크가 그 속내를 파악하지 못하고 되묻자 기태는 다른 물음을 던졌다.

"자네, 민우가 신고 선수라는 것은 알고 있는가?"

"뭐? 그 정도 실력을 가지고 있는데 신고 선수라고?"

'이리저리 알아보려 해도 도통 자료가 나오지를 않더라니…
이유가 이거였나?'

마크가 놀라며 묻자 기태가 그럴 줄 알았다는 듯 고개를 가
볍게 끄덕였다.

"그래, 심지어 우리 팀에 들어 온지도 얼마 되지 않았다네."

"어떻게… 저 정도 실력을 가진 선수를 다른 팀에서 그냥 내
버려 뒀다고?"

마크는 한국 프로야구팀들의 스카우터들의 머릿속이 어떻게
된 것이 아닌가 하는 생각까지 들 정도로 현 상황이 이해가 잘
되지 않았다.

"사실 나도 그들과 마찬가지였다네. 전혀 정보가 없었지. 나
중에서야 민우가 부상 때문에 한동안 야구계를 떠나 있었다
는 것을 알게 됐지. 그러다 우연히 사회인 야구를 접하게 되면
서 다시 야구를 시작하게 됐다더군. 이후 2달이라는 짧은 시간
동안 우리 팀에 들어올 정도로 성장을 보인 것이고. 아주 보기
드문 경우지."

마크는 기태의 설명이 이어지고 나서야 무슨 상황인지 감이
잡히기 시작했다.

경우는 다르더라도 사회인 야구 출신에서 프로리그까지 올
라가 활약을 하는 경우가 종종 존재한다. 심지어 메이저리그까

지 진출해 신데렐라 스토리를 만들어내는 경우도 있었다.

"그런 사연이 있었군. 그렇다면 지금의 상황이 이해가 되네."

마크가 이해가 된다는 듯 고개를 끄덕이는 것을 본 기태의 표정이 급 어두워지며 한숨을 푹 하고 쉬었다.

그 모습을 본 마크는 무슨 일인지 몰라 어리둥절한 표정을 짓고 있었다.

"기태, 갑자기 왜 그러나. 무슨 고민이라도 있나?"

마크의 물음에 기태가 기다렸다는 듯 고개를 스윽 들며 입을 열었다.

"자네, 민우에게 관심이 있다고 했지?"

"그래. 왜? 설마… 부상이라도 당한건가?"

기태가 심각한 표정으로 물음을 던지자 마크는 나쁜 쪽으로 상상의 나래를 펼쳤다.

"아니, 그런 건 아닐세."

다행히도 마크의 상상은 상상에서 그쳤다.

"하지만 더 큰 문제가 있네."

"더 큰 문제라니? 무엇 말인가?"

부상이 아니라는 말에 펴지던 마크의 표정이 이어진 기태의 말에 다시금 굳어졌다.

"후… 신성한 야구판에서 일어나서는 안 될 일이 일어나고 말았다네."

"그래서 그것이 무슨 일인가? 빨리 좀 말해보게."

마크는 자꾸 뜸을 들이는 기태의 태도에 답답함을 느꼈다.

기태는 그런 마크의 보챔에도 쉽사리 입을 떼지 못했다.

입을 다물고 하염없이 생각을 하던 기태의 입이 조심스레 열렸다.

하지만 그 입에서 나온 말은 마크가 기다리던 대답이 아닌 물음의 말이었다.

"내 한 가지 묻지. 자네, 민우를 미국으로 데려갈 생각이 있나?"

마크는 기태가 말을 돌리자 힘이 빠진 듯 '후' 하고 숨을 내뱉더니 진중한 표정으로 그 물음에 답했다.

"내 마음 같아서는 당장에라도 데려가고 싶지만. 모든 건 결국 구단에서 동의를 해야 가능한 일이지. 민우라는 선수도 결국 자네의 구단에 묶여 있지 않은가?"

"그래. 묶여 있지. 묶여 있네만, 자네가 확답을 준다면 내가 손을 써보겠네."

"손을 쓰다니? 무슨 말인가?"

"자네가 민우를 데려갈 수 있게 손을 써준다는 말일세."

기태의 마지막 말에 놀란 나머지 마크의 두 눈이 크게 떠지고 말았다.

"도대체 무슨 사연이 있기에 유망주를 그냥 내어주겠다는 것인가?"

마크는 기태의 속내를 알기 위해 재차 물음을 던졌다.

하지만 기태는 요지부동이었다.

"그냥 그렇게만 알아두게. 내 이전에 자네를 도와줬던 것을 기억하고 있겠지?"

기태의 물음에 잠시 지난날의 기억을 훑은 마크가 고개를 끄덕였다.

"물론. 자네가 없었다면 내가 그 선수를 데려갈 수 없었을 테니 당연히 기억하지."

"그럼. 이번에는 자네가 내 부탁을 들어줄 차례일세. 자네가 책임지고 민우를 미국으로 데려가 주게. 자네가 필요로 하는 자료는 내가 최대한 구해주겠네."

기태의 말에 마크는 머릿속에 천둥이 울리는 듯했다.

마크가 멍한 표정으로 대답을 하지 못하자 기태가 말을 덧붙였다.

"지금 당장 답을 달라고는 하지 않겠네. 다만 되도록 빠른 시일 내로 자네가 그에 대한 확답을 나에게 주었으면 좋겠네."

"그럼… 내 당장 구단에 문의를 넣어보겠네. 답변이 오는 대로 내 연락을 주지."

빠르게 정신을 다잡은 마크가 기태의 말에 대답했다.

기태는 마크의 말에 고개를 끄덕이며 자리에서 일어섰다.

"그럼, 좋은 소식이 있길 바라겠네."

"알겠네."

마크가 긴박한 몸짓으로 자리에서 일어나 더그아웃을 빠져나갔다.

"도대체 무슨 일이지?"

"두 분이 어떤 사이일까?"

더그아웃에 남아 있던 몇몇 선수가 그 둘의 대화를 지켜봤다. 하지만 영어로 대화를 하는 통에 무슨 말인지 도통 알아들을 수가 없었고 그들의 관심도 흐지부지 사라져 갔다.

오늘은 경기가 없는 휴식일이었다.

경기장 이곳저곳에는 선수들이 각각 자리를 잡고 개인 훈련에 열중하고 있었고, 코치에게 개인적으로 교정을 받고 있는 선수들도 있었다.

그리고 그들 사이에는 민우 역시 자리를 잡고 구슬땀을 흘리고 있었다.

따악!

따악!

"공에서 시선을 떼지 마라! 머리가 흔들리면 안 된다."

"옙!"

찬엽의 지적과 민우의 대답이 반복되는 동안 어느새 해가 뉘엿뉘엿 떨어질 시간이 되었다.

주변에 흩어져 있던 선수들과 코치들이 하나둘 자리를 정리하며 하루 훈련을 마무리하고 있었다.

"오늘 훈련은 이쯤에서 마치도록 하지, 고생했다."

"예, 수고하셨습니다."

고개를 끄덕인 찬엽이 더그아웃을 향해 발걸음을 옮겼다.

멀어지는 찬엽의 뒷모습을 바라보던 민우는 턱을 타고 흐르는 땀을 훔쳐내고는 자리에 털썩 주저앉았다.

"후우… 벌써 4주째 결장이구나."

민우는 여전히 경기에 나서지 못하고 있었다.

다만 찬엽의 조언 덕분인지 민우도 기존의 낙담하던 마음을 지우고 훈련에 최선을 다해 임하고 있었다.

경기에 출전하지 못하는 민우를 위해서일까?

꾸준히 경기에 출전하고 있는 태곤은 경기가 끝나면 거의 실시간으로 경기 결과를 민우에게 전해주고 있었다.

민우가 결장을 하는 동안 지웅은 중견수 자리에 말뚝을 박고 꾸준히 출전중이라고 했다.

2할과 3할을 오르내리는 평범한 타율을 보이고 있다는 것은 덤으로 들어온 소식이었다.

민우를 위로하기 위해서인지 '감독님이 지웅 선배를 보는 눈초리가 별로 좋지 않아요!'라는 소리까지 곁들이기도 했다.

그러나 그런 태곤의 말과는 달리 기태는 지웅을 빼고 민우를 출전시킬 생각이 없어 보이는 것이 현실이었지만 말이다.

[강민우, 23세]

[타자]

─파워[B, 46(85%)/100], 정확[E, 52(64%)/100], 주력[E, 54(36%)/100], 송구[E, 51(3%)/100], 수비[E, 51(21%)/100].

─종합 [E, 254/500]

'파워를 제외하곤 전부 엑스퍼트 등급으로 올라갔어.'

능력치를 확인한 민우는 주먹을 꽉 지으며 오래간만에 옅은 미소를 지었다.

그동안의 훈련이 헛되지는 않았는지 능력치가 소폭 상승했다는 점이 고무적이었다.

능력치를 살피던 민우는 그동안 등급에 대해 관심을 가지지 않았던 것이 생각났다.

'그러고 보니 명헌 선배의 투수 능력치를 살펴봤을 때 등급에 따라서 특수 능력이 붙어 있었는데… 타자 능력치에는 없는 건가?'

민우가 의문을 품자 기다렸다는 듯 설명창이 눈앞에 나타났다.

엑스퍼트 [E, Expert, 51~60]

─해당 분야에서 전문적인 수준을 이룬 상태.

─타자 : 파워 능력치가 엑스퍼트 등급 달성 시 타석에서 일정 확률로 파워가 1.1배 상승합니다.

정확 능력치가 엑스퍼트 등급 달성 시 타석에서 일정 확률로 배드볼 히팅 능력이 1.1배 상승합니다.

주력 능력치가 엑스퍼트 등급 달성 시 주루, 수비 상황에서 일정 확률로 반응 속도가 1.1배 상승합니다.

송구 능력치가 엑스퍼트 등급 달성 시 수비 상황에서 일정 확률로 송구 속도가 1.1배 상승합니다.

수비 능력치가 엑스퍼트 등급 달성 시 수비 상황에서 일정 확룰로 수비 가능 범위가 1.1배 상승합니다.

'오오! 역시! 혹시나 했는데 역시 있었네.'

민우는 잊고 있던 비자금을 찾은 것처럼 기분이 좋았다.

'확률 발동… 몇 퍼센트의 확률인지는 알 수가 없나 보군. 그래도 1.1배 상승이라고 하면 꽤나 높은 수준이다. 실전에서 많은 도움이 될 거야.'

능력치 확인을 마친 민우는 엉덩이를 툭툭 털며 자리에서 일어났다.

주변을 둘러보니 선수들은 대부분 정리를 마치고 그라운드를 빠져나간 상태였다.

'능력치를 살펴보는데 시간이 많이 흘렀나 보다. 얼른 정리해야지.'

민우는 빠른 동작으로 주변에 흩어진 공들을 노란 바구니에 주워 담기 시작했다.

"민우 형, 빨리 하고 가요."

어느새 다가왔는지 태곤이 민우의 곁으로 다가와 공을 주워 담는 것을 돕기 시작했다.

"왜? 무슨 일이라도 있어?"

"감독님이 10분 뒤에 더그아웃에 모이라고 하셨어요. 코치님들 분위기가 조금 무겁던데 뭔가 발표할 게 있으신가 봐요."

"그래? 빨리 정리하고 가보자."

민우는 LC에 입단한 지도 어느덧 삼개월 정도 지난 상황이었다. 그동안 기태가 선수들을 따로 모아서 이야기한 적이 몇 번 있었지만 중대한 사항이라고 할 만한 것은 없었다.

태곤의 도움으로 빠르게 정리를 마친 민우가 더그아웃으로 향했다.

더그아웃에는 선수들이 앉아서 혹은 선 채로 수군거리며 감독과 코치진이 모여 있는 곳만을 바라보고 있었다.

코치 중 한 명이 민우와 태곤이 오는 것을 확인하고는 기태에게 귓속말을 했다. 그에 고개를 끄덕인 기태가 코치진과 함께 더그아웃으로 천천히 들어섰다.

그와 동시에 더그아웃에는 정적이 흐르기 시작했다.

"오늘 모이라고 한 것은 다름이 아니라 KBO에 정식으로 등록될 선수가 정해졌기 때문이다."

기태의 입이 열리자 일부는 김이 빠진 소리를 내며 긴장했던 어깨를 푼 반면에, 일부는 더욱 긴장하며 귀를 쫑긋 세우며 기태에게서 시선을 떼지 못했다.

"그리고… 방출 선수 또한 정해졌음을 알리기 위해서다."

이어진 기태의 말에 긴장을 풀었던 선수들은 움찔하는 몸짓을 보이며 풀어지던 자세를 바로하고 있었다.

잠시 말을 멈추고 주위를 둘러보던 기태의 시선이 민우에게서 잠시 멈춰 섰다.

민우는 기태의 시선에서 안쓰러운 느낌이 묻어나는 듯하자 알 수 없는 불안감을 느꼈다.

'왜 그런 시선으로 절 쳐다보시는 겁니까.'

기태는 언제 그랬냐는 듯 다시 시선을 다른 곳으로 돌리더니 천천히 입을 열었다.

"발표하겠다. 정식 선수로 등록되어 1군으로 올라갈 선수는……."

더그아웃의 모든 이들이 기태의 입에서 나올 이름에 주목했다.

"박지웅, 박지웅이다."

다른 이들과 달리 기대에 찬 표정으로 기태를 바라보고 있던 지웅은 자신의 이름이 호명되자 주먹을 쥐며 기뻐하는 몸짓을 보였다.

'당연히 나잖아. 좋아! 이걸로 저 시건방진 자식의 콧대가 완전히 눌렸겠지.'

"야, 축하한다."

"드디어 신고 선수 딱지를 떼는구나."

지웅의 주변에서는 가식인지 진심인지 모를 축하의 인사가 이어지고 있었다.

기태는 그런 지웅을 무표정한 시선으로 바라보고 있었다.

"다음!"

기태의 입이 열리자 다시금 더그아웃에 정적이 흘렀다.

"안타깝게도 우리와 더 이상 함께하지 못하게 된 선수가 있다."

꿀꺽!

조금 전보다 더욱 긴장되는 분위기.

더그아웃의 정적 속에 누군가 침을 삼키는 소리가 들려왔다.

"팀을 떠나게 될 선수는……"

기태가 잠시 뜸을 들이더니 천천히 시선을 돌려 민우를 바라봤다.

"강민우다."

쿵!

민우는 순간적으로 뒤통수를 맞는 듯한 느낌에 몸을 휘청거렸다.

"민우 형!"

옆에 나란히 서 있던 태곤이 부축해 준 덕에 넘어지는 것은 면했지만 정신적인 충격은 채 막을 수 없었다.

'왜? 왜죠? 도대체 왜?'

민우는 현재의 상황이 도저히 이해가 되지 않았다.

간신히 주변을 둘러보니 모두가 자신을 안타까운 시선으로 바라보고 있었다.

그리고 민우는 보았다.

지웅이 입을 가리고 있었다.

하지만 그것은 놀라움을 숨기기 위해서가 아니었다.

지웅의 눈은 반달 모양으로 휘어 있었고, 입꼬리는 찢어질 듯 올라가 있었다.

웃음을 참지 못한 것을 가리기 위해 입을 가리고 있었던 것이다.

민우는 순간 지웅이 자신에게 했던 말이 생각났다.

"1군 등록? 안 됐지만 그럴 일은 절대로 없을 거야. 즐길 수 있을 때 즐겨두라고. 하하하!"

민우는 끓어오르는 분노에 몸이 부들부들 떨렸다.

으스러질 듯 이를 악문 채 지웅을 노려보았다.

'저 새끼는 이렇게 될 줄 알고 있었던 거야.'

지웅은 그런 민우의 시선을 즐기기라도 하듯 말아 올라간 입꼬리의 주름이 더욱 짙어졌다.

하지만 지웅의 웃음을 눈치 챈 것은 민우뿐이 아니었다.

기태는 무표정한 얼굴을 유지한 채 지웅에게 차가운 시선을 보내고 있었다.

'건방진 녀석. 네 녀석은 이렇게 될 줄 알고 있었구나.'

짧은 시간이었지만 더그아웃의 무거운 분위기는 선수들의 어깨를 짓누르고 있었다.

짝짝!

그 분위기를 깨는 것은 기태의 손뼉 소리였다.

"지웅이, 민우를 제외하고는 모두 해산하도록!"

기태의 말이 떨어지자 더그아웃을 가득 채우고 있던 수십의 선수는 누가 먼저라고 할 것 없이 빠른 움직임으로 더그아웃을 빠져나갔다.

순식간에 텅 비어버린 더그아웃에는 어느새 웃음을 숨긴 지웅과 툭 치면 쓰러질 듯 힘없이 서 있는 민우, 그리고 그들을 지켜보는 기태만이 남아 있었다.

기태는 천천히 발걸음을 옮겨 지웅에게로 다가갔다.

"1군 등록을 축하한다."

기태가 무미건조하게 내뱉은 한마디에 지웅은 옅은 미소를 지으며 고개를 꾸벅 숙였다.

"감독님 덕분입니다. 감사합니다."

기태는 그런 지웅의 가식적인 모습에 역겨움을 참을 수가 없었다.

'뻔뻔한 녀석.'

지웅이 채 고개를 들기도 전에 발걸음을 옮긴 기태는 고개를 푹 숙인 채 힘없이 서 있는 민우에게 다가가 어깨에 손을 올렸다.

"민우야."

조금 전과 같은 사람이 맞는가 싶을 정도로 조심스러운 목소리에는 따뜻함이 묻어 있었다.

기태의 부름에 민우가 힘없이 고개를 들어올렸다.

"예… 감독님……."

기태는 그런 민우의 모습이 너무나도 안쓰러웠다.

"이런 결과를 가져오게 되어 정말 미안하구나."

"아닙니다… 다 제가 모자라서 그런 것이죠. 지금까지 절 이끌어주시고 키워주신 것만으로도 감사할 따름입니다."

"아니다. 너의 실력은 내가 눈여겨볼 정도로 아주 출중하다.

다만, 우리 팀에서는 네가 뛸 자리가 없었을 뿐이지. 그러니 너무 낙심하지 말거라."

"후……."

기태의 진심어린 위로에 민우가 결국 참았던 눈물을 흘리고 말았다.

조금 떨어진 곳에서 그 모습을 지켜보고 있던 지웅은 무표정한 얼굴로 그들을 바라보고 있었다.

하지만 속마음은 그런 겉모습과는 달리 요동치고 있었다.

'지랄들 하고 있네. 1군에 등록된 나를 더 신경 써야 되는 거 아니야? 어차피 떠날 놈한테 왜 저러는 거야!'

속으로 욕지거리를 내뱉은 지웅은 빨리 숙소로 가고 싶은 마음이 가득했다.

하지만 기태는 그런 지웅에게는 신경조차 쓰지 않은 채 민우를 토닥이고 있었다.

"민우야, 내가 너에게 소개시켜 주고 싶은 사람이 있단다."

기태가 민우에게 말을 꺼낸 순간.

덜컥!

"Hey, 기태."

더그아웃으로 들어선 것은 다름 아닌 LA다저스 스카우터, 마크였다.

"자네, 아주 딱 맞춰서 왔구먼."

기태는 이 시간에 마크가 찾아올 줄 알았다는 것처럼 반가운 표정으로 그를 맞이했다.

지루해하고 있던 지웅이나, 힘없이 기태의 말을 듣고 있던 민우 모두 지금의 이 상황이 이해가 되지 않았다.

'저자는 LA다저스 스카우터라고 했던 것 같은데? 여기에 왜 온거지?'

지웅은 이전에 마크를 본 적이 있었기에 그의 정체를 알고 있었다.

'저 외국인은 누구지?'

민우는 마크를 한 번도 본 적이 없었다. 그렇기에 그가 누구인지 알지 못했고, 멍한 표정으로 그를 쳐다볼 뿐이었다.

"민우야."

마크를 맞이한 기태가 조심스레 민우를 불렀다.

"예, 감독님."

"이쪽은 LA다저스의 동아시아 담당 스카우터로 일하고 있는 마크 엘리스라는 분이란다."

"강민우 선수. 만나서 반갑습니다. 저는 마크 엘리스라고 합니다."

기태의 설명이 끝남과 동시에 자신의 눈앞에 내밀어진 새하얀 손.

민우는 그 손을 한 번, 마크의 얼굴을 한 번, 기태의 얼굴을 한 번 바라보았다.

'이게 도대체 무슨 상황인거지?'

민우가 멀뚱히 자신을 쳐다보고 있자 기태는 옅은 미소를 지으며 민우의 궁금증을 해결해 주었다.

"민우야, 마크가 많이 민망하겠구나."

기태의 말에 민우는 '아차' 하는 표정으로 급하게 마크의 손을 잡고 악수를 나눴다.

마크는 그런 민우의 태도에도 인자한 미소를 지을 뿐이었다.

"마크는 민우 너의 가능성을 눈여겨보고 LA다저스로 데려가기 위해 이곳에 찾아온 것이란다."

악수를 마친 뒤 이어진 기태의 말에 민우의 눈은 튀어나올 것처럼 큼지막하게 떠졌다.

"예에?"

민우가 놀란 나머지 큰 소리를 내자 기태와 마크가 동시에 '허허' 하는 웃음소리를 냈다.

'뭐, 뭐라고? 저 녀석이 미국으로 간다고?'

지웅은 눈앞에서 벌어진 일이 믿어지지 않는다는 듯 경악한 표정을 짓고 있었다.

'저딴 근본도 없는 자식이 어떻게… 어떻게 스카우터의 눈에 띄게 된 거지? 도대체 왜?'

지웅은 지금의 상황을 도저히 이해할 수가 없었다.

하지만 그런 지웅의 의문을 해결해 줄 사람은 아무도 없었다.

웃음을 보이던 기태는 돌연 진지한 표정을 지으며 민우를 바라봤다.

"민우야, 이 상황이 너무나도 놀랍겠지. 우선 너에게 미리 말해주지 못한 점은 정말 미안하게 생각한단다."

"예?"

"다시 한 번 정리하자면, 민우 너는 LC트윈스에서 정식으로 방출된 것이다. 하지만 그것은 네 실력이 모자라서가 아니란다. 단지 우리 팀에서 너의 자리가 없었을 뿐이다."

민우는 조금 전 방출을 통보받을 때가 떠올라 가슴이 욱신거림을 느꼈다.

"그런데 우연인지 필연인지, 마크가 날 찾아오더구나."

기태는 그 말과 동시에 마크를 쳐다보았다.

기태의 시선을 느낀 마크가 민우를 향해 입을 열었다.

"강민우 씨. 저는 당신의 선수로서의 가능성을 눈여겨보았습니다. 그리고 당신의 움직임 하나하나를 볼 때마다 제 직감이 외치더군요. 당신을 꼭 데려가야 한다고 말입니다."

마크는 초롱초롱한 눈빛으로 민우를 바라보며 말을 이었다.

"메이저리그를 향한 꿈에 도전해 보지 않겠습니까? 저희 LA다저스는 당신의 꿈에 전폭적인 지원을 아끼지 않겠습니다."

쿵!

마크의 놀라운 제안에 민우는 머릿속이 쿵 하고 울리는 느낌을 받았다.

'메이저리그? 내가 메이저리그에 도전한다고?'

민우는 여태껏 프로야구 1군에 진입하는 것만을 바라보고 있었다. 그런 민우에게 메이저리그는 너무나도 머나먼, 꿈속에서나 있을 법한 이야기였다.

그런데 눈앞에 있는 벽안의 사내가 자신에게 손을 내밀고 있었다.

메이저리그라는 큰 무대로 넘어가자고.

그곳에서 꿈을 펼쳐보자고!

민우는 메이저리그라는 말 한마디에 가슴이 두근거림을 느꼈다.

하지만 그와 동시에 민우는 망설이고 있었다.

망설임의 이유는 다름 아닌 하나뿐인 가족, 어머니를 부양해야 한다는 책임감 때문이었다.

'내가 당장 미국으로 간다고 해도 성공할 가능성이 얼마나 될까?'

지금도 수많은 선수가 꿈을 품고 미국으로 향하고 있는 것이 현실이었다.

하지만 메이저리그의 문은 그리 호락호락하게 열리지 않았다.

루키부터 트리플A까지 세분화된 마이너리그에서 상위리그로 올라가지 못한 채 스러지고 마는 선수들이 부지기수였다.

심지어 메이저리그의 높은 문턱을 넘지 못하고 트리플A에서만 수년을 뛰다 은퇴하는 선수들도 많았다.

민우는 이상과 현실 사이에서 끊임없이 갈등하고 있었다.

'지금 이 기회는 앞으로 다시 찾아오지 않을 것이다.'

마크의 제안은 민우에게 일어날 수 있는 기적이 모두 일어난 것이나 다름없는 것이었다.

'하지만 어머니에겐 이제 나 하나뿐… 그렇기에 나는 미국으

로 갈 수가 없다.'

꿈을 좇기에는 척박한 현실이 민우의 발목을 잡고 있었다.

민우가 고민에 빠져 있자 마크는 그런 민우의 모습을 부드러운 눈빛으로 바라보았다.

'궁지에 몰린 상황에서 이런 제안을 받는다면 덥석 물게 마련인데… 이 선수는 신중한 모습을 보이고 있어. 이런 모습도 마음에 드는군.'

민우의 고민이 길어지자 마크는 기태에게 무언가를 속삭이고는 민우에게 노란 서류 봉투를 내밀며 입을 열었다.

"지금 당장 답을 주지 않으셔도 됩니다."

민우가 그것을 쳐다보고만 있자 마크가 옅은 미소를 지었다.

"그 안에 저희 구단이 제시할 계약 내용이 담긴 계약서와 저의 연락처가 담겨 있습니다. 내용을 살펴보고 결정을 내린 후에 저에게 연락을 주시면 됩니다."

마크의 설명을 들은 민우가 고개를 천천히 끄덕였다.

"저에게 호의를 베풀어주신 것은 정말 감사드립니다. 빠른 시일 내로 연락드리겠습니다."

말을 마친 민우가 고개를 꾸벅 숙이자 마크 역시 덩달아 고개를 숙이며 인사를 했다.

"그럼, 좋은 소식을 기다리고 있겠습니다."

마크가 마지막 인사를 끝으로 더그아웃을 빠져나갔다.

더그아웃을 빠져나가는 마크를 바라보던 기태는 지웅의 시선을 느끼고는 몸을 돌리며 입을 열었다.

"아? 아직 있었구나. 너도 숙소로 돌아가 봐라."

기태의 말에 지웅이 말없이 고개를 꾸벅 숙이고는 빠른 걸음으로 더그아웃을 빠져나갔다.

기태는 지웅의 주먹이 부들부들 떨리고 있는 것을 보고는 속으로 조소를 머금었다.

'꼴에 자존심은 상하나보군.'

민우는 지웅의 뒷모습을 뚫어질 듯 바라보다가 기태에게로 시선을 돌렸다.

"감독님. 이렇게까지 챙겨주셔서 정말 감사드립니다."

민우가 감사의 뜻을 내비치자 기태는 쓸쓸한 미소를 지었다.

"좋게 생각해 주니 다행이구나. 사실 너에게 언질도 없이 이렇게 급하게 일을 벌여서 계속 미안한 마음이 있었단다. 이래도 될까… 내가 너무 마음대로 생각하는 것은 아닐까 고민도 되었다."

민우는 기태가 길게 늘어놓는 말에서 자신을 진심으로 아끼고 있다는 느낌이 들었다.

"하지만 내가 널 도울 수 있는 방법은 이것뿐이더구나. 부디 내 진심을 좋게 받아들여 주었으면 한다."

기태의 말이 이어질수록 민우는 가슴이 울컥하며 차올랐다.

"감독님. 제가 무슨 불만이 있겠습니까. 그저 못난 제자를 챙겨주시는 감독님의 그 마음에 감사를 드려도 모자를 뿐입니다. 정말… 정말 감사드립니다."

눈물을 삼킨 민우가 기태를 향해 허리를 푹 숙이며 감사의 뜻을 비췄다.

기태는 그런 민우의 허리를 일으켜 세우며 꽉 안아주었다.

"민우야, 내가 해줄 수 있는 것은 이것이 마지막이다. 앞으로는 네가 하기에 달려있다. 부디 힘들고 괴롭더라도 포기하지 말거라."

마지막까지 조언을 아끼지 않는 기태였다.

"예, 명심하겠습니다."

대답과 함께 민우도 기태를 꽉 끌어안았다.

더그아웃에서 조금 멀어졌을까, 빠르게 움직이던 지웅의 발걸음이 점점 늦어지더니 이내 멈춰 섰다.

'이 개같은 새끼들이! 근본도 없는 새끼한테 뭐? 메이저리그?'

조금 전까지만 해도 승리자의 기분을 만끽하고 있던 지웅이었다.

승격의 쾌감에 방출 통보에 휘청거리던 민우를 바라보며 느끼던 통쾌함이 더해져 몸이 부르르 떨리고 있었다.

하지만 그것은 잠깐의 기쁨이었다.

갑자기 나타난 스카우터는 민우를 미국으로 데려가겠다고 했다.

그리고 순식간에 상황이 종료되고 나니 자신을 돌려보낸 기태의 행동은 지웅의 자존심에 크나큰 스크래치를 내다 못해 찢어버렸다.

'길기태… 벽에 똥칠이나 할 늙은이가 감히 날 엿 먹여?'

퍽!

분노를 삭이지 못하던 지웅은 길가에 놓여 있던 애꿎은 쓰레기통을 강하게 걷어차 버리고는 빠른 걸음으로 자리를 벗어났다.

제7장

기회의 땅

　민우는 숙소에서 몇 개 안 되는 짐을 캐리어에 챙겨 넣었다.

　야구 가방을 어깨에 들쳐 메고 캐리어를 문 앞에 잠시 세운 민우는 뒤를 돌아 방을 둘러보았다.

　숙소에 자리 잡고 있는 민우의 방은 작고 소박하지만 민우에게는 자신이 프로야구에 몸을 담고 있다는 것을 증명하는 공간이었다.

　'다시는 돌아올 수 없겠지…….'

　민우는 갑작스레 팀을 떠나게 된 현실이 아직까지 와 닿지가 않았다.

　'메이저리그를 향한 꿈이라…….'

　방출과 동시에 찾아온 금발 벽안의 외국인이 건넨 한마디는 나락으로 떨어지던 민우에게 내밀어진 천사의 손길과도 같은 느낌이었다.

분명 현실이지만 비현실적인 느낌.

민우에게는 마크가 내민 손이 바로 그런 느낌이었다.

'분명 이건 하늘이 주신 기회야. 하지만 내 마음대로 결정할 수는 없어.'

민우는 마크가 내민 봉투를 열어보지 않은 채 캐리어에 넣어둔 상태였다.

'계약 내용도 중요하지만, 어머니께 사실을 고하는 것이 먼저다.'

달칵!

끼이익!

고민을 마친 민우가 문고리를 잡아당기자 마치 작별 인사를 하듯 문틈에서 찢어지는 소음이 들려왔다.

캐리어를 끌고 문을 나서던 민우는 문 앞에 누군가가 서 있는 모습을 발견했다.

"민우 형."

"어, 태곤이구나."

태곤의 표정은 꽤나 어두워 보였다. 아무래도 민우가 방출당한 사실에 꽤나 충격을 받은 듯했다.

"형, 좀 괜찮아요?"

태곤의 조심스러운 물음에 민우가 애써 웃는 낯을 보였다.

"괜찮으니까 걱정하지 말고. 나중에 연락할게."

민우는 태곤에게 근심을 더 남길까 싶어 짧게 인사를 하고
는 캐리어를 끌고 발걸음을 옮겼다.

"형! 힘내세요! 제가 형 몫까지 열심히 할게요! 지켜봐 주세
요!"

뒤늦게 외치는 태곤의 목소리에 민우가 한 손을 들어 '오케
이' 모양을 보여준 뒤 멀어져 갔다.

철컥!

"다녀왔습니다."

민우가 집 안으로 들어서며 인사를 했지만 되돌아 와야 할
목소리는 들려오지 않았다.

'일 나가셨나보네……'

툭.

가방과 캐리어를 현관 옆에 내려놓은 민우는 집안을 천천히
둘러보았다.

이사를 가고 얼마 안 되어 떠났던 집인지라 민우는 마치 남
의 집에 들어온 기분을 느끼고 있었다.

거실 한 칸과 방 한 칸, 그리고 조그마한 화장실이 전부인 반
지하방.

이전에 살던 집에 비하면 반 토막이 난 크기였지만 어머니와
단둘이 살기에는 그럭저럭 모자람 없는 공간이었다.

민우는 집안을 한 번 훑어본 뒤 거실에 털썩 주저앉았다.

'아, 맞다! 계약서!'

민우는 계약 내용을 확인조차 안 하는 것은 예의가 아니라는 생각에 벌떡 일어나 현관 옆에 내려둔 짐을 풀었다.

탁탁!

캐리어의 잠금장치를 풀고 뚜껑을 열자 가지런히 접힌 옷 위에 놓여 있는 노란 봉투가 보였다.

민우는 봉투를 집어 들고는 그 자리에 털썩 주저앉아 봉투의 봉인을 뜯었다.

지이익!

계약서를 꺼내보니 맨 윗부분에 마크의 명함이 클립으로 끼워져 있었다.

'어디보자…….'

마크의 배려인지 계약서는 영어로 작성된 것과 한국어로 작성된 것이 같이 들어 있었다.

'섬세한 분이네.'

감탄도 잠시, 민우는 빠르게 계약서를 살펴보기 시작했다.

중요한 내용을 요약하면 다음과 같았다.

—마이너리그 하이 싱글A 계약.

—계약금 10만 달러(한화 약 1억 1,500만 원)

—월봉 1,600달러(한화 약 184만 원)

—계약기간 2년.

—상위 리그로 승격 시 기존 계약 말소 후 신규 계약안 제시.

"계약금이 10만… 10만 달러!?"

민우는 계약서에 쓰여 있는 계약금의 액수에 깜짝 놀라 소리를 지르고 말았다.

"1억… 이 돈이면 지금 당장 빚을 갚고도 남는 돈이잖아!"

사실 메이저리그 팀들이 국내 고교야구 유망주들에게 계약을 제안할 때 내미는 계약금은 평균적으로 50만(5억 7,500만 원)에서 100만 달러(약 11억 5,000만 원) 전후이다.

하지만 민우에게 제시한 계약금은 10만 달러였다.

금액만으로 따진다면 수 배나 차이를 보인다고 할 수 있지만 속을 들여다 보면 나쁜 조건은 아니었다.

고교 야구 선수들 중 메이저리그 팀과 계약을 하는 경우는 대체로 고교 3년간 꾸준한 성적과 가능성을 보인 경우이다. 20살이 채 되지 않은 어린 나이이기에 큰 금액의 계약금을 거머쥘 수 있는 것이었다.

반면에 민우의 경우는 수준이 떨어지는 사회인 야구에서의 압도적인 기록과 프로야구 2군에서의 짧은 활약이 전부였다. 만 22살이라는 나이는 고교 유망주에 비해 최소 3살은 많은 나이였다.

이런 조건을 감안한다면 민우에게 제시한 10만 달러의 계약금은 너무 낮지도, 너무 높지도 않은 무난한 금액이라고 할 수 있는 것이었다.

하지만 지금의 민우에게는 계약금의 사회적 가치는 전혀 중요하지 않았다.

민우에게 10만 달러라는 금액은 무너져 내린 집안을 일으켜 세움과 동시에 민우 자신의 꿈을 계속 펼칠 수 있도록 보장해 주는 엄청난 가치를 지닌 금액이었다.

'이 조건이라면… 야구를 포기하지 않아도 돼!'

감격에 겨운 나머지 계약서를 쥔 민우의 손이 바르르 하고 떨렸다.

철컹!

끼익!

순간 문이 열리는 소리와 함께 한 손에 커다란 봉투를 들고 중년의 여성이 들어섰다.

"어? 민우야!"

민우를 발견한 여성은 눈에 동그래지며 반가운 목소리로 민우의 이름을 불렀다.

그 모습에 민우가 빠르게 자리에서 일어나 허리를 꾸벅하고 숙였다.

"다녀왔습니다, 어머니."

툭!

어머니는 봉투를 바닥에 아무렇게나 떨구더니 민우를 와락 끌어안았다.

"흑흑. 어서 오렴. 엄마가 얼마나 보고 싶었는지 아니?"

민우 역시 그 모습에 괜스레 코끝이 찡해져 어머니를 마주 안으며 그 모습을 숨기려했다.

"저도 어머니 많이 보고 싶었습니다. 그동안 별일 없으셨죠?"

"그래. 엄마는 잘 있었지. 왜 이렇게 연락이 없었던 거야? 응?"

"그동안 조금 바빴어요. 자주 연락을 드렸어야 했는데… 죄송해요."

"그래그래. 바빴으면 그럴 수도 있지. 그런데 몸에서 왜 이렇게 흙냄새가 나니?"

인사를 나누던 와중 민우의 몸에서 흙과 땀이 섞인 듯한 냄새가 풍기자, 어머니는 민우에게서 떨어지며 이곳저곳을 살피기 시작했다.

그러다 민우의 뒤쪽에 놓여 있는 야구 가방에 시선이 닿고선 놀란 토끼눈을 하며 민우에게로 급히 고개를 돌렸다.

"민우 너, 저 야구 가방은 도대체 뭐니?"

어머니의 당황한 모습에 민우는 숨을 한번 크게 내쉬었다.

'이제는 어머니께 말씀을 드려야 할 때다.'

생각을 마친 민우는 진지한 표정으로 어머니를 바라봤다.

"어머니, 부디 노여워하지 마세요."

"무슨 말이니?"

"제가 어머니를 속인 것이 있어요."

"속이다니? 뭘?"

"사실, 저 지금까지 일하러 다닌 게 아니었어요."

민우의 말에 어머니의 표정이 살짝 굳어졌다.

"그게 무슨 말이니? 일을 한 게 아니라니?"

"사실… 지금껏 프로야구 팀에 신고 선수로 들어가서 야구를 배웠어요."

텅썩!

"어머니!"

민우의 입에서 야구라는 단어가 나오는 순간, 어머니는 다리
에 힘이 풀린 듯 그대로 주저앉고 말았다.

그 모습에 깜짝 놀란 민우는 급한 몸짓으로 어머니를 부축
했다.

"어머니! 괜찮으세요?"

민우의 어머니는 충격을 받은 듯 동공이 흔들리며 잠시 말
을 잇지 못했다.

그 모습에 민우는 가슴이 아려오는 것을 느꼈다.

"죄송해요, 어머니. 미리 말씀을 드렸어야 했는데……."

민우가 울컥하는 목소리로 말을 꺼내자 어머니는 천천히 고
개를 들어 민우를 바라봤다.

민우는 자신을 나무라는 것 같은 그 눈빛에 가슴이 더욱 아
려왔다.

"민우야… 왜 하필 야구니?"

짧은 한마디였지만 그 안에 무슨 뜻이 담겨 있는지 민우는
아주 잘 알고 있었다.

어릴 적 민우를 불구로 만들 뻔한 부상.

그로 인해 바스러진 가족의 꿈과 희망.

아버지마저 꿈을 포기하고 막노동판을 전전하게 된 이유.

그 시발점이 바로 민우가 야구를 하다가 당한 부상에서 시

작된 것이기 때문이었다.

어머니의 물음에는 이처럼 많은 의미가 함축되어 있었다.

민우는 무언가 결심한 듯 진지한 표정으로 어머니를 바라봤다.

"어머니. 사실 전 한시도 야구를 잊어본 적이 없었어요. 학교를 다닐 때도, 일을 하느라 정신이 없을 때도 제 머릿속엔 항상 야구가 따라다녔어요."

"민우야……."

부상을 당한 이후 민우가 야구에 대한 열정을 고백하는 것은 처음이었다. 그렇기에 어머니는 놀란 표정으로 아무 말도 할 수가 없었다.

"그리고… 기적처럼 저에게 기회가 찾아왔어요. 좋은 분들을 만나서 야구의 즐거움을 다시 느낄 수 있었고, 또 프로야구에도 발을 들일 수 있었어요. 그리고 이제는… 메이저리그를 향한 길이 열렸어요."

"메, 메이저리그?"

민우의 마지막 말에 어머니는 조금 전보다 눈을 더 크게 뜨고서는 말을 더듬는 모습이었다.

"예, 어머니. 이것 좀 보세요."

민우는 바닥에 잠시 내려놓았던 계약서를 들어 어머니께 내밀었다.

민우가 내민 계약서를 천천히 살피던 어머니는 어느 부분에선가 눈이 빠질 듯 크게 뜨고는 손을 떨며 민우를 바라봤다.

"미, 민우야. 계약금이 1억… 이게 정말 사실이니?"

"예! 어머니! 1억 맞아요!"

민우는 어머니의 반응에 밝은 미소를 지으며 물음에 답을 해주었다.

"세상에……."

어머니는 그래도 믿기지 않는다는 듯 계약서를 두 번, 세 번 반복해서 읽어보더니 어깨를 들썩이며 계약서를 바닥에 내려놓았다.

"어머니? 왜 그러세요?"

민우의 물음에 어머니는 슬픈 눈빛으로 민우를 바라봤다.

"민우야. 엄마는 네가 어릴 적에 다치고 고생하던 것이 눈에 선하단다."

어머니의 말씀에 민우도 잠시 과거의 일이 떠올랐다.

"그 뒤로 항상 걱정했단다. 우리 민우가 어디 또 다치지는 않을까… 고생하지는 않을까… 하면서 말이다."

"어머니……."

민우는 자신이 어머니를 계속 아프게 했다는 생각에 가슴이 아려왔다.

"그런데 지금 보니 우리 아들이 더 이상 애가 아니구나 하는 생각이 드네."

이어지는 말에 민우가 고개를 들어보니 어머니는 옅은 미소를 짓고 있었다.

"이렇게 잘 자라서, 메이저리그라는 곳에서 입단 제안까지 받고… 엄마는 민우가 참 자랑스럽구나."

사실, 민우는 사실을 말하면 어머니가 화를 낼 것을 각오하고 있었다.

그런데 어머니는 오히려 민우를 칭찬하고 계셨다.

'어머니……'

"이제는 더 이상 걱정하지 않아도 되겠구나."

어머니는 무언가 결심한 듯한 표정이었다.

"엄마는 네가 허투루 그런 결정을 내렸다고 생각하지 않는단다. 선택을 내리기까지 많은 고민이 있었겠지."

민우는 그런 어머니의 말씀을 그저 듣고만 있었다.

"사내라면 무릇 큰물에서 놀아야지. 엄마는 걱정하지 말고 미국으로 가거라. 가서 네 아버지가 못다 이룬 꿈을 네가 대신 이루어라. 대신, 절대로 다치지는 말아라. 알았지?"

기대하지 못했던 어머니의 허락에 민우는 눈이 동그래지더니 이내 눈시울이 붉어졌다.

"어머니… 허락해 주서서 고마워요. 절대 실망시켜드리지 않을게요."

민우의 말에 어머니는 민우를 살며시 끌어안으며 민우의 등을 몇 번 토닥여 주었다.

"다 큰 녀석이 왜 울고 그러니. 배고프지? 얼른 밥 먹자! 엄마가 금방 차려줄게."

어머니는 무거운 분위기를 깨기 위해 애써 다른 말을 꺼내며 주방으로 향했다.

민우도 그 모습에 애써 웃음을 지었다.

*　　　　*　　　　*

LA국제공항 입국심사장.

민우의 여권을 이리저리 살피며 민우를 보던 심사관이 질문을 던졌다.

"미국에는 무슨 일로 오셨습니까?"

갑작스러운 물음이었지만 민우는 당황하지 않고 자신의 영어실력을 뽐냈다.

"메이저리그에 도전하기 위해 왔습니다."

민우의 말에 놀란 듯 심사관의 눈이 동그래졌다.

"어느 팀? LA다저스? 에인절스?"

"네, LA다저스입니다."

민우의 대답에 심사관이 도장을 '쾅' 하고 찍고 짙은 미소를 지으며 입을 열었다.

"미국에 오신 것을 환영합니다!"

그 과한 반응에 민우가 어색한 웃음을 지으며 여권을 챙긴 뒤 심사대를 통과했다.

"드디어⋯⋯."

민우가 한국을 떠난 지 12시간 만에 LA에 도착했다.

메이저리그를 향해 첫발을 내딛는 순간이었다.

민우가 캐리어를 끌고 게이트를 빠져나오니 팻말을 들고 있는 수많은 시선이 자신에게 잠시 머물다 다른 이들에게로 옮겨지는 것이 보였다.

혹시나 하는 마음에 사방을 둘러보아도 자신과 같은 검은 머리의 아시아인은 눈에 띄질 않았다.

'마중 나온다고 한 사람은 어디있는거지?'

"Hey, 강!"

민우가 잠시 머뭇거리는 중 어디선가 민우를 부르는 목소리가 들려왔다.

목소리가 들려온 방향으로 고개를 돌리자 팻말에 어색한 한글로 '강민우'라는 세 글자가 쓰여진 것이 보였다.

팻말을 들고 있는 이는 하얗게 센 머리에 꽤나 푸짐한 몸을 가지고 있었는데 민우를 향해 짓고 있는 웃음이 꽤나 익살스러워 보였다.

그는 민우가 자신을 쳐다보는 것을 발견하고는 크게 손을 흔들고 있었다.

'저분인가 보군.'

민우가 자신을 향해 다가오자 팻말을 내린 남성이 빠르게 다가와 두툼한 살집이 잡힌 손을 내밀었다.

"반갑네. 인랜드 엠파이어 식스티 식서스(Inland Empire 66ers)의 잭 블랙웰일세!"

"강민우라고 합니다. 편하게 민우라고 불러주시면 됩니다. 잘 부탁드립니다."

민우는 인사와 함께 그 손을 맞잡고 흔들었다.

"일단 이동하면서 이야기하지."

잭은 덩치에 어울리지 않는 빠른 몸짓으로 민우의 캐리어를 끌고는 공항 밖으로 발걸음을 옮겼다.

'보이는 거랑은 다르게 의외로 잽싸네.'

속으로 혼잣말을 중얼거린 민우도 그 뒤를 쫓았다.

덜컹!

덜컹!

"허허. 이것 참, 오늘따라 차가 더 흔들리는구먼. 나 혼자 탈 때는 괜찮은데 말이야."

운전을 하던 잭이 넉살좋은 웃음을 보이며 변명 아닌 변명을 쏟아냈다.

"신경 쓰지 마세요. 저는 괜찮습니다. 그나저나 얼마나 더 가야 하죠?"

민우의 물음에 잭이 잠시 고민을 한 뒤 입을 열었다.

"한 시간 반 정도면 도착할걸세."

"그렇게 멀지는 않은가 보군요."

"허허. 이 정도면 가까운 편에 속하지. 그런데 어쩌다 미국까지 오게 됐는가?"

잭은 민우에 대해 궁금한 점이 많아 보였다.

민우는 그런 잭의 궁금증으로 물든 표정을 잠시 바라본 뒤 입을 열었다.

"사실 한국에서 야구 선수를 꿈꿨습니다만, 구단에서 방출을 당하게 됐거든요."

"아… 이거 실례가 되는 물음이 아니었는지 모르겠구먼."

민우의 대답에 잭의 표정이 살짝 어두워지며 미안한 기색을 띄었다.

"아뇨. 괜찮습니다. 어차피 과거는 과거일 뿐, 지금은 이렇게 새로운 기회를 잡았으니까요."

"그렇다면 다행일세. 사실 해외에서 오는 선수들은 보통은 아예 루키리그에서 시작하거나 메이저리그로 직행하거나 둘 중 하나가 대부분인데, 하이 싱글A에서 시작을 한다니 호기심이 동해서 물어본 거였다네."

잭은 혹여나 민우의 기분이 상하지 않았을까 싶어 추가적인 설명을 덧붙였다.

이후에도 잭이 여러 가지를 묻는 통에 민우는 이동하는 동안 입을 쉴 새 없이 움직여야 했다.

그렇게 대화를 이어가며 얼마나 달렸을까.

민우의 눈앞에 커다란 야자수 나무들이 가지런히 자리를 잡은 모습이 보이기 시작했다.

그리고 그 너머로 노란빛깔의 외장을 뽐내고 있는 야구장의 입구가 가까워지고 있었다.

민우의 시선이 야구장을 살피는 것을 확인한 잭이 자랑스러운 표정을 지으며 입을 열었다.

"저곳이 바로 자네가 앞으로 몸담고 뛰게 될 팀인 인랜드 엠파이어 식스티 식서스(Inland Empire 66ers)의 홈구장, 애로우헤드 크레딧 유니언 파크(Arrowhead Credit Union Park in San Bernardino)라네."

"저곳이… 앞으로 제가 뛸 곳이군요."

잭의 자랑스러운 표정이 괜히 나온 것이 아니라는 듯, 민우는 빼어난 외관을 뽐내고 있는 야구장에서 시선을 떼지 못하고 있었다.

끼익!

픽업트럭이 거친 소음을 내지르며 야구장의 정문 앞에 멈춰 섰다.

차에서 내린 민우는 짐칸에 실린 캐리어를 내리는 것도 잊은 채 멍하니 야구장을 바라봤다.

해가 뉘엿뉘엿 넘어가며 노을 진 하늘 아래 조각한 듯 놓여 있는 야구장은 한 폭의 그림처럼 보였다.

아름답다.

민우가 야구장의 외관을 보며 받은 첫 느낌이었다.

'마이너리그 경기장인데도 전혀 뒤떨어지지 않는다. 우리나라의 야구장과는 느낌이 달라.'

민우가 실제로 접해본 경기장이라곤 각 팀의 2군 경기장이 전부였기에 더욱 그렇게 느끼는 것일 수도 있었다.

혹은 눈앞의 야구장이 민우가 메이저리그를 향해 첫발을 내딛는 공간이라는 의미를 지녔기 때문일 수도 있었다.

하지만 그런 사실들을 제하더라도 유니언 파크가 아름다운 것은 사실이었다.

"자자. 구경은 앞으로 언제든지 할 수 있으니 일단 안으로 들어가세."

잭의 목소리가 민우의 상념을 깨뜨렸다.

잭이 짐칸에 놓인 캐리어를 꺼내주고는 종종걸음으로 입구를 향해 움직이기 시작했다.

민우도 캐리어를 잡아끌고는 잭의 뒤를 쫓아 발걸음을 옮겼다.

블랙웰을 따라 경기장 안쪽으로 난 복도를 걷다보니 불 켜진 사무실 안에 몇몇 인원이 열심히 자신이 맡은 일을 하고 있었다.

민우가 잘 따라오고 있는지 확인하려는 듯 뒤를 돌아본 블랙웰은 다시 시선을 돌리며 입을 열었다.

"여기가 구단 사무실이네. 이쪽이 영상 분석실, 저쪽은 다용도실, 그리고 저쪽이… 마지막으로 안쪽으로 들어가면 감독실이 있고. 일단 감독님께 인사부터 하지."

"예."

발을 놀리며 블랙웰의 설명을 따라 주변을 두리번거리던 민우는 블랙웰의 걸음이 멈추자 덩달아 걸음을 멈추고는 시선을 앞으로 돌렸다.

눈앞에는 투명한 유리벽으로 둘러싸인 방과 함께 안쪽의 책상에서 무언가를 열심히 들여다보고 있는 인영이 자리 잡고 있었다.

그리고 바로 앞에 보이는 문에는 '감독실'이라고 쓰인 영어 팻말이 달려있어 안에 있는 인영이 인랜드 엠파이어 식스티 식서스의 감독임을 어렵지 않게 추측할 수 있었다.

"저분이 우리 팀의 감독, 베인 채프먼일세. 꽤 젊지?"

블랙웰은 안쪽을 가리키며 민우에게 그 정체를 알려주었다.

책상위에 놓인 명패를 지나 감독의 얼굴에 이르자 매부리코에 넓은 이마를 가진 금발의 남성이 보였다.

'40대쯤이려나?'

민우의 눈에 보이는 것은 감독의 상체뿐이었다. 떡 벌어진 어깨와 꽤 단단해 보이는 팔뚝 외에는 책상에 가려 보이지 않았지만 그것만으로 그 체격은 충분히 추측이 가능했다.

'나이에 걸맞지 않게 체격이 꽤나 다부진걸.'

민우의 뇌리에는 '미국의 아저씨'는 보통 배가 튀어나오고 후덕한 인상을 가졌을 거라는 인식이 박혀있었다. 바로 옆에 서 있는 블랙웰처럼 말이다.

민우가 그런 생각을 하는 사이 블랙웰은 감독실의 문을 두드렸다.

똑똑!

문을 두드리는 소리에 서류 뭉치를 내려놓고 고개를 든 감독은 블랙웰을 발견하고는 들어오라는 손짓을 하며 다시 서류 뭉치로 시선을 돌렸다.

그 모습에 블랙웰은 민우에게 고갯짓을 하며 문손잡이를 잡고 돌리려다 멈칫하는 모습을 보였다.

그 모습에 민우가 의문에 찬 표정으로 블랙웰을 바라봤다.

"블랙웰?"

민우의 부름에 블랙웰이 가볍게 고개를 저은 뒤 웃는 낯을 보였다.

"아, 미안하네. 들어가지."

철컥!

블랙웰과 민우가 안으로 들어서며 인기척을 내자 채프먼이 서류 뭉치를 내려놓으며 시선을 들어 민우를 찬찬히 살폈다.

"블랙웰. 무슨 일입니까? 옆에 동양인은… 이번에 팀에 합류하기로 한 그 선수입니까?"

민우는 채프먼의 목소리에서 무언가를 달가워하지 않는 듯한 느낌을 받았다.

블랙웰도 그런 느낌을 받은 듯 헛기침을 한 번 뱉으며 입을 열었다.

"예. 오늘부로 우리 팀에 합류하기로 통보가 왔던 선수입니다. 한국에서 왔고, 이름은 강민우라고 합니다."

아주 간단하게 민우를 소개한 블랙웰이 한쪽 손에 들고 있던 파일을 채프먼의 책상에 내려놓았다.

"기존에 보내왔던 사항 외에 추가적인 사항은 지금 드린 파일에 다 정리가 되어있습니다. 확인해 보시죠."

"알겠습니다. 이외에 다른 용건은 없습니까?"

채프먼의 물음에 블랙웰이 가볍게 고개를 끄덕였다.

"예."

"그럼 이만 가보셔도 좋습니다."

용건이 없다는 것을 확인한 채프먼이 블랙웰이 건넨 파일을 찬찬히 살피기 시작했다.

철컥!

저벅저벅.

문을 닫고 나간 블랙웰의 발걸음이 점점 멀어지는 소리가 들려왔다.

사락! 사락!

이내 감독실에는 채프먼이 파일을 뒤적거리는 소리만이 간간이 들려올 뿐, 한동안 정적만이 가득했다.

민우는 마치 시험대에 오른 것처럼 약간의 긴장감을 느끼며 채프먼의 입이 열리기만을 기다리고 있었다.

툭!

민우에 대한 파일을 다 확인한 듯, 책상에 파일을 내려놓는 소리와 함께 채프먼은 민우를 향해 날카로운 시선을 보냈다.

"한국에서 왔다고?"

정적을 깨는 채프먼의 목소리에 민우는 약간 경직된 목소리를 내뱉었다.

"예."

"영어는 할 줄 아나?"

"예, 영어는 꾸준히 공부해서 일반적인 의사소통에는 문제가 없습니다."

"그럼 내가 하는 말을 이해하는 데는 별 어려움이 없겠군?"

"불편함이 없도록 최대한 노력하겠습니다."

씩씩하게 대답하는 민우의 태도에 채프먼은 별 반응 없이 다른 이야기를 꺼냈다.

"파일을 보니 한국의 2군 리그에서 몇 경기 뛰다가 방출을 당했더군."

채프먼의 입에서 '방출'이라는 말이 나오자 순간 민우는 그때의 일이 떠오른 듯 주먹을 꽉 쥐었다.

'박지웅 이 개자식. 신성한 야구판에서 그딴 장난질을 하다니.'

민우는 차오르는 분노를 가라앉히려는 듯, 숨을 한 번 크게 내쉬었다.

'아니, 그런 말도 안 되는 장난질이 먹힌다는 게 더 어이없는 일이지.'

민우는 채프먼에게 무어라 변명의 말을 꺼낼까 입을 오물거리다가 결국 고개를 절레절레 흔들었다.

"예, 방출을 당했습니다."

민우의 대답을 들은 채프먼은 여전히 날카로운 눈빛을 보내고 있었다.

끼이익.

채프먼이 등받이에 편한 자세로 등을 기대자 의자가 순간적으로 날카로운 비명을 내질렀다.

무언가 마음에 들지 않는 것일까. 채프먼이 깊은 한숨을 내쉬었다.

"후… 난 자네와 같은 이들을 많이 봐왔어."

채프먼의 입이 천천히 열리고 약간은 진중한 목소리가 튀어나왔다.

이에 혹시나 중요한 이야기를 잘못 알아듣지는 않을까 하는 마음에 민우는 귀를 쫑긋 세웠다.

팔짱을 낀 채 잠시 뜸을 들이던 채프먼이 말을 이어나갔다.

"한국이든, 일본이든, 어디든. 자국에서도 인정받지 못한 녀석들이… 감히 메이저리거의 꿈을 꾸고 신성한 미국 땅을 찾아오는 것을 말이야."

채프먼의 입에서 나온 예상치 못한 독설.

이에 충격을 받은 듯, 민우의 눈이 튀어나올 듯 크게 뜨여졌다.

그런 민우의 표정 변화에도 눈썹 하나 까딱하지 않은 채프먼은 천천히 다음 말을 이어나갔다.

"그리고 그렇게 찾아온 녀석들은 결국 메이저리그의 높은 벽을 뒤늦게야 깨닫고는 다들 공항으로 돌아갔지. 집으로 가기 위해서 말이야."

민우는 채프먼의 말을 들으며 처음부터 그의 눈빛이 거슬렸던 이유를 깨달을 수 있었다.

'처음에 동양인이니 어쩌니 할 때부터 이상하다 싶었는데. 이 사람… 날 전혀 마음에 들어 하지 않고 있잖아.'

민우가 아무런 말도 하지 못한 채 자신을 바라보고 있자 채프먼이 한쪽 입꼬리를 말아 올렸다. 명백한 비웃음이었다.

"내 말이 이해가 잘 안되나? 그럼 좀 더 쉽게 이야기를 해주지. 왜 메이저리그에서 동양인 선수를 찾기 힘든 줄 아나?"

민우는 채프먼이 다음에 꺼낼 말이 조금은 예상이 되었지만 잠자코 다음 말을 기다렸다.

"이유는 간단하네. 신체적인 조건 때문이지. 간단하게 말하면 우(優)와 열(劣)의 차이지. 동양인이 아무리 발버둥 친다고 해도 열등한 신체조건 때문에 메이저리그의 높은 벽을 넘지 못하는 거야. 뭐, 아주, 아주 가끔 변종들이 튀어나오긴 하지만. 평균적인 숫자만 보아도 답이 나오지 않는가? 하하하!"

채프먼은 무엇이 그리 통쾌한지 의자가 뒤로 넘어갈 정도로 웃어대기 시작했다.

민우는 분노와 어이없음을 동시에 느끼며 이를 악물었다.

'이런 인간쓰레기가 한 팀의 감독이라니.'

자신을 데려온 스카우터는 이 사실을 알고 있을까라는 생각이 문득 들었지만 이내 머릿속에서 지워 버렸다.

스카우터가 이 사실을 알든 모르든 바뀌는 사실은 없었으니까.

채프먼이 내뱉던 웃음소리가 잦아들자 감독실 내부에 잠시 정적이 흘렀다.

"후, 그래서 난 네 녀석이 마음에 들지 않아. 주제를 모르는 것 같아서 말이야."

까드득.

민우가 화를 억누르며 이를 악무는 소리가 가볍게 들려왔다.

채프먼도 민우의 변화를 눈치챈 듯 갑자기 두 손을 들어올렸다.

"워워, 진정하라고. 그렇다고 기회를 주지 않는다는 건 아니야. 뭐 어찌 됐건 계약은 계약이니까."

민우는 채프먼의 갑작스런 태도 변화에 화를 내야 할지, 잠자코 듣고만 있어야 하는 것인지 갈피를 잡지 못했다.

"스카우터가 멍청이들이 아니라면 문제가 있는 녀석을 데려오지는 않았겠지. 너의 존재 가치를 증명해 봐라. 그렇지 못한다면, 뭐, 공항까지는 데려다 주지."

민우는 끝까지 비웃음을 날리며 입을 나불대는 채프먼의 면상에 주먹을 날려주고 싶었다.

'이 개자식이. 날 놀리고 있잖아.'

벌떡!

화를 참지 못한 민우가 벌떡 일어선 순간.

똑똑!

누군가 감독실의 문을 두드리며 안으로 들어섰다.

"감독님, 부스 선수 도착했습니다."

중년 여성 직원의 뒤에 서 있는 덩치 큰 백인 선수가 잠시 시선을 민우에게 돌렸다가 감독에게로 옮겨갔다.

"들어오라고 하게. 민우 자넨 이만 가보게."

귓가에 들려오는 목소리에 민우가 채프먼에게로 고개를 돌렸다.

채프먼은 언제 그랬냐는 듯 처음의 무표정한 얼굴로 돌아가 있었다.

민우는 당했다는 생각이 들었지만 여기서 화를 낸다고 해도 자신의 손해라는 생각에 몸을 돌려 발걸음을 옮겼다.

"감독님."

"응?"

민우에게 신경을 끄려던 채프먼은 순간 자신을 부르는 목소리에 다시 고개를 들었다.

민우는 채프먼에게 등을 보인 채 고개만을 돌려 입을 열었다.

"저한테 하셨던 그 말들, 반드시 후회하실 겁니다. 장담합니다."

쿵!

민우는 그 말을 끝으로 문을 닫고 멀어져갔다.

잠시 멍한 표정을 짓던 채프먼은 무엇이 우스운지 '하하'하는 소리를 내며 가볍게 웃어 보였다.

이내 감독실에서는 아무 일도 없었다는 듯, 왁자지껄한 웃음소리만이 들려왔다.

"별일 없었나?"

사무실을 빠져나오자 언제부터 기다렸는지 블랙웰이 복도 한쪽 벽에 등을 기댄 채 자신을 바라보고 있었다.

'별일 없었냐고? 참, 세상에는 별의별 사람이 다 있다는 걸 깨달았습니다.'

민우는 속마음과는 달리 아무 일도 아닌 것처럼 대답했다.

"예, 별일 없었습니다."

하지만 말의 내용과는 달리 민우의 목소리가 가라앉아 있자 블랙웰이 손을 들어 민우의 등을 툭 쳤다.

"별일 없는 게 아닌 거 같은데?"

"아닙니다. 그런데 절 기다리고 계셨습니까?"

민우가 굳이 이야기를 꺼내려하지 않고 말을 돌리자 블랙웰도 더는 캐묻지 않았다.

"자네가 지낼 숙소까지는 안내해 줘야 할 것 아닌가. 따라오게."

길게 늘어진 복도를 따라 걸어가던 잭은 거의 복도 끝에 다다라서야 걸음을 멈춰 세웠다.

"여기가 앞으로 자네가 생활하게 될 방이네."

잭이 열어준 문으로 들어서자 간소한 가구들이 눈에 들어왔다.

"침대 위에 자네의 유니폼이 놓여 있으니 잘 챙겨서 잊어버리는 일이 없도록 하게나. 따로 입단 절차는 없고, 내일 아침 10시까지 그라운드로 나오면 된다네."

"예, 감사합니다."

"그럼 푹 쉬게나. 아, 그리고……."

문을 반쯤 닫던 블랙웰이 무언가 생각난 듯 민우를 향해 다시 입을 열었다.

"혹시나 궁금한 점이나 상담이 필요하다면 날 찾아오게. 난 항상 사무실에 있으니까. 그럼."

잭은 그 말을 끝으로 방문을 닫았다.

'감독이랑은 정반대의 분이셔. 마음씨가 꽤나 좋은 분인 것 같네.'

멀어지는 잭의 발걸음 소리를 들으며 민우는 침대에 놓인 자신의 유니폼을 들어보았다.

73번이라는 등번호와 함께 'KANG'이라는 글자가 선명하게 박혀 있었다.

'그래, 꿈이 아니야.'

민우의 눈앞에 있는 유니폼은 그것을 증명해 주고 있었다.

'감독이 어떤 성향이건 상관없다. 야구는 실력으로 하는 거니까.'

민우는 조금 전의 상황을 떠올리자 밀려오는 기분 나쁜 감정들을 억눌렀다.

그리고 한국에 있는 많은 이를 떠올렸다.

어머니를 속여 가며 쫓기듯 야구를 하는 것은 끝났다.

이제는 어머니의 믿음 아래 진짜 야구를 즐길 수 있게 되었다.

'모두의 믿음에 보답할 수 있게, 최선을 다하자.'

민우의 깊은 다짐을 뒤로한 채 새로운 도전을 향한 첫 번째 하루가 저물어가고 있었다.

제8장

하이 싱글A—식스티 식서스

삐비빅! 삐비빅!

거칠게 울리는 알람 소리에 민우의 감겨 있는 눈꺼풀이 꿈틀 거렸다.

장시간 비행으로 인해 피로가 쌓여서일까.

평소보다 눈꺼풀이 무거움을 느끼는 민우였다.

하지만 그것도 잠시, 침대에서 일어난 민우는 빠른 동작으로 그라운드에 나갈 준비를 마쳤다.

'후, 민우야. 한번 끝까지 달려보자.'

민우는 잠시 거울을 바라보며 제 뺨을 한 번 두들긴 후 유니폼을 챙겨 입고 그라운드로 나섰다.

민우가 그라운드에 나서자 몇몇 선수가 여기저기 흩어져 각자 개인 연습을 하고 있는 모습이 보였다.

민우는 그들을 바라보다 뱃속에서 울리는 진동 소리에 머릿속에서 식사를 1순위로 변경했다.

'식사는 어디서 하는 거지?'

민우가 두리번거리는 모습을 보던 한 선수가 주변의 다른 선수들에게 뭐라고 중얼거리더니 민우에게 천천히 다가오기 시작했다.

"Hey, KANG."

"응?"

경기장 한쪽 벽면에 박혀 있는 안내도를 살펴보고 있던 민우는 뒤쪽에서 들려오는 목소리에 고개를 돌렸다.

민우의 시야에 잡힌 이는 가무잡잡한 피부를 가진 건장한 체격의 사내였다.

민우가 돌아보자 사내는 하얀 이를 보이며 웃는 얼굴로 질문을 던졌다.

"반가워. 난 실베리오라고 해. 유니폼을 보니 우리 팀에 새로 왔나 봐?"

'헐. 에브라인 줄 알았네.'

민우는 실베리오가 박지성의 절친, 에브라와 닮았다는 생각에 살짝 놀라는 표정을 지었다.

하지만 이내 그 생각을 지우고는 실베리오의 물음에 답했다.

"어, 반가워. 난 강민우라고 해. 편하게 민우라고 불러줘. 한국에서 왔고, 어제 오후에 막 도착한 참이야."

"오! 한국? 올림픽 금메달을 딴 그 나라에서 왔다고?"

실베리오는 한국이 베이징 올림픽에서 금메달을 딴 사실을 알고 있었던 듯, 민우의 대답에 꽤나 놀란 반응을 보였다.

민우는 실베리오의 반응에 내심 뿌듯함을 느끼고는 웃으며 대답했다.

"응, 맞아. 어떻게 그 사실을 알고 있네?"

"금메달을 땄으니 모를 수가 없지. 하하, 앞으로 잘 지내보자고!"

실베리오는 그 말과 함께 투박한 손을 내밀었다.

"그래, 잘 지내보자."

민우는 웃는 낯으로 그 손을 맞잡고 흔들었다.

"그런데 뭘 찾고 있었나 봐?"

실베리오는 민우가 안내도를 살피던 것을 기억해 내곤 도움을 주려는 듯한 눈빛을 보내며 질문을 던졌다.

"배가 고파서 식사를 좀 하고 싶은데 식당이 어디 있는지 모르겠어서 말이야."

"그런 거야? 하하. 처음 왔으니 당연히 모를 수밖에. 그런데 어쩌나. 아쉽게도 여기선 따로 식당이 없어."

"응? 뭐라고? 식당이 없다고?"

실베리오가 쓴웃음을 지으며 놀라는 민우를 바라봤다.

"응. 구단에서 제공해 주는 건 끽해야 식빵이랑 땅콩잼뿐이라고. 여기선 숙소 이외에는 전부 자급자족이야. 충격적이지?"

민우는 그 말에 황당한 표정을 지었다.

"뭐가 그래? 야구장 짓는 데 돈을 다 써버리기라도 한 거야?"

민우의 가벼운 농담에 실베리오가 눈을 동그랗게 뜨더니 가볍게 웃음을 터뜨렸다.

"응? 푸하하. 싱거운 농담이네. 사실 우리 팀만 그런 건 아니야. 마이너리그에서 식사까지 제대로 제공해 주는 팀은 없다고 봐도 무방하지. 마이너리그의 눈물 젖은 햄버거라는 말을 들어 본 적 없어?"

실베리오는 그 물음과 함께 손가락으로 어딘가를 가리켰다.

민우가 그 방향으로 고개를 돌려보니 키가 멀대같이 큰 한 선수가 관중석에 떡하니 앉아 한 손에 햄버거를, 다른 한 손에는 음료를 들고 식사를 하는 모습이 보였다.

'햄버거로 끼니를 때워야 한다고? 운동선수가 저런 걸 먹어도 되는 거야?'

민우는 그 모습을 보곤 머릿속에 자신의 미래의 모습을 그려보았다.

삼시세끼 햄버거만 먹다가 지방층이 두꺼워져 안타를 치고도 1루까지 굴러가는 모습.

'강민우 선수가 안타를 치고 1루를 향해 전력으로 굴러가고 있습니다!'

캐스터가 그 모습을 열정적으로 중계하는 모습까지 상상하니 온몸에 오한이 들며 소름이 돋았다.

실베리오는 민우가 어떤 상상을 하는지 마치 다 알고 있다는 듯 익살스러운 웃음을 짓더니 민우의 등을 팡 하고 쳤다.

"걱정하지 마. 햄버거 말고도 엄청나게 많은 메뉴들을 내가 소개해 줄 테니까. 오히려 그 음식들을 사 먹는 데 나가는 돈을 걱정해야 한다고. 하하하!"

민우는 실베리오의 그런 모습에 한숨을 푹 내쉬었다.

'밥은 제대로 먹여줄 줄 알았는데.'

"그럼 부탁할게."

민우의 부탁에 고개를 끄덕인 실베리오는 민우를 구장 앞 햄버거 가게로 인도했고, 민우는 멍한 표정으로 겨우 끼니를 때울 수 있었다.

빠르게 식사를 마치고 그라운드로 돌아오니 아까보다 배는 되어 보이는 숫자의 선수들이 이곳저곳에서 홀로, 혹은 짝을 지어 훈련에 임하고 있었다.

"민우!"

민우가 그라운드에 들어서는 모습을 발견한 실베리오가 민우의 이름을 부르며 달려왔다.

"맛있게 먹었어?"

"응, 덕분에."

민우가 무표정한 얼굴로 대답하자 실베리오가 '킄킄' 하는 웃음을 지으며 더그아웃을 가리켰다.

"감독님과 코치님들은 지금 더그아웃에 계신데, 만나봤어?"

민우는 실베리오가 감독에 대해 언급하자 자기도 모르게 이

마에 내 천(川) 자를 그리고 말았다.

"어, 감독님은 만나봤어. 아주 고약하더군."

민우가 질렸다는 듯이 말을 내뱉자 실베리오는 그게 뭔지 안다는 듯 씨익 웃으며 고개를 끄덕거렸다.

"그렇지. 좀 고약하긴 하지?"

"뭐야? 뭔가 알고 있는 거야?"

민우의 물음에 실베리오가 무어라 대답하려는 찰나.

"여어~ 어디서 지린내가 나는 것 같아서 와봤더니 못 보던 녀석이 있고만그래?"

민우의 등 뒤쪽에서 건들거리는 목소리가 들려왔다.

민우는 실베리오에게서 시선을 돌려 소리가 들려온 쪽으로 고개를 돌려보았다.

그리고 민우의 시야에 새하얀 피부를 자랑하는 3인방의 모습이 들어왔다.

그중 나이가 가장 많아 보이는—그래 봐야 23, 24정도로 보이는—덩치 큰 금발의 남자가 말을 꺼냈다.

"여, 멕시칸 보이. 이 아시아 애송이는 누구야?"

민우는 실베리오를 향해 장난스럽게 물음을 던지고 자신을 같잖다는 듯한 시선으로 바라보는 남자를 노려보았다.

'처음에 말을 꺼낸 것도 이 녀석인가?'

"어휴, 무서워라. 뭘 그렇게 노려보고 그래?"

"지난번에 왔던 아시아 꼬맹이도 처음엔 저렇게 노려봤지?"

"하하하."

민우는 그들의 모습에서 감독의 모습이 투영되는 듯한 느낌을 받았다.

'아무리 선진국이라고 해도, 저런 머저리 같은 놈들은 어딜 가나 꼭 있구나.'

민우가 주먹을 꽉 쥐고 입을 열려는 찰나.

"머저리들! 개소리 하지 말고 가던 길이나 가시지?"

어느새 옆으로 나란히 선 실베리오가 목소리를 낮게 깔며 으르렁대고 있었다.

"어이쿠! 무서워라!"

"예예~ 갑니다~"

"푸하하하."

그 모습에 3인방은 장난치듯 놀라는 흉내를 내고는 크게 웃으며 멀어져 갔다.

실베리오는 그렇게 멀어져 가는 3인방의 뒷모습을 노려보았다.

"겉멋만 잔뜩 든 날라리 같은 놈들."

순식간에 벌어지고 수습된 상황에 제3자처럼 한마디도 내뱉지 못한 민우가 그제야 입을 열었다.

"저 자식들은 뭐하는 놈들이야?"

"아, 저 자식? 우리 팀 또라이 대표 3인방. 감독하고 같은 과야."

"같은 과라면?"

민우가 이해하지 못한 듯 의문을 표하자 잠시 주변을 두리번거린 실베리오가 가까이 다가와 속삭였다.

"백인 우월주의. 자기네들은 아니라고 하지만 누가 봐도 그렇거든."

실베리오의 말에 민우는 멍해진 기분에 잠시 말을 잇지 못했다.

"혹시 내가 시간을 거슬러 올라온 건가? 지금이 혹시 1900년대야?"

민우의 어이없는 듯한 물음에 실베리오가 침착한 목소리로 대답해 주었다.

"아니. 아주 정확하게, 2010년이지."

"그런데 어떻게 저런 말도 안 되는 사상을 가지고 있을 수가 있지? 구단에서 제재는 없는 거야?"

민우의 물음에 실베리오가 피식 웃음을 날리며 민우의 어깨를 두드렸다.

"어이없겠지만 맞아. 메이저리그에서 저런 행동을 했다면 바로 징계감이지만, 여긴 마이너리그에서도 밑바닥이잖아. 발에 차이고 차이는 게 유망주들이니까 그 하나하나의 속까지 다 들여다볼 수는 없는 거지. 구단 수뇌부가 알 수 있는 건 형식적인 서류로 올라오는 선수들의 성적, 성장 가능성 같은 거지 인성 같은 건 알 수가 없으니 이런 경우도 발생하는 거야."

실베리오의 설명에 이해는 되었지만 분노와 허탈감은 쉽게 가라앉지 않았다.

"아무리 그래도 인성이 되어 있지 않은 선수는 구단에서도 그리 달가워하지 않을 거 아니야?"

"네 말도 맞아. 만약 저런 행동을 대놓고 드러냈다면 벌써 계약 해지당하고 쫓겨났겠지. 저래 보여도 보는 눈들이 있을 때는 정말 정상인처럼 보인다고. 물론 뒤에서 은근히 긁어서 폭발하게 만들기도 하지만 말이야."

민우는 실베리오의 마지막 말에 불현듯 무언가 떠오른 것처럼 '아' 하는 소리를 내더니 속사포처럼 질문을 내뱉었다.

"그러고 보니까 아까 저 녀석들이 분명 '지난번에 왔던 아시아 꼬맹이'라는 소리를 했지? 그건 무슨 소리야? 우리 팀에 아시아계 선수가 있는 거야?"

민우의 물음이 이어질수록 실베리오의 표정은 무언가 곤란하다는 듯이 어색한 모양으로 변해가더니 이내 한숨을 푹하고 쉬었다.

"응. 아니. 정확하게 말하면 있었다고 해야겠지."

"있었다고? 그럼 지금은 없는 거야? 이적?"

고개를 가볍게 끄덕거린 실베리오가 말을 이었다.

"뭐… 시작은 지금과 비슷했어. 대만 녀석이었는데 쉽게 흥분하는 다혈질인 녀석이었거든. 성적이 그리 좋지도 않았고, 팀원들하고 융화도 잘 되지 않아 그리 좋지 않은 시선을 받고 있었어. 그런데 경기 중에 저 녀석들이 무어라 했는지 갑자기 주먹을 날렸고… 뭐, 그날로 방출 통보. 녀석이 짐을 챙겨 떠나는 뒷모습이 얼마나 쓸쓸해 보이던지."

들으면 들을수록 믿기지 않는 이야기였다.

"그럼 다른 팀이랑 계약을 한 거야?"

민우의 조심스러운 물음에 실베리오는 씁쓸한 미소를 지으며 고개를 저었다.

"그걸로 녀석의 미국 생활은 끝났고. 대만으로 돌아갔다고 들었어."

메이저리거라는 꿈을 꾸기 위해 날아온 타국에서 한 순간의 실수로 그 꿈이 산산이 부서진 채 돌아가다니. 그것도 함정에 빠져서.

민우의 분위기가 무거워지는 것을 느낀 실베리오가 분위기를 풀어보려는 듯 장난스럽게 말을 뱉었다.

"이거 뭐 우리 팀이 이 정도로 막장입니다~ 라고 홍보하는 것 같네."

남의 이야기 같지가 않아서일까.

민우의 표정이 딱딱하게 굳어졌다.

그 소리에 실베리오가 깜짝 놀란 듯 뒤로 물러서며 민우를 향해 양손을 들어 보였다.

"민우. 왜, 왜 이래. 내가 한 말 때문에 화난 거야?"

잠시 말이 없던 민우가 천천히 입을 열었다.

"아니. 실베리오. 너 때문에 그런 게 아니야. 그냥… 그냥 여기나 저기나 쓰레기들은 존재한다는 사실이 너무나도 화가 날 뿐이야."

실베리오는 그제야 양손을 천천히 내리며 다시 민우에게 다가갔다.

"일단 진정해, 민우. 흥분한다고 해서 바뀌는 건 아무것도 없어."

잠시 말없이 주먹을 쥐고 있던 민우가 손에 힘을 풀며 깊은 숨을 내뱉었다.

"그래. 흥분한다고 해서 바뀌는 건 아무것도 없어. 전쟁에서는 냉정한 자가 승리한다고 하지. 실력으로 녀석들의 콧대를 눌러주겠어."

실베리오를 바라보는 민우의 눈빛은 어느새 총명하게 빛나고 있었다.

그런 모습을 본 실베리오는 옅은 미소를 지어 보이고 있었다.

"그래. 프로는 실력이지! 지금 모습을 보니 이번에는 걱정하지 않아도 되겠네. 좋아좋아!"

팡팡!

민우는 예상치 못한 타격에 휘청거리며 신음을 뱉었다.

"윽!"

민우의 등을 두 번 두들긴 실베리오는 이내 손을 올려 민우와 어깨동무를 했다.

"자, 그럼. 머저리들은 이만 잊어버리고 우리의 동료들을 만나러 가보자고."

따악!

따악!

민우와 실베리오가 그라운드로 나가자 이곳저곳에서 타격음이 들려왔다.

소리의 진원지는 그라운드에 놓인 배팅케이지였다.

그 뒤쪽에는 이곳저곳에 흩어진 채 자신의 차례를 기다리며 티배팅을 하거나 주변 선수들과 잡담을 나누고 있는 선수들이 보였다.

거리가 적당히 가까워지자 실베리오는 민우의 어깨에서 손을 내리지 않은 채 큰 소리를 내기 시작했다.

"Hey. 여기들 주목해 봐!"

실베리오의 목소리에 배팅케이지 주변에 모여 있던 선수들이 하나둘 시선을 돌리기 시작했다.

가까이 다가가자 실베리오가 주변의 선수들을 소개하기 시작했다.

"다들 처음 볼 거야. 여기는 이번에 한국에서 온 민우야."

실베리오가 민우를 먼저 소개하자 연습을 구경하며 주변에 흩어져 있던 선수들이 가볍게 한 마디씩을 건넸다.

"여~ 반가워."

"어서 와. 미국은 처음이지?"

"앞으로 잘해보자고!"

하지만 모두가 반가워하는 것은 아니었다.

몇몇 선수는 그저 심드렁한 표정으로 민우를 위아래로 잠시 훑고는 이내 관심을 끊고 다시 훈련을 시작했다.

'음. 이 찝찝한 기분은 뭐지. 혹시, 아까 그 3인방이 전부가 아닌 건가?'

잠시 생각에 빠졌던 민우는 이내 환대해 준 선수들을 향해 가볍게 고개를 끄덕이며 대답했다.

"그래. 나도 잘 부탁해."

실베리오는 민우가 대충 인사를 나눈 듯 보이자 가볍게 질문을 던졌다.

"그러고 보니 민우, 넌 포지션이 어디야?"

실베리오의 물음에 프리 배팅으로 시선을 돌렸던 선수들이 슬며시 귀를 쫑긋거리는 모습이 느껴졌다.

사실 모두가 같은 포지션에서의 경쟁자들을 이겨내고 상위 리그로 올라가는 것이 목적이었기에 당연한 관심이기도 했다.

"중견수야. 다른 포지션에서 뛰어본 경험은 없어."

민우의 대답에 실베리오가 씨익 웃으며 한쪽을 가리켰다.

"이런~ 부스랑 러셀이 싫어하겠는데?"

민우가 실베리오의 손가락을 따라 시선을 돌리니 쌍꺼풀이 짙고 하관이 넓은 선수가 손을 흔들고 있었다.

"어제 잠깐 봤지? 잘해보자고~"

부스는 경쟁자가 늘어난 것에 별로 신경이 쓰이지 않는 듯 여유 있는 미소를 지어보였다.

'어제 감독실에서 마주쳤던 녀석이군.'

부스의 눈을 바라보니 딱히 악의에 찬 눈빛은 느껴지지 않았다.

'뭐. 저 눈빛이 가식인지 진심인지는 차차 알아가면 되는 거고. 어디, 능력치부터 살펴볼까?'

민우는 부스에게로 정신을 집중했다.

[부스, 25세]
　─파워[B, 43(76%)/100], 정확[B, 45(12%)/100], 주력[B, 49(68%)/100], 송구[B, 49(62%)/100], 수비[B, 50(13%)/100].
　─종합 [B, 236/500]

'음? 생각보다 능력치가 낮은데? 아니, 내 능력치가 높은 건가?'

민우는 하이 싱글A의 수준이 어느 정도인지 잘 몰랐기에 자신의 능력치가 높은 것인지 부스의 능력치가 낮은 것인지 감이 잘 오지 않았다.

한국에서는 보통 한국프로야구의 수준을 트리플A와 같거나 살짝 높은 수준으로 생각하는 경향이 있었다.

반면, 미국에서는 한국프로야구의 수준을 더블A와 트리플A의 사이 정도로 생각하고 있었다.

이와는 별개로 프로야구 2군의 수준을 마이너리그의 어느 수준에 비교하는 경우는 거의 없었기에 민우가 그 수준을 추측하기란 쉽지 않았다.

잠시 고민을 하던 민우는 부스에게서 시선을 돌려 러셀을 바라봤다.

러셀은 삭발을 한 듯 머리숱 하나 없는 뒤통수를 내보이고 있었는데, 민우에게 시선조차 주지 않은 채 프리 배팅에만 집중하고 있었다.

[러셀, 25세]
　―파워[B, 45(17%)/100], 정확[B, 44(16%)/100], 주력[B, 47(78%)/100], 송구[B, 50(70%)/100], 수비[B, 47(21%)/100].
　―종합 [B, 233/500]

　'부스와 비슷한 수준이야. 능력치만으로 따지면 내가 훨씬 앞서고 있어.'
　부스와 러셀의 능력치를 확인한 민우는 그간 자신의 노력이 헛되지 않았다는 것을 능력치로 확인받는 느낌에 내심 뿌듯함을 느꼈다.
　"저런 매너 없는 녀석. 이해 좀 해줘. 러셀이 요새 슬럼프라서 말이야. 최근 타율이 2할에도 간당간당하거든."
　"아……."
　그제야 민우는 러셀의 그런 태도가 이해가 되었다.
　'3인방이랑 같은 부류인 줄 알았더니, 그건 아니었구나.'
　사실 민우는 처음 그라운드로 나섰을 때 몇몇 선수의 굳은 표정과 시선에서 무언가 익숙함이 느껴졌다.
　그 시선은 한국에서 텃세를 부리는 이들이 자신에게 보내던 시선과 많이 닮아 있었기 때문이다.
　그리고 3인방의 시선과도 비슷한 느낌이었다.
　러셀의 무관심도 그런 것인 줄 알았다.

하지만 실베리오의 설명으로 민우는 진실을 깨닫고는 살짝 안도감을 느끼고 있었다.

실베리오는 그런 민우에게 다가와 작은 목소리로 말을 이었다.

"뭐, 너한테는 경쟁자가 하나 줄었으니 다행이라고 할 수 있을지도 모르겠네. 하하."

'이 녀석, 정말 솔직한 녀석이네.'

실베리오의 가식 없는 말에 민우는 무어라 말을 해야 할지 잠시 고민이 되었다.

"뭐, 그런가?"

민우의 어중간한 반응에 실베리오가 싱겁다는 듯이 웃어보였다.

"하하. 그래, 뭐 부스랑 러셀을 이기고 올라간다 하더라도 그 위에 수많은 산이 더 남아 있지만 말이야."

"다들 모여 있었군. 민우와는 이미 인사를 나눈 건가?"

실베리오의 소개로 웃고 떠드는 사이 뒤쪽에서 목소리가 들려왔다.

이에 선수들이 일제히 뒤쪽을 바라보니 어느새 채프먼 감독이 코치진을 대동한 채 나타나 있었다.

"예, 다들 얼굴은 텄습니다."

실베리오가 웃는 얼굴로 대답하자 채프먼이 천천히 고개를 끄덕였다.

"흠, 좋아. 그럼 더 길게 이야기할 건 없겠군. 맷은 투수조 데리고 훈련 진행하고, 브렌트!"

"예."

"자네는 타자조 훈련하면서 민우를 실전에 바로 투입할 수 있을지 한번 테스트해 보게."

"예, 알겠습니다."

브렌트가 고개를 꾸벅 숙이며 대답하자 이내 채프먼은 더그아웃 안쪽으로 모습을 감췄다.

"자, 다들 들었지? 조금 전까지 개인적으로 몸을 풀고 있었을 테니 바로 시작하지. 부스! 너부터 시작한다."

"예이. 부스 대령했습니다요."

"장난치지 말고 어서 들어가!"

브렌트의 부름에 장난스레 대답하던 부스는 브렌트의 일갈에 '으엑!' 하는 표정을 지으며 배팅케이지로 들어섰다.

민우는 자신의 차례를 기다리며 식스티 식서스 선수들의 타격을 바라봤다.

따악!

따악!

"좋다. 다음은 민우, 네 차례니 준비하도록."

"예."

브렌트는 민우에게 지시를 내리고는 배팅케이지 안에 있는 선수에게 다시 집중했다.

민우의 차례가 코앞으로 다가오자 일순 선수들이 한목소리로 장난 섞인 야유와 환호를 보냈다.

"후후. 풋내기 타격 실력 좀 보자고."

"얼마나 잘하는지 이 형님이 한번 봐줄게!"

민우가 그들의 모습에 웃음을 보이던 순간.

"어디, 아시아 꼬맹이 실력 한번 볼까?"

언제 다가왔는지 머저리 3인방이 비릿한 웃음을 지은 채 민우를 쳐다보고 있었다.

그에 몇몇 선수의 얼굴이 잠시 굳어졌다.

민우 역시 배트를 쥔 손에 자연스레 힘이 들어갔다.

3인방의 비하 발언으로 분위기가 냉랭해지려는 찰나 실베리오가 외쳤다.

"마침 잘됐네. 내기 한번 할까? 난 민우가 펜스를 넘긴다에 1달러를 걸지!"

그리고 내기를 제안한 실베리오가 '문제없지?'라고 말하는 듯 민우에게 윙크를 날렸다.

'우엑.'

민우는 그런 실베리오의 윙크에 온몸에 소름이 돋는 듯한 착각이 느껴져 구토를 하는 시늉을 했다.

그런 민우의 속마음을 모르는 선수들이 다시 웃음을 보이며 너도나도 손을 들며 외쳤다.

"나도 1달러!"

"나도 나도!"

"흥! 나는 민우가 펜스를 넘기지 못한다에 1달러. 만약 홈런을 때려낸다면 내 이름을 친히 알려주겠다."

마지막은 3인방의 대가리의 목소리였다.

"멍청아. 등 뒤에 네 이름 겁나 크게 쓰여 있어. D, E, N, K, E, R. 붙여서 덴커라고."

"풉."

"풋."

실베리오의 핀잔에 여기저기서 웃음을 참는 듯한 소리가 들려왔다.

그에 덴커가 주먹을 쥐고 무어라 말하려고 했지만 브렌트가 민우를 부르는 바람에 실행에 옮기지는 못했다.

"민우! 뭐하고 있나. 빨리 오도록!"

"예, 바로 가겠습니다."

호기롭게 대답한 뒤, 배팅케이지에 들어서 자리를 잡던 민우는 뒤쪽에서 벌어지는 소란스러움이 나쁘지 않다고 느꼈다.

'한국에서 쫓기듯이 야구하던 때랑은 전혀 다른걸. 3인방이 조금 거슬리긴 하지만, 그래도 재미있어.'

준비가 끝난 듯, 민우가 씨익 웃음을 보이며 뒤쪽을 향해 외쳤다.

"기대하라고! 특히 너!"

민우가 외침과 동시에 배트로 덴커를 가리키자 뒤쪽에선 또한 번 소란이 일었다.

"오오!"

"한 방 날려 버려!"

다시 시선을 앞으로 돌린 민우가 마운드에 서 있던 선수에게 고개를 끄덕였다.

슈욱!

이윽고 투수가 던진 배팅볼이 배팅케이지를 향해 날아왔다.

배팅볼.

별다른 변화 없이 타자가 치기 쉽게 밋밋하게 날아오는 공.

패스트볼에 강점을 가진 민우에게는 더더욱 손쉬운 먹잇감이었다.

따악!

키킹 동작과 함께 부드럽게 돌아가는 허리.

그 허리를 따라 자연스럽게 따라오던 배트의 스위트스폿에 공이 맞부딪히며 울리는 경쾌한 소리.

그와 동시에 민우의 타격을 지켜보던 모든 이들의 고개가 외야를 향해 돌아갔다.

민우가 때려낸 타구는 하늘을 가를 듯 끝없이 뻗어나가는 듯 보였다.

퉁!

떨어질 줄을 모르고 날아가던 타구가 유유히 센터 방면 펜스 너머에 자리한 전광판을 강타했다.

타구가 날아가는 것을 주시하고 있던 선수들은 민우가 뒤를 바라보며 씨익 웃어 보이며 브이를 날리자 일부는 한 손을, 일부는 양손을 위로 번쩍 들어 올리며 환호성을 내질렀다.

"오오!!"

"민우 이 자식! 장난 아니잖아!"

"크하하. 자자! 수금하러 왔습니다~"

내기에 이긴 이들은 격한 웃음을 지으며 패배자들을 놀려댔다.

단 하나의 공으로 결과가 나와 버리자 3인방은 충격을 받은 듯 아무런 말도 하지 못했다.

스윽.

어느새 3인방의 곁으로 다가온 실베리오가 돈을 내놓으라는 듯 손을 내밀었다.

탁!

그제야 굳어 있던 3인방이 '쳇' 하는 소리와 함께 실베리오의 손을 거칠게 밀어내곤 빠르게 자리를 피해 버렸다.

실베리오는 주변에 있던 선수들을 향해 어깨를 으쓱해 보였고 선수들은 그 모습이 웃긴 듯 크게 웃어보였다.

"나 아직 안 끝났는데?"

"웅?"

그러던 와중, 배팅케이지가 있는 쪽에서 들려오는 목소리에 선수들이 다시 고개를 돌렸다.

그곳에는 민우가 배트를 어깨에 가볍게 얹고는 미소를 내보이며 서 있는 모습이 보였다.

"이번엔 몇 개나 넘기나 내기해 볼까?"

민우의 호기로운 외침에 선수들이 다시 한 번 환호성을 내질렀다.

"오오!!"

"이런 건방진 녀석! 그래! 어디 몇 개나 넘기는지 한번 보자고!"

"자! 장난은 그만. 아직 훈련이 끝난 게 아니다. 다시 시작해!"

브렌트는 분위기가 가벼워지려 하자 아직 훈련 중임을 다시 상기시키며 훈련을 진행시켰다.

"예."

따악!

따아악!

민우는 선수들의 환호성에 보답하듯 9개의 배팅볼 중 4개를 담장 밖으로 날려 보내는 괴력을 선보이며 분위기를 띄웠다.

'흠. 타격 자세는 아주 안정되어 있어. 파워도 평균은 하는 듯 보이고. 실전에서는 어떨지 궁금하군.'

브렌트는 만족스러운 표정을 지은 채 민우를 잠시 바라보고는 선수들에게로 시선을 돌리며 지시를 내렸다.

"좋다. 15분간 휴식 뒤, 다음 훈련으로 넘어간다. 다들 준비하도록."

"예."

"넵!"

'왜 이리 소란스럽나 했더니, 저 녀석 때문이었나.'

그리고 언제부터 더그아웃에서 나왔는지 모를 채프먼 감독이 그 모습을 흥미롭게 쳐다보고 있었다.

'어제 나에게 했던 말은 호승심에서 나온 말이 아니었다… 이건가.'

자신에게 경고를 날리던 그 모습에 코웃음을 쳤던 채프먼이었다.

그런데 민우는 보란 듯이 펜스 너머로 타구를 펑펑 날려대고 있었다.

마치 무력시위를 하듯이 말이다.

'하지만… 배팅볼은 말 그대로 타자를 위해 던져 주는 손쉬운 먹잇감일 뿐이지.'

채프먼의 얼굴에 묻어나던 흥미는 어느새 사라지고 예의 무표정한 얼굴로 돌아와 있었다.

'나에게 인정을 받고 싶다면 네 녀석이 다른 놈들과 다르다는 것을 실전에서 보여줘야 할 거다. 동양인 꼬맹이 녀석아.'

이내 민우에게서 관심을 끊은 채프먼은 그라운드에서 모습을 감췄다.

어느새 타격 훈련이 끝났지만 경기가 시작하기까지는 아직 몇 시간이 더 남아 있었다.

타격 훈련을 끝낸 선수들은 뿔뿔이 흩어졌고 일부는 추가적으로 타격 훈련에 임했다.

내야수들은 땅볼 타구를 병살로 연결하는 다양한 상황에 맞춰 풋워크 연습에 돌입했다.

외야수들은 바운드 타구 처리와 플라이 볼 포구에 대한 연습을 시작했다.

각자가 자신의 부족한 면을 채우기 위해 모두 바쁘게 움직이는 모습을 보이고 있었다.

민우 역시 외야수들 사이에 끼어 외야 평고 훈련에 열중하고 있었다.

"중견수!"

따악!

타격 코치의 외침과 함께 날아오는 평고와 동시에 민우의 시야에 노란빛을 띠고 있는 화살표가 나타났다.

타다다닷!

그와 동시에 민우는 빠른 발을 자랑하듯 거의 우익수 방면으로 뻗어오는 평고를 여유 있게 쫓는 모습을 보여주었다.

퍽!

슈욱!

글러브로 빨려 들어간 공을 민우가 잽싸게 뽑아 2루를 향해 뿌렸다.

그리고 빨랫줄처럼 뻗어가던 공은 어느새 2루수의 글러브에 안착해 있었다.

민우의 물 흐르듯 여유 있는 동작을 바라보던 실베리오가 이내 감탄한 듯한 목소리를 내뱉었다.

"오~ 민우! 수비에 여유가 넘치는데?"

바로 옆에서 들려오는 실베리오의 목소리에 민우가 가볍게 웃어 보였다.

"이 정도는 해줘야 메이저리그에 가지 않겠어?"

그런 민우의 반응에 실베리오가 어이가 없다는 듯한 표정을 지어보였다.

"아이고 그러셔요~ 그런데 왜 여기서 이러고 계셔요?"

"우익수!"

따악!

"헛!"

잠시 민우에게 정신을 팔고 장난스럽게 말을 내뱉던 실베리오는 코치의 외침과 함께 날아오는 펑고를 보고는 움찔하더니 잽싸게 타구를 쫓아 발을 놀리며 멀어져 갔다.

민우는 그런 실베리오의 모습을 웃으며 바라본 뒤, 빠르게 수비 위치로 되돌아갔다.

"오늘은 여기까지 하지."

타격 코치가 외야를 향해 마지막 펑고를 날리고는 한 시간가량 이어진 펑고 훈련 종료를 선언했다.

그와 동시에 외야를 지키던 여러 명의 선수가 동시다발적으로 자리에 주저앉거나 누우며 각자 휴식을 취했다.

털썩.

"아이고 힘들다."

땀을 비 오듯 쏟으며 이리저리 뛰어다녔던 실베리오도 마지막 공을 받았던 자리에서 그대로 드러누워 버렸다.

스윽.

"실베리오, 벌써 지친 거야?"

거친 숨을 내쉬던 실베리오는 민우의 목소리가 바로 옆에서 들려오자 감고 있던 눈을 살짝 떠 보였다.

햇빛을 가리고 있던 민우의 몰골은 비 맞은 생쥐처럼 홀딱 젖어 있는 모습이었다.

민우 역시 자신과 다르지 않다는 것을 확인하고는 실베리오가 피식거리며 입을 열었다.

"이봐, 민우. 그렇게 여유 있는 척하지 말고 너도 누우라고."

탁탁.

말을 끝내며 실베리오가 자신의 옆자리를 손으로 두들겼다.

털썩.

민우는 마치 그 말을 기다렸다는 듯 실베리오의 옆에 나란히 몸을 누였다.

푹신한 잔디를 침대 삼아 드러누우니 민우의 시야엔 푸른 하늘과 여유롭게 흘러가는 구름이 보였다.

민우는 마치 자신이 하늘에 떠다니는 것처럼 마음이 편안해짐을 느꼈다.

"오랜만이야."

민우의 뜬금없는 소리에 실베리오가 고개를 돌리며 민우를 바라봤다.

"응? 뭐가 오랜만이라는 거야?"

"이렇게 아무렇지 않게, 즐겁게 땀 흘리며 뛰어보는 거."

민우의 대답에도 실베리오는 '얘가 무슨 소리를 하는 거야?'

라는 듯한 표정을 지어 보였다.

"그게 무슨 싱거운 소리야?"

민우는 그런 실베리오의 반응이 우스운지 가벼운 웃음과 함께 입을 열었다.

"크크, 그런 게 있수다."

민우가 그 말을 끝으로 입을 다문 채 눈을 감아버리자 실베리오도 더 이상의 호기심을 접어둔 채 하늘로 시선을 돌렸다.

해가 뉘엿뉘엿 넘어갈 무렵이 되자 경기장에 하나둘 관중들이 들어서기 시작했다.

민우의 소속 팀인 인랜드 엠파이어 식스티 식서스는 하이 싱글A 리그 중 하나인 캘리포니아 리그의 남부리그에 속한 팀으로 최근 5경기에서 2승 뒤 3연패를 기록하며 남부리그 5팀 중 4위에 자리하고 있었다.

반면 랭커스터 제트호크스(Lancaster JetHawks)는 최근 5경기에서 4승 1패를 기록하며 2위로 올라서며 흐름을 타고 있는 중이었다.

"플레이볼!"

저녁 7시 정각.

경기 시작을 알리는 주심의 사인이 그라운드에 울려 퍼지며 인랜드 엠파이어 식스티 식서스와 랭커스터 제트호크스의 경기가 시작되었다.

더그아웃에 앉아 있던 민우는 어렴풋이 보이는 많은 관중들의 모습에 가슴이 두근거림을 느꼈다.

"후우……"

깊게 숨을 한 번 내쉰 민우는 한국에서의 기억을 잠시 떠올렸다.

LC트윈스 소속으로 2군 경기에 출전할 때마다 민우가 본 관중이라고는 평균 10명 내외, 많아야 100명을 겨우 넘는 수준이었다.

'마이너리그인데도 이렇게 많은 관중이라니… 빈자리가 거의 없잖아?'

민우가 더그아웃으로 들어서기 전, 관중석을 채운 인원은 눈대중으로 보아도 기천 명은 되어 보였다.

'잘못하면 욕도 엄청나게 먹겠구나.'

사실 야구 선수로서 필수적으로 따라오는 것 중의 하나가 바로 팬들의 응원 혹은 야유였다.

그리고 팬이라 하면 열성팬과 안티팬 등 그 종류도 다양하다고 할 수 있었다.

틱!

민우가 생각에 잠겨 있는 사이 인랜드 엠파이어의 1번 타자인 부스가 힘없는 내야 땅볼을 때려냈다.

"아웃!"

부스는 아웃임을 직감하고 느린 뜀박질로 1루로 향했고 미처 중간도 가기 전에 1루에 도착한 공과 함께 아웃 판정을 받았다.

"우우!"

"멍청아! 최선을 다해서 뛰란 말이야!"

부스의 유유자적한 모습에 일부 관중들이 야유를 보냈지만 부스는 여유 있는 얼굴로 더그아웃으로 들어왔다.

민우는 그런 부스의 모습에 잠시 감탄한 표정을 지었다.

'전혀 신경을 안 쓰네. 이런 경우를 많이 겪어봤나?'

의자에 앉은 부스는 옆에 있던 선수와 장난을 치기에 바빴다.

'저런 면은 배워야 할 점이겠지.'

민우는 이내 고개를 돌려 경기에 집중하기 시작했다.

경기는 점수를 주거니 받거니 하며 6회까지 6 대 7의 스코어로 원정팀인 랭커스터가 근소한 차이로 앞서고 있었다.

인랜드 엠파이어는 베테랑 선발 투수인 세릴이 1회부터 무너지는 바람에 불펜투수를 소모하며 초반부터 대량 실점하며 승부를 넘겨줄 뻔했다.

하지만 상대 선발인 시턴이 경험 부족으로 흔들리는 상황에서 기회를 놓치지 않고 턱밑까지 쫓아간 상황이었다.

7회 말, 1사 1, 3루 상황에서 채프먼 감독이 교체 카드를 꺼내 들었다.

"민우!"

자신을 부르는 소리에 민우가 고개를 돌렸다.

감독은 그런 민우를 바라보며 교체 지시를 내리며 무거운 목소리로 한마디를 덧붙였다.

"어디, 내 결정을 후회하지 않게 만들어봐라."

말을 끝낸 채프먼은 민우를 무시하는 듯한 눈빛을 보내고 있었다.

민우는 입을 다문 채 채프먼의 눈을 잠시 마주 본 뒤 천천히 장구를 착용하곤 배트를 챙겨 대기 타석에 들어섰다.

―어~ 식스티 식서스가 대타를 투입하는군요. 1번 타자 부스의 타석인데요. 대타로 들어서는 타자는… 음, 한국에서 날아와 어제 막 팀에 합류한 루키. 강민우입니다!

―오늘 부스가 3타수 무안타로 타격감이 좋지 않은 모습이었습니다만, 태평양을 건너 이제 갓 팀에 합류한 선수를 바로 투입시키는 감독의 의중이 무엇인지 궁금하군요.

―과연 식서스의 대타 작전이 성공으로 이어질지, 지금부터 지켜봐야겠습니다.

대기 타석에 들어서야 할 부스보다 호리호리한 체격의 동양인이 나타나자 관중석 이곳저곳에서 거친 목소리가 터져 나왔다.

"처음 보는 녀석인데?"

"일본인 선수가 온 건가?"

"아무렴 어때. 실력만 좋다면 누구든 상관없어!"

"어이 풋내기. 랭커스터 녀석들에게 한 방 날려 버려!"

대기 타석에서 자신의 차례를 기다리던 민우는 귀가 아픈 듯 장갑을 벗더니 잠시 귀를 후볐다.

'관중이 많으니 경기장의 무게감이 다르다. 분위기가 엄청 달아올랐는걸.'

6 대 7로 끌려가는 상황에서 맞이한 귀중한 득점 찬스였기에 관중들은 꽤나 흥분해 있는 상태였다.

그 분위기에 동해서일까. 많은 관중이 들어선 경기를 접하는 것이 처음이어서일까.

민우의 어깨에도 살짝 힘이 들어가고 있었다.

'진정하자, 진정. 힘이 들어간 채로는 아무것도 할 수 없잖아.'

"스트라이크 아웃!"

9번 타자인 가르시아가 시원한 스윙으로 삼진을 당하며 아웃 카운트는 2아웃이 되어버렸다.

'가자!'

민우는 배트의 손잡이에 스프레이를 한 번 더 뿌린 뒤 손으로 문지르며 배터 박스로 향했다.

부웅! 부웅!

상대 포수는 홈 플레이트 뒤쪽에 일어선 채로 민우가 배터 박스에 들어서길 기다리고 있었다.

포수는 민우가 배트를 크게 휘두르며 천천히 걸음을 옮기자 미간에 주름을 만들며 입을 열었다.

"꼬맹이. 다리가 아픈 게 아니라면 빨리빨리 들어오라고."

'트래시 토크… 이건 뭐 한국이나 미국이나 별반 다를 게 없구나.'

민우는 그런 포수의 도발에 대답조차 하지 않은 채 투수를 바라봤다.

자신의 도발이 먹히지 않는 듯 보이자 포수가 무릎을 굽히며 자세를 잡은 뒤 한마디를 더 던졌다.

"그 싸구려 배트, 오늘 부러질 테니 조심하라고."

그 말에 민우의 배트를 쥔 손에 힘이 들어갔다.

'이런 개… 후우… 그 발언, 후회하게 만들어주마.'

띠링!

[돌발 퀘스트 발동—멘탈은 강철과 두부 사이.]

—상대 포수가 트래시 토크로 멘탈 흔들기를 시도하였습니다.

—멘탈이 흔들린 상태에서는 실력을 제대로 발휘하기가 힘듭니다.

—멘탈을 단련할 수 있는 아주 좋은 계기입니다.

—뒤지고 있는 스코어를 단번에 뒤집어 존재감을 과시할 좋은 기회입니다.

—성공 시 영구적으로 파워 +1, 정확 +1. 70포인트 지급.

—1루타 시 기본 포인트, 2루타 시 추가 10포인트, 3루타 시 추가 20포인트, 홈런 시 추가 40포인트 지급.

—실패 시 일주일간 파워 −3, 정확 −3. 하루 동안 근육통

발생.

반가운 알림 소리와 함께 민우의 눈앞에 퀘스트에 대한 설명이 떠올랐다.

'어떤 결과를 내냐에 따라 포인트를 차등 지급하는구나. 어디에 쓸 수 있는지는 아직 알 수 없는 건가?'

호기심이 다시금 동했지만 민우는 이내 관심을 투수에게로 돌렸다.

'당장은 기회를 놓치지 않아야 해. 능력치!'

[모디카, 25세]
─구속[U, 73(41%)/100], 제구[R, 67(36%)/100], 멘탈[E, 57(45%)/100], 회복[R, 62(94%)/100].
─종합 [R, 259/400]

랭커스터의 불펜투수인 모디카는 최고 구속 92마일(148㎞)의 빠른 공을 소유한 투수였다. 하지만 속구의 위력을 배가시켜 줄 변화구가 다양하지 못했고 그나마 실전에서 써먹을 만한 변화구로는 낙폭이 큰 커브 하나만을 소유한 투 피치 투수였다.

싱글A, 어리고 경험이 부족한 선수들이 거쳐 가는 무대여서일까.

상대 투수의 능력치는 들쑥날쑥한 편이었고 종합 능력치도 2군에서 경험했던 투수들보다 상당히 떨어지는 편이었다.

'수치만 봐서는 그다지 어렵지 않겠는데? 투구 패턴도 단조롭고.'

민우는 나름대로 상대 투수의 투구 패턴에 대해 관찰하고 있었다.

'조금 전까지 3타자를 상대로 결정구는 모두 스트라이크존에서 떨어지는 커브였어. 라인이 애매해서 스윙을 하지 않을 때 판정이 어떨지 모르겠군.'

민우가 고민을 하는 사이 심판이 경기를 재개시켰다.

이내 포수가 보낸 사인에 투수가 고개를 끄덕이곤 힘차게 공을 뿌렸다.

슈우욱!

'높아.'

팡!

"볼!"

초구는 민우의 눈높이로 날아오는 볼이었다.

하지만 이후 2구와 3구가 내리 낮은 코스의 스트라이크존에 아슬아슬하게 들어온 것으로 판정이 내려지며 볼카운트는 순식간에 2스트라이크 1볼로 민우에게 불리한 상황이 되어버렸다.

─오늘 주심의 스트라이크존이 상당히 들쑥날쑥한 모습이네요.

─컨디션이 조금 좋지 않은 걸까요? 애매한 판정이 매회마다

하나씩 보이고 있습니다.

"우우!"

"그게 스트라이크냐!"

"눈 똑바로 뜨고 보란 말이야!"

인랜드 엠파이어의 홈구장이어서일까.

심판의 판정에 관중들이 야유를 보내기 시작했다.

당사자인 민우 역시 그들과 같은 마음이었다.

'스트라이크존이 아래로 너무 넓은데.'

스트라이크존에서 공 하나 정도는 빠진다고 생각하여 보낸 공 2개가 모두 스트라이크로 인정을 받고 말았다.

이에 민우는 살짝 심판을 바라보며 무언의 눈빛을 보냈다.

하지만 심판은 그런 민우를 향해 무엇이 문제냐는 듯한 얼굴로 쳐다보고 있었고 민우는 다시금 배터 박스에 들어서 투수를 바라볼 수밖에 없었다.

'퀘스트나 팀이나 지금 기회를 놓친다면 타격이 크다. 욕심 부리지 말고 결대로 밀어 친다는 생각으로 가야 해.'

생각을 마친 민우가 배트를 쥔 손의 힘을 살짝 풀었다.

슈욱!

투수가 뿌린 공이 홈 플레이트 앞에서 큰 각도로 떨어졌다.

팡!

"볼!"

하지만 누가 봐도 유인구로 보일 정도로 스트라이크존을 크게 벗어난 커브볼이었고, 당연히 볼로 판정을 받았다.

볼카운트는 2스트라이크 2볼 상황.

민우는 배터 박스에서 한 발 물러나 가볍게 배트를 두어 번 돌렸다.

'이젠 스트라이크존으로 꽂아 넣을 확률이 높다. 노림수를 가져가야 해.'

이윽고 투수가 공을 뿌리더니 아차 하는 표정을 지었다.

투수의 공은 그 의도와는 다르게 민우의 벨트 높이로 날아오고 있었다.

먹음직스럽게 날아오는 공을 보는 민우의 눈빛이 순간 매섭게 빛났다.

'놓칠쏘냐!'

민우의 배트는 공을 쪼개 버릴 듯한 기세로 빠르게 휘둘러졌다.

따악!

공과 배트가 만나며 정갈한 타격음을 내뱉었고 타구는 빠른 속도로 우중간 방면으로 뻗어나가기 시작했다.

'이 느낌……'

민우는 공을 때려내는 순간 손을 타고 올라오는 잔잔한 울림을 느끼며 배트를 놓았다.

"와아아!!"

민우의 타구가 멀리 뻗어갈수록 관중들의 환호성도 점점 커져 갔다.

민우는 그 함성 소리를 뒤로한 채 천천히 달리기 시작했다.

마운드를 바라보니 투수는 애꿎은 바닥을 벅벅 긁어대고 있었다.

그리고.

퉁!

프리 배팅 때 맞췄던 바로 그 전광판에 민우의 타구가 부딪히는 소리가 들려왔다.

"우와아아아!"

"저 선수 이름이 강이야?"

"그건 성이고, 이름은 민우라던데?"

"이번에 대단한 녀석을 데리고 왔는걸!"

결정적인 순간에 결정적인 홈런 한 방!

민우의 홈런은 관중석의 홈 팬들에게 '새로 데려온 무명의 아시아 선수'라는 이미지를 없애고 '강민우'라는 이름 석 자를 각인시키는 효과를 가져왔다.

―언빌리버블! 한국에서 온 젊은 선수가 마이너리그 데뷔 첫 타석에서 전광판을 작렬하는 큼지막한 3점 홈런을 쏘아 올립니다!

―제구가 제대로 되지 않아 높은 곳으로 형성된 패스트볼이었는데요. 마치 기다렸다는 듯 벼락같은 스윙을 보여줬습니다.

―첫 타석부터 팬들의 뇌리에 자신의 이름을 새겨 넣는 강민우 선수입니다!

현지 중계진은 놀랍다는 듯 급격히 흥분된 목소리로 민우의 홈런을 평가하고 있었다.

민우는 광중들의 환호성을 기분 좋게 만끽하며 천천히 다이아몬드를 돌아 홈 플레이트를 밟고는 상대 포수에게 검지를 흔들어 보였다.

'뒤통수가 따갑네.'

띠링!

[돌발 퀘스트 ─ 멘탈은 강철과 두부 사이. 결과]

─포수의 도발에 흔들리지 않는 강인한 멘탈을 보여주었습니다.

─팀의 득점 기회를 아주 멋진 홈런으로 살려냈습니다.

─팬들에게 '강민우'라는 이름을 아주 멋진 장면으로 각인시켰습니다.

─퀘스트 성공 보상으로 영구적으로 파워 +1, 정확 +1이 상승합니다. 70포인트가 지급됩니다.

─우수한 성적(홈런)으로 성공하였기에 추가적으로 파워 +1이 상승합니다. 추가적으로 40포인트가 지급됩니다.

홈 플레이트 앞에서 민우가 들어오길 기다리고 있던 선행 주자인 델모니코와 갤러거가 다가와 하이파이브를 나누며 축하의 인사를 건넸다.

"예~ 민우! 정말 엄청난 스윙이었어!"

"그거 알아? 전광판에 걸린 도요타 광고판을 맞추면 자동차를 준다던데. 민우 너라면 가능성이 있겠어! 하하!"

민우는 칭찬의 말 뒤로 따라붙는 갤러거의 이야기에 혹하는 표정을 지어 보였다.

"엥? 메이저리그도 아닌데 그런 이벤트를 한단 말이야?"

민우의 불신의 눈빛을 받은 갤러거는 자신을 믿지 못하냐는 듯 발끈하더니 전광판에 걸린 도요타 광고판을 손으로 가리켰다.

"어허, 저게 보기엔 쉬워 보여도 투수가 임의로 던진 공을 타자가 맞춰서 저곳에 떨어뜨린다는 게 그렇게 쉬운 일은 아니야. 아직까지 그 누구도 성공하지 못했다고!"

"고럼고럼! 도요타 입장에선 충분히 해볼 만한 이벤트지! 선수도 좋고 회사도 좋고! 상부상조! 얼마나 좋아!"

델모니코가 한마디 거들자 갤러거는 그것 보라는 듯 제자리에 멈춰 서서는 자신만만하게 가슴을 펴 보였다.

그사이 더그아웃으로 발걸음을 옮기던 민우의 옆에 바싹 다가선 델모니코가 묘한 얼굴로 민우에게 말했다.

"네가 언젠가 저 광고판을 맞추는 날이 오면, 배꼽 빠지도록 웃긴 광경을 보게 될 거야."

그에 민우는 그게 무슨 말이냐는 듯 눈을 동그랗게 뜬 채 델모니코를 바라봤지만 그는 어느새 뒤처진 갤러거의 목을 감아 끌고 있었다.

'배꼽 빠지게 웃긴 일? 차를 받아서 기분이 좋다는 이야긴 가?'

민우는 델모니코의 한마디에 가벼운 고민에 빠진 채 더그아 웃으로 향했다.

'응?'

민우는 더그아웃에 가까워지며 무언가 어색함을 느꼈다.

더그아웃 맨 앞에서 자신을 맞이해야 할 감독이 손도 내밀 지 않은 채 그라운드를 바라보고만 있었기 때문이다.

그 대신 민우를 웃으며 맞이해 주는 이는 타격 코치인 브렌 트였다.

"처음치곤 아주 멋진 스윙이었다."

"아, 예. 감사합니다."

브렌트는 하이파이브를 한 뒤 다른 선수들의 축하를 즐기고 있는 민우의 뒷모습을 바라봤다.

"감독님. 스카우터가 이번에 물건 하나를 제대로 물어 온 것 같습니다."

브렌트의 흥분한 목소리가 뒤통수를 때리자 채프먼은 이마 를 찡그리며 입을 열었다.

"방금 전의 패스트볼은 '날 쳐 줍쇼' 하고 던진 것이나 마찬 가지야. 엄연히 저 풋내기 투수의 실투였고, 이 상황에서 어떤 타자를 데리고 왔더라도 저 정도 결과는 내보였을 거야."

"하지만 그런 실투를 놓치지 않고 때려내는 것은 타격 능력 이 뒷받침되지 않는다면 불가능하죠. 배트에 맞히는 능력은 꽤 괜찮아 보입니다. 그리고……"

브렌트는 그런 감독의 반응이 이해가 되지 않는다는 듯 다시 민우를 띄웠다. 그런 브렌트의 말이 이어질수록 채프먼의 미간에 파인 주름은 더욱 깊어졌다.

결국 채프먼이 브렌트의 말을 중간에서 잘라내고는 단호히 말을 내뱉었다.

"그만! 내가 분명 별것 아니라고 하지 않았나."

채프먼의 언성이 높아지자 일순간 분위기가 험악해지는 것이 느껴졌다.

하지만 브렌트는 마치 자신이 고집이 센 것을 증명이라도 하려는 것처럼 포기하지 않고 다시 입을 열었다.

"감독님이 아무리 그렇게 말씀하셔도 저는 엄연히 타격 코치입니다. 저는 제 직감을 믿습니다. 그리고 감독님이 옳은 판단을 할 수 있도록 보좌하는 것 또한 저의 역할입니다."

스윽.

브렌트의 말을 듣고 있던 채프먼이 천천히 고개를 돌려 브렌트의 눈을 바라보았다.

그런 채프먼의 눈빛을 보는 순간 브렌트는 무언가 떠오른 듯 설마 하는 표정을 지어 보였다.

"자네가 잊고 있는 사실 한 가지를 내가 다시 알려줘야 내 말을 들을 생각인 건가? 그렇게 원한다면 내가 다시 한 번 상기시켜 주지."

설마 했던 것이 현실로 다가오자 브렌트의 표정이 똥이라도 씹은 것처럼 썩어 들어갔다.

"자네, 지난번에 왔던 동양인 애송이를 보고도 비슷한 소리를 했었지. 다른 녀석들과는 달리 대성할 기운이 느껴진다고 말이야."

채프먼은 그런 브렌트의 반응에도 말을 멈추지 않고 결정타를 날렸다.

"그리고 자네의 판단은 결국 틀렸었지."

채프먼의 이야기에 브렌트는 결국 좋지 않은 기억을 떠올리고는 미간을 찌푸리고 말았다.

'하지만 그 녀석, 분명 그 일 이후 대만에서 크게 성장해 프로에서 한 자리를 차지했다고 들었지. 분명 내 직감은 틀리지 않았었다. 단지 녀석이 타국에서 적응하기에는 그 성격이 너무나도 아쉬웠다……. 아까운 녀석.'

브렌트가 상념에 빠진 사이 그가 입을 열지 않는 이유가 자신의 말을 이해했기 때문이라 생각한 채프먼은 그제야 만족한 듯한 표정을 지으며 말을 이었다.

"이 팀의 감독은 바로 나일세. 선수에 대해 판단하고 결정을 내리는 것도 바로 감독의 권한이지. 하지만……."

채프먼은 브렌트의 어깨에 다정한 척 손을 올리며 고개를 끄덕였다.

"자네가 무엇이 옳은 판단인지 깨달을 수 있도록, 다음 경기부터 민우를 선발 라인업에 넣어주지."

브렌트는 채프먼의 말이 잘 이해가 되지 않는 듯 눈을 동그랗게 떠 보였다.

그 모습에 채프먼이 입꼬리를 말아 올리며 말을 이었다.

"동양인 선수가 왜 살아남지 못하는지를 자네가 깨닫게 될 테니까."

이어진 채프먼의 말에 브렌트는 속으로 경악 반, 환영 반의 기분을 느꼈다.

'의도가 어찌 됐든 간에… 저 녀석에게 기회는 보장해 주겠다는 말이군.'

브렌트는 잠시 고개를 돌려 민우를 바라봤다.

민우는 그런 브렌트의 시선을 느끼지 못한 채, 갤러거와 델모니코 사이에서 장난을 치고 있었다.

'이런 상황을 의도한 건 아니지만… 너에게 기회가 주어졌구나.'

"예, 알겠습니다."

"좋아. 좋은 태도야."

브렌트가 토를 달지 않고 자신의 조언을 받아들이는 듯하자 채프먼은 기분이 좋은 듯 밝은 목소리를 내며 브렌트의 어깨를 두드리곤 다시 그라운드로 시선을 돌렸다.

"아웃!!"

채프먼과 브렌트가 대화를 나누던 사이 2번 타자인 실베리오가 공 10개를 커트해 내는 접전 끝에 2루 땅볼로 아웃되며 이닝이 마무리되었다.

민우의 홈런으로 순식간에 9 대 7의 스코어로 역전한 인랜드 엠파이어는 이후 뒷문을 잘 지켜낸 불펜의 호투로 랭커스터로부터 승리를 따내며 연패를 끊어낼 수 있었다.

민우의 성적은 1타석 1타수 1안타(1홈런) 3타점 1득점 타율 1.000을 기록하게 되었다.

똑똑!

샤워를 끝내고 숙소에서 휴식을 취하고 있던 민우는 누군가 문을 두드리는 소리에 몸을 일으켰다.

달칵!

문을 살짝 열어 밖을 살피니 실베리오가 능청스러운 표정을 지은 채 손을 흔들며 서 있었다.

"안녕?"

"실베리오? 무슨 일이야?"

민우가 살짝 피곤한 얼굴로 물음을 던지자 실베리오가 씨익 웃으며 뭔가를 내밀었다.

"선물을 가지고 왔지!"

"응?"

민우가 시선을 내려 실베리오의 손에 잡힌 물체를 확인했다.

"야구공?"

"그래! 네가 오늘 친 홈런공이야! 블랙웰 할아범이 챙겨주더라고."

민우는 실베리오의 말에 눈이 동그래지며 놀란 표정을 지었다.

"정말이야? 난 공을 찾아올 생각은 하지도 못하고 있었는데.

정말 고마워."

홈런볼을 손에 든 민우가 기뻐하는 모습을 보이자 실베리오
가 코를 슥슥 문지르며 뿌듯한 표정을 지었다.

"흠흠! 감사 인사는 나중에 블랙웰 할아범한테도 해주라고.
그럼… 앞으로도 잘해보자."

"그래, 잘 부탁한다."

용무를 다 마쳤다는 듯 실베리오가 손을 흔들며 제 방으로
돌아갔다.

달칵.

문을 닫은 민우는 침대에 걸터앉으며 손에 든 야구공을 바
라봤다.

'아버지가 생각나네.'

민우는 어린 시절 리틀 야구를 할 적에 아버지가 챙겨줬던
홈런볼이 떠올라 괜스레 울컥하는 기분이 들었다.

민우는 시선을 돌려 창밖으로 보이는 밤하늘을 바라봤다.

'아버지. 하늘에서 편히 계신가요? 아들놈이 열심히 해서 아
버지 꿈을 꼭 이루겠습니다. 지켜봐 주세요.'

아버지의 대답은 들려오지 않았지만 어디선가 선선한 바람
이 불어와 민우의 이마를 간질이고 있었다.

제9장

브렌트의 눈에 들다

짹짹!

아직 이른 아침인 듯, 경기장 주변은 인기척 하나 없이 고요한 듯했다. 해가 떠오른 지 얼마 되지 않은 듯 공기 또한 꽤나 차가웠다.

탁탁탁!

그런 경기장의 고요함 속에서 거친 뜀박질 소리를 내며 자신의 존재감을 드러내는 남자가 있었다.

"훅! 훅!"

러닝을 한 지 시간이 꽤나 흐른 듯, 입고 있던 티셔츠는 땀에 젖어 몸에 착 달라붙어 적당히 잡혀 있는 근육을 드러내고 있었다.

외야 펜스 라인을 타고 크게 돌아 달리던 남자는 어느새 파울라인을 타고 3루 베이스를 옆으로 스쳐 홈 플레이트 쪽으로 달려오기 시작했다.

가까이 다가온 남자는 약간은 구릿빛을 내비치는 피부에 검은 머리카락을 지니고 있었다.

착.

목표한 만큼 러닝을 한 것인지 남자는 뜀박질하던 속도를 천천히 죽이다 이내 멈춰서 허리를 숙이고 무릎을 짚은 채로 크게 숨을 들이쉬기 시작했다.

"후우! 후우!"

잠시간의 시간이 흐른 뒤, 숨을 다 고른 듯 바닥에 놓인 물병을 들며 고개를 든 남자의 얼굴이 보였다.

그 정체는 어제 갓 팀에 합류한 민우였다.

꿀꺽! 꿀꺽! 파하!

민우는 목이 타는 듯 물을 들이켜고는 숨을 크게 내뱉었다.

"아침부터 굉장히 열심이군."

민우는 뒤쪽에서 갑작스레 들려오는 목소리에 눈을 동그랗게 뜬 채 소리가 들려온 곳으로 고개를 휙 돌렸다.

그곳에는 어제 홈런을 친 뒤, 자신에게 칭찬의 말을 해주던 타격 코치, 브렌트가 있었다.

민우는 전혀 예상치 못했다는 듯 브렌트에게 다가가며 고개를 꾸벅거리고는 물음을 던졌다.

"브렌트 코치님? 이 이른 시간에 무슨 일이십니까?"

민우의 물음에 브렌트는 가볍게 고개를 끄덕이더니 대답 대신 민우에게 질문을 되돌려 주었다.

"그건 내가 물을 말이군. 이렇게 이른 시간부터 훈련을 하고 있는 건가? 혼자서?"

"예, 야구를 다시 하게 된 이후로는 아침마다 러닝을 하고 있습니다."

민우의 대답에 브렌트는 만족스럽다는 듯한 표정으로 고개를 끄덕였다.

"좋아. 아주 좋은 자세야. 네 녀석과 같은 자세를 지녀야 상위 리그로 올라갈 수 있다는 걸 다른 녀석들도 알아야 할 텐데 말이지."

"예?"

민우의 그게 무슨 말이냐는 듯한 물음에 브렌트는 얼굴에 가볍게 미소를 띠더니 하나의 이야기를 풀어내기 시작했다.

"너도 알고 있겠지만, 마이너리그에서도 하위 리그에는 코치의 숫자가 턱없이 부족하다."

브렌트의 말에 민우가 어제 팀에 합류하고 받았던 첫 훈련을 떠올렸다.

'야구의 본고장이니만큼 하위 리그도 체계적으로 이루어져 있는 줄 알았는데, 코치가 단 4명뿐이라는 것에 놀랐지.'

"사실, 조금 의외였습니다."

민우의 반응에 그럴 줄 알았다는 듯 브렌트가 가볍게 고개를 끄덕이고는 말을 이었다.

"그래. 팀마다 조금씩 다르기는 하지만 우리 팀에서 타격 코치는 나 혼자 뿐이야."

브렌트의 설명에 민우는 첫 훈련에 참여했을 때를 떠올렸다.

민우가 타격 훈련을 마치고 그라운드를 둘러보았을 때, 선수들의 훈련을 지도하는 코치가 두어 명 정도밖에 보이지 않았고 대부분의 선수들이 개인적으로 혹은 그룹을 만들어 훈련을 하고 있었다.

이제 갓 합류한 민우의 시선으로는 개인 훈련 시간이겠거니 싶어 그다지 이상하다는 생각은 하지 않았었다.

'어제는 전혀 신경을 쓰지 못했는데… 지금 보니 그런 이유가 있었구나. 그럼 선수마다 훈련을 지도하려면 꽤나 빠듯할 것 같은데.'

민우는 방금 막 생긴 의문점을 브렌트에게 물었다.

"그럼 선수들을 일일이 지도하려면 꽤 많이 바쁘시겠군요? 이렇게 일찍 나오신 이유도 그 때문인가요?"

민우의 물음에 브렌트는 틀렸다는 듯 고개를 가볍게 저어 보였다.

"아니. 사실 딱히 그렇지도 않아. 오히려 난 그다지 바쁘지 않거든."

"그게 무슨 말씀이신지……."

"선수들은 각자 계약금을 받고 팀에 합류하지만, 기본적으로 마이너리그는 방목이 모토야."

"방목이라뇨?"

민우의 놀란 목소리에 브렌트가 약간의 설명을 덧붙였다.

"약간의 오해가 있을 수 있겠군. 일단, 구단에서 책정하는 계약금은 타임 리미트라고 보면 된다."

"타임 리미트요?"

"그래. 구단에서 기다려 줄 수 있는 시간이지."

잠시 말을 멈춘 브렌트가 '흠' 하는 소리를 내더니 민우에게 질문을 던졌다.

"너는 구단과 계약하면서 얼마의 계약금을 받았지?"

뜬금없는 질문에 잠시 머뭇거리던 민우가 천천히 입을 열었다.

"10만 달러를 받았습니다."

"흠. 내 예상컨대, 네 앞에서는 성장 가능성이 보인다느니, 전폭적으로 지지하겠다느니 하는 이야기를 했겠지. 아닌가?"

자신의 머릿속을 들여다보기라도 한 듯 정확한 브렌트의 물음에 민우는 깜짝 놀라고 말았다.

"아, 예. 비슷한 말을 들었습니다."

"음. 이건 널 무시해서 하는 말은 아니니 기분 나쁘게 생각하지 말고 들어라, 10만 달러라면… 다른 선수들에게 조금이라도 뒤처지면 구단의 관심 밖에 나는 것은 시간문제라고 할 수 있을 정도의 아주 평범한 금액이다. 네 위에 너보다 가능성이 있다고 판단된 선수가 수십, 수백 명이 있다는 말이지."

이는 민우도 대략은 알고 있는 사실이었기에 가볍게 고개를 끄덕여 보였다.

한국에서도 초고교급 유망주들이 메이저리그 팀과 100만 달러 이상의 계약을 맺고는 했기 때문이다.

'분명 미국의 고교, 대학리그에서 뛴 유망주들은 훨씬 더 많은 계약금을 거머쥐었겠지. 내 현재 가치는 그들보다 한참 아래일 테고.'

브렌트는 잠시 민우의 표정을 살펴본 뒤, 자신의 말을 제대로 이해하고 있는 듯하자 고개를 끄덕였다.

"돌려 말하면, 너는 그 수십, 수백 명을 뛰어넘어야만 메이저리그라는 영광의 무대에 올라설 수 있다는 말이 된다. 출발선이 다르기에… 남들과 똑같이 해서는 절대로 올라갈 수 없다는 말이기도 하다."

이미 알고 있는 사실이라도 나 혼자 그렇게 생각하는 것과 그것을 누군가가 다시 상기시켜 주어 현실로 끌어 올리는 것은 많은 차이가 있다.

민우는 브렌트의 말 한 마디 한 마디가 가슴에 와 닿는 느낌을 받았다.

'그래. 10만 달러라는 금액이 당장의 위기는 모면하게 해주었을지 몰라도 영원히 나와 어머니를 보살펴 주는 것은 아니다. 미국에 온 것도 한국에서 이루지 못한 꿈을 이루기 위해서이니까.'

민우도 안일하게 임할 생각은 추호도 없었다.

오히려 브렌트의 말에 미국에 오며 했던 다짐을 더욱 공고히 하게 되었다.

"예, 무슨 말씀인지 잘 알겠습니다."

민우의 다짐에 찬 대답에 브렌트가 만족스러운 표정을 지어 보였다.

"자 그럼, 네가 구단주이거나 혹은 에이전트라면 500만 달러 짜리와 10만 달러짜리 선수 중에 어떤 선수에게 더 가능성을 두고 지원을 아끼지 않을까?"

"당연히 500만 달러짜리 선수를 우선으로 지원하지 않겠습 니까?"

민우는 고민할 것도 없다는 듯이 가볍게 대답했다.

"그래. 금액에 따라 우선순위가 매겨지는 것이 현실이고, 그 주목도 또한 그 순위를 따라가게 마련이지. 그렇다면 구단주 혹은 에이전트에게 10만 달러짜리 선수가 주목을 받는 방법이 무엇일까?"

이번에도 대답은 쉽게 나왔다.

"선수가 긍정적으로 주목받는 것은 역시… 좋은 성적을 기록 했을 때겠죠."

브렌트가 가볍게 고개를 끄덕였다.

"맞는 말이다. 하지만 계약금의 의미는 그 선수의 가능성을 계산한 것. 즉, 낮은 금액은 낮은 가능성을 의미하지. 그 낮은 가능성을 뛰어넘기 위해서는 단체 훈련뿐만 아니라 그 스스로 가 한계를 뛰어넘으려는 노력을 해야 한다. 하지만……."

잠시 말을 멈춘 브렌트가 양 팔을 벌려 주변을 보라는 듯한 몸짓을 보였다.

"지금 경기장에 훈련을 하기 위해 나온 이가 있나?"

그 질문에 민우가 말없이 고개를 저었다.

브렌트는 팔을 내리며 선수들이 묵고 있을 숙소 방향을 무표정한 얼굴로 바라보았다.

"물론 열심히 하는 녀석들이 없다는 것은 아니다. 그러나 대다수의 녀석들은 얼마의 금액이든 팀과 계약을 했다는 달콤함에 빠져 먼 미래를 내다보지 못하고 있지. 내일부터 하자는 생각을 한 녀석들도 있을 테고, 단체 훈련으로 충분하다고 생각하는 녀석들도 있겠지. 다들 벌써 메이저리거가 된 것처럼 말이야."

잠시 말없이 서 있던 브렌트가 작은 목소리로 입을 열었다.

"운이 좋아 잠재 능력이 터진다면 상위 리그로 올라가는 녀석도 있겠지만 그렇지 못한다면… 자연스레 잊어지겠지."

브렌트의 목소리에서는 아쉬움인지, 미련인지 모를 느낌이 묻어났다.

"뭐라고 하셨습니까?"

그 말을 제대로 듣지 못한 민우가 되묻자 고개를 저은 브렌트는 민우에게로 시선을 돌리며 입을 열었다.

"그런 면에서 난 네 녀석이 참 마음에 드는구나. 이렇게 이른 시간부터 훈련을 하는 녀석을 본 게 얼마 만인지 기억이 나지 않을 정도거든. 하하."

민우는 그런 브렌트의 웃음에 여러 가지 감정이 묻어 있는 듯한 느낌을 받았지만 이내 고개를 숙여 보였다.

"좋게 봐주시니 감사할 따름입니다."

"그래. 그리고 너는 지금 기회를 잡은 것이라는 뜻이기도 하다."

"기회라 함은……?"

민우가 무슨 의미이냐는 듯 눈을 동그랗게 떠 보이자 브렌트는 진지한 표정으로 말을 이었다.

"500만 달러짜리 다이아몬드보다 10만 달러짜리 원석을 더 다듬어보고 싶어졌거든."

띠링!

['타격 코치 브렌트의 가르침' 버프가 발동했습니다.]

―브렌트의 호감도가 10 상승합니다.(현재 75)

―브렌트의 높은 호감을 받고 있습니다.(현재 호의적)

―'타격 코치 브렌트의 가르침' 버프로 인해 파워, 정확, 주력, 송구, 수비 능력치가 3씩 상승합니다.

―'타격 코치 브렌트의 가르침' 버프로 인해 경험치 획득량이 100% 상승합니다.(기본 100%+ 버프 100%)

―브렌트의 호감도가 70 이상으로 유지되는 동안 '타격 코치 브렌트의 가르침' 버프가 유지됩니다.(반영구)

민우는 순식간에 눈앞에 떠오르는 설명에 놀란 표정을 지었다.

'이게 뭐야? 버프?'

브렌트의 말이 끝남과 동시에 떠오른 알림창의 생소한 설명.

민우는 당황한 와중에 혼자가 아님을 상기하곤 정신을 붙잡고 빠르게 설명을 읽어 내려갔다.

'버프? 호감도? 이게 도대체 뭐야?'

민우의 눈앞에 떠오른 설명을 다 읽어 내려감과 동시에 빠르게 갈무리되어 시야의 우측 상단으로 날아갔다.

그러고는 푸른빛으로 빛나는 배트 모양으로 변한 뒤 아주 희미하게 빛나고 있었다.

'정리해 보자. 호감도가 유지되는 동안은 모든 타자 능력치가 3씩 상승하고 경험치 획득량도 두 배라 이거지?'

알림창의 내용을 이해한 민우는 약간의 흥분이 목구멍까지 차오르는 것을 느꼈다.

'코치님의 눈에 든 것도 모자라, 이런 버프까지. 이건… 진짜 대박이다!'

민우의 표정에 기쁨이 묻어나는 듯 보이자 브렌트도 기분 좋은 웃음을 띠었다.

브렌트의 시선을 느낀 민우가 그제야 정신을 차리고는 하나의 물음을 던졌다.

"그 말씀은 제가 그 원석이라는 말씀이신 건가요?"

"그래, 맞다. 가능성은 보이지만 어떻게 다듬느냐에 따라 엄청난 가치의 보석으로 변모할 수도 있고, 어쩌면 길가에 치이고 치이는 그저 그런 돌멩이로 전락할 수도 있는 그런 원석이지. 그리고 나는 그 원석을 제대로 다듬어보고 싶고 말이야."

브렌트의 표정은 어느새 진지함으로 가득했고 눈빛 또한 강렬한 빛을 띠고 있었다.

"날 믿고 따라온다면 내가 너의 잠재능력을 모두 끌어내 줄 수 있다고 장담하지. 어디, 나와 함께 그 누구보다 빛나는 보석이 되어볼 생각이 있나?"

띠링!

[기간 제한 퀘스트 발동—더 많이, 더 멀리, 더 빠르게, 그리고 우아하게~]

[대상—브렌트]

[기간—시즌 종료 시]

—타격 코치 브렌트의 가르침이 시작됩니다.

—하이 싱글A는 타격 기술을 훈련하기에 적당한 수준의 리그입니다.

—브렌트와의 훈련을 통하여 타격 기술을 향상시키십시오.

—시즌 종료 후 개인 성적에 따라 보상이 차등 지급됩니다.

—타율 0.280, 출루율 0.350, 홈런 5개, 도루 5개, 실책 20개 이하 달성 시 파워, 정확, 주력, 송구, 수비 능력치 각각 1 상승. 100포인트 지급. 호감도 5 상승.

—타율 0.300, 출루율 0.370, 홈런 10개, 도루 10개, 실책 12개 이하 달성 시 파워, 정확, 주력, 송구, 수비 능력치 각각 2 상승. 200포인트 지급. 호감도 10 상승.

—타율 0.320, 출루율 0.390, 홈런 20개, 도루 15개, 실책 6개

이하 달성 시 파워, 정확, 주력, 송구, 수비 능력치 각각 3 상승. 300포인트 지급. 호감도 20 상승.

　─실패 시 브렌트의 호감도 20 하락.

　브렌트의 제안과 함께 또 한 번의 알림음이 울리며 퀘스트가 발동되었음을 알려왔다.

　'버프에 이어 바로 퀘스트??'

　민우는 이번에도 당황, 놀람, 기쁨의 기색을 보이며 다채로운 표정을 짓고 있었다.

　'이번 퀘스트는 단발성 퀘스트가 아니구나. 보상이 어마어마한 만큼 실패하면… 능력치는커녕 버프까지 잃어버릴 거야.'

　민우가 지금껏 해왔던 그 어떤 퀘스트보다 이번 퀘스트의 중요도는 높아 보였다.

　'이번 퀘스트의 핵심은 꾸준함이다. 아직 경험이 미천한 내 입장에서 혼자서는 더더욱 힘들어. 누군가의 도움이 절실하다. 그런 면에서 보면……'

　빠르게 생각을 정리하던 민우가 브렌트의 눈을 마주 보았다.

　브렌트는 가식이란 찾아볼 수 없는 진지한 표정으로 민우를 바라보고 있었다.

　'가벼운 마음으로 하는 제안이 아니야. 내가 그에게 어떤 자극을 주었는지 모르겠지만, 이 기회는 놓쳐서는 안 된다.'

　브렌트의 제안은 선수의 입장에서는 거부할 이유가 없는 달콤한 제안이었다.

속으로 다짐을 마친 민우가 브렌트를 향해 고개를 꾸벅 숙여 보였다.

"앞으로 많은 가르침 부탁드립니다!"

민우의 단정한 몸짓에서 그 결의가 느껴지자 브렌트도 기쁜 목소리로 답했다.

"좋아! 그럼 지체할 이유가 없지. 웜 업은 이미 끝난 듯하니 바로……."

꼬르륵!

순간 브렌트의 배에서 우렁찬 천둥소리가 들려왔다.

그리고 그 소리는 근엄하던 분위기를 한순간에 무너뜨려 버렸다.

잠시 정적이 흐르고, 먼저 말을 꺼낸 것은 민우였다.

"음, 코치님. 제가 아직 식사를 하지 않았는데 식사부터 한 뒤에 시작해도 괜찮을까요?"

민우가 자연스럽게 분위기를 넘기려 말을 꺼내자 브렌트도 빠르게 고개를 끄덕였다.

"흠흠, 그렇게 하는 게 좋겠군. 영양분을 충분히 섭취하지 않고서는 어떤 훈련에서도 좋은 결과를 얻을 수 없지. 그럼 한 시간 뒤에 다시 이 자리로 오도록 하지."

"예, 알겠습니다."

민우가 고개를 꾸벅 숙이자 브렌트가 빠른 걸음으로 시야에서 멀어져 갔다.

훈련의 시작은 민우의 타격에 대한 분석에서 시작되었다.

따악!

따악!

아직은 이른 시간이라 배팅볼을 던져 줄 투수가 없었기에 피칭 머신으로 훈련을 진행했다.

피칭 머신은 투구 동작이 빠져 있기에 실제 투수가 공을 던지는 타이밍을 맞추기에는 부족함이 있었다. 하지만 다양한 변화구를 설정할 수 있고 사람처럼 지치지 않았기에 타격 훈련을 돕는 데는 꽤나 유용한 도구였다.

딱!

브렌트는 민우의 수준을 정확히 파악하려는 듯 차근차근히 피칭 머신의 구속을 올리고 있었다.

시작은 워밍업 수준의 140㎞였지만 민우가 어렵지 않게 배트의 중심에 맞춰내자 점점 구속을 올리더니 마지막 공은 160㎞까지 올라가 있었다.

쑤악!

따악!!

민우가 벼락같이 휘두른 배트와 피칭 머신이 뿌린 공이 깔끔하게 부딪힌 뒤 낮은 포물선을 그리며 빠르게 외야로 뻗어나갔다.

'스윙 자세나 스피드에는 딱히 흠잡을 부분이 없어. 공을 판

단하고 반응하는 속도도 꽤나 빠르다.'

브렌트는 고개를 끄덕인 뒤, 민우에게 변화구로 바꾸겠다는 신호를 보냈다.

탁!

딱!

민우의 스윙에는 변함이 없었지만 배트의 중심을 벗어나 땅볼이나 단타로 이어지는 타구가 종종 눈에 띄었다.

그 모습에 브렌트의 미간이 살짝 찌푸려졌다.

'역시, 경험이 부족해서인지 변화구는 중심에서 빗겨 치는 경우가 많아. 야구를 오랫동안 쉬었다고 들었는데, 이걸 고치려면… 특단의 조치가 필요하겠군.'

민우의 타격을 계속해서 관찰하던 브렌트가 피칭 머신을 정지시키며 천천히 입을 열었다.

"민우 너의 장점은 공에 대한 반응 속도가 좋고 빠른 배트 스피드를 가졌다는 점이다. 다만, 패스트볼에 비해 브레이킹 볼에 대한 반응과 궤적의 예측은 약간씩 늦는 경향이 있다."

팔등으로 이마를 타고 흐르는 땀을 훔친 민우는 배트를 아래로 늘어뜨린 채 브렌트의 말에 귀를 기울였다.

"너도 알고 있겠지만, 당장 변화구에 대처하고자 한다면 배트를 짧게 잡아 배트 컨트롤을 수월하게 할 수 있다. 다만 컨택에 집중하는 대신 장타를 포기해야 하지."

브렌트는 설명을 하며 배트의 그립을 짧게 잡은 뒤 가볍게 휘둘러 보였다.

"하지만 내가 지켜본 바로 너의 빠른 반응 속도와 배트 스피드를 볼 때, 배트를 짧게 잡는 대신 배터 박스의 앞쪽에 자리를 잡는 것도 나쁘지 않으리라 생각된다. 바로 변화구의 각이 예리하게 변하기 전에 빠르게 대응하는 것이지."

브렌트의 이어진 설명에 민우는 이해가 되지 않는다는 듯한 표정을 지었다.

민우는 과거 경기가 끝난 뒤 나찬엽 코치와 나눴던 대화를 떠올렸다.

'분명, 나찬엽 코치님께서도 배터 박스 앞쪽에 붙는다면 변화구의 대응에 수월할 것이라고 말씀하셨다. 다만 패스트볼에 제대로 대응할 수 없을 거라고 하셨지.'

"분명 변화구를 대응하는 데에는 적절한 방법이라고 생각합니다만, 그렇다면 패스트볼에 대응하는 것이 상당히 어려움이 있지 않을까요?"

브렌트는 민우의 말에도 일리가 있다는 듯 고개를 끄덕여 보였다.

"그 말도 틀린 말은 아니다. 배터 박스의 앞쪽에 자리를 잡을수록 타자가 반응해야 하는 공의 구속은 더욱 빠르고, 그만큼 공을 오래 볼 수가 없지."

"그럼 역시 배터 박스의 뒤쪽에 자리하는 것이 낫지 않을까요?"

민우의 의문에 찬 물음에 브렌트가 이번에는 가볍게 고개를 저었다.

"그 모든 것은 선수들의 타고난 능력에 따라 달라진다. 내가 아까 너의 장점을 무엇이라고 했지?"

"빠른 반응 속도와 배트 스피드라고 하셨습니다."

"그래. 아직 너의 경험이 부족하니 선구안은 조금 떨어질지 모른다. 하지만 너의 빠른 반응 속도와 그를 뒷받침해 주는 배트 스피드가 있기에 배터 박스 앞에 자리 잡는 것도 충분히 경쟁력이 있다는 것이 나의 판단이다."

브렌트의 확신에 찬 설명에 민우는 잠시 생각에 잠겼다.

'생각해 보면 브렌트 코치님의 말씀도 옳다. 다른 선수들은 잘 모르겠지만, 나는 분명 능력치가 많은 영향을 주고 있어. 능력치가 상승할수록 동체 시력이나 반응 속도도 점점 빨라지고 있고. 시험해 볼 만한 가치가 있다.'

민우가 고민에 빠져 있는 듯 보이자, 브렌트는 설명이 부족하다고 생각했는지 하나의 예를 들어 보이며 설명을 덧붙였다.

"배터 박스 앞에 자리했을 때의 장점은 그뿐만이 아니다. 반응해야 하는 구속이 빠르다는 것은 그만큼 타구에 더 큰 반발력을 줄 수 있다는 말이기도 하다. 너도 경기를 보다 보면 수비수들이 아슬아슬하게 잡아내는 타구를 종종 보았을 것이다. 만약 그들의 반응속도가 아주 찰나만큼 늦었다면 어땠을까?"

"글러브에 닿기 전에, 혹은 닿더라도 제대로 포구하지 못해 타자가 살아 나갈 확률이 더 높아질 것입니다."

민우는 머릿속으로 그림을 그려본 뒤 예상 답안을 제시했고 브렌트는 만족스러운 미소를 지으며 고개를 끄덕였다.

"정답이다. 야구는 0.01초의 차이로 아웃과 세이프가 갈리는 스포츠다. 배터 박스의 앞에서 타격을 함으로써 찰나의 순간을 더 벌 수 있고 수비수들을 피해 공을 더 빠르게, 그리고 더 멀리 때려낼 확률이 높아진다. 뿐만 아니라 만약 수비수가 공을 잡아낸다고 하더라도 배터 박스에서 1루와의 거리가 조금이나마 단축이 되어 있기에 땅볼 타구에도 세이프가 될 확률이 올라간다."

잠시 뜸을 들이며 민우를 바라본 브렌트가 천천히 입을 열었다.

"오늘부터 당분간은 훈련을 통해 배터 박스 앞에 서는 것의 가능성을 보기로 하지. 물론 네가 거부한다면 억지로 강요하지는 않겠다."

사실 거의 평생을 야구를 해온 선수들이 자신의 타격 스타일을 하루아침에 바꾸는 것이 쉽지 않은 일이다.

하지만 민우는 다른 선수들에 비해 본격적으로 야구를 한 기간이 그리 길지 않았기에 충분히 변화를 줄 수 있다고 판단한 브렌트였다.

여기에 아직 민우에게 알려주지는 않았지만 이렇게 배터 박스를 이용하는 방법을 터득한다면 다른 장점을 취할 수도 있었다.

하지만 억지로 강요해서 좋은 결과가 나올 수 없다는 것 또한 알기에 스스로의 선택에 맡긴 것이다.

민우의 고민은 그리 길지 않았다.

'나의 약점은 변화구 대응 능력. 변화구가 크게 변화를 이루기 전에 대응할 수만 있다면 더할 나위가 없다.'

민우는 결의에 찬 얼굴로 브렌트를 바라봤다.

"열심히 배우도록 하겠습니다."

"좋다! 그 선택에는 절대 후회가 없을 것이다."

브렌트의 만족스러운 목소리와 함께 민우의 환골탈태를 위한 훈련이 시작되었다.

저벅저벅.

흐아아암!

숙소의 입구에서 입이 찢어져라 하품을 해대며 모습을 드러내는 이는 다름 아닌 실베리오였다.

실베리오는 아직 잠이 다 달아나지 않은 듯, 모자를 쓰지 않은 채, 머리를 긁적거리며 주변을 두리번거렸다.

"오늘도 내가 1등이겠지?"

자신감에 찬 목소리도 잠시, 그라운드 방향에서 규칙적으로 타격음이 들려옴을 깨달은 실베리오의 눈이 동그래졌다.

소리의 진원을 확인하기 위해 빠르게 경기장이 보이는 곳으로 발걸음을 옮긴 실베리오는 이내 소리의 주인공들을 확인할 수 있었다.

'응? 민우? 그리고 브렌트 코치님? 이렇게 이른 시간에? 나보다 빨리? 아니, 그것보다 저 둘이서 따로 타격 훈련을 하고 있는 거야?'

잠시 멍한 표정을 지은 채 훈련을 바라보고 있던 실베리오가 이내 굳은 결의에 찬 표정을 지었다.

　'아침 훈련 1등을 뺏기다니. 후우, 앞으론 좀 더 분발해야겠군.'

　실베리오는 마음속으로 굳건히 다짐을 한 뒤, 그들의 훈련에 끼어들기 위해 빠르게 발걸음을 옮겼다.

제10장

몸값 올라가는 소리가 들린다!

인랜드 엠파이어 식스티 식서스의 다음 일정은 하이 데저트 메버릭스(High Desert Mavericks)와의 홈 4연전이었다.

메버릭스는 식스티 식서스보다 단 한 게임을 앞선 3위에 자리한 팀으로 이전까지의 시즌 전적은 3승 3패로 승패를 주거니 받거니 하는 모습을 보이고 있었다.

"어어! 강! 오늘도 한 방 날려달라고!"

"민우! 메버릭스 녀석들한테도 한 방 부탁해!"

민우는 지난 경기 첫 타석에 데뷔 홈런을 날린 뒤 '충격의 데뷔 홈런! 식스티 식서스의 신성, 강민우!'라는 제목으로 마이너리그 홈페이지의 메인 화면을 장식했다.

그 덕인지 식스티 식서스의 팬 중에서 민우를 모르는 사람이 없게 되었다.

언제 만들었는지 스케치북에 조악한 글씨로 'KANG'이라고 써 들고 있는 이들도 몇몇 보였다.

민우는 한국의 2군에서와 달리 수많은 팬이 자신을 알아보고 자신의 이름을 호명하며 응원의 말을 날리는 모습이 생소한 듯 신기한 표정을 지었다.

'와우, 하루 만에 무명에서 톱스타가 된 기분인걸.'

민우는 이런 경험이 처음이었기에 자신도 모르게 살짝 기분이 들떠있는 상태였다.

"요! 홈런왕!"

민우의 상념을 깬 목소리의 주인공은 실베리오였다.

"오늘 엄청나게 일찍 나와서 훈련하고 말이야! 다음부턴 꼭 나랑 같이 하자고!"

실베리오의 웃음기 어린 얼굴을 보니 민우 역시 자연스레 얼굴에 미소가 지어졌다.

"크크. 그럼 알아서 척척 일어나시라고. 늦으면 혼자 할 거야!"

"뭐야?"

민우의 장난스러운 대답에 장난치듯 발끈하는 표정을 지은 실베리오가 피식거리더니 민우의 몸을 살피듯 위아래로 훑어보았다.

"오늘 컨디션은 좀 어때? 보통은 첫 경기를 뛰고 나면 저도 모르게 긴장해서 다음 날 컨디션이 안 좋던데."

실베리오의 물음에 민우가 가볍게 미소를 지었다.

"그래? 나는 아주 좋아. 심지어 오늘도 한 방 날릴 수 있을 것 같은 기분이거든."

민우는 팔을 붕붕 돌리면서 자신의 건재함을 실베리오에게 뽐내고 있었다.

"오우~ 힘이 넘치는걸! 좋아! 걱정할 필요는 없겠네."

"그럼! 사실 겨우 한 타석에 나섰잖아. 아직은 부족하다고! 이 기세로 메이저리그까지 달려갈 거야."

"그래그래. 그러려면 오늘 상대 선발부터 두들겨야겠지?"

"당연하지. 그런데 그 웃음은 뭐야? 뭘 숨기고 있는 거야?"

결의를 다지던 민우는 실베리오의 능글맞은 웃음이 눈에 들어오자 본능적으로 질문을 던졌고, 실베리오는 기다렸다는 듯 능글맞은 웃음을 흘렸다.

"후후후. 민우 너, 카스프릭에 대해 하나도 모르잖아?"

실베리오의 입에서 상대 선발 투수인 카스프릭의 이름이 나오자 민우는 혹시나 하는 마음이 들었다.

"뭐야, 혹시 저 투수의 약점이라도 알고 있는 거야?"

실베리오는 다시 한 번 후후후, 하는 웃음소리를 내더니 가진 자의 여유를 뽐내는 듯한 표정을 지었다.

"당연하지. 내가 마이너리그에 몇 년을 있었는지 알아? 3년이야 3년! 카스프릭은 루키리그에서부터 지금까지 몇 번을 만나봤지."

"어이구, 자랑이다."

민우가 급정색을 하며 한심한 눈빛으로 쳐다보자 실베리오가 충격을 받은 것처럼 시무룩한 표정을 지어 보였다.

"너무하네. 나도 하위 리그에 오래 있고 싶어서 있는 게 아니라고."

민우는 능청스럽게 섭섭한 연기를 하는 실베리오를 바라보며 피식 웃어 보였다.

"그래그래. 미안합니다~ 그나저나 그 얘기를 꺼낸 건, 당연히 승리를 위해 정보를 공유하겠다는 말이겠지?"

"쳇, 맞아. 한 번만 말해줄 테니까 잘 들으라고. 카스프릭은 우완 오버핸드 투수야. 더 정확히 말하자면 오버핸드에 가까운 스리쿼터라고 해야겠지. 주 무기는 97마일(156㎞)의 포심 패스트볼과 80마일 후반대(140㎞)의 고속 체인지업이 있어. 체인지업이 웬만한 투수들의 패스트볼 구속이지. 여기에 유인구로 사용하는 슬라이더와 커브가 있지만 말 그대로 거의 열에 아홉은 유인구로 써먹어. 다만 체인지업이 워낙에 좋기 때문에 나머지 변화구는 결정구로는 거의 던지지 않고 있어. 한마디로 완급 조절 투구 스타일을 가진 투 피치(two—pitch) 투수라고 보면 돼."

실베리오가 말을 멈추자 민우가 딱히 특징을 찾지 못하겠다는 듯 아리송한 표정을 지었다.

"흠, 분명 오늘 받은 자료에도 그렇게 쓰여 있었지. 설마 그게 전부야?"

민우의 물음에 실베리오가 오른손 검지를 들어 흔들며 고개를 저은 뒤 입을 열었다.

"자, 그럼 퀴즈! 체인지업이 위력을 발휘하기 위해서는 무엇이 필요할까요?"

질문은 아주 기본적인 것이기에 민우는 대답하는 데에 크게 어려움을 느끼지 못했다.

"패스트볼과 같은 자세, 팔의 각도, 팔 속도겠지?"

"네! 정답입니다!"

민우의 대답에 가볍게 환호성을 지르며 팔을 휘두르던 실베리오는 이내 진지한 표정을 지으며 본론을 꺼냈다.

"카스프릭은 누상에 주자가 나가 있을 때 긴장하면 체인지업을 던질 때 콧구멍을 한 번 벌렁거리는 버릇이 있어."

"풉!"

그 버릇을 머릿속으로 상상해 본 민우는 실베리오의 진지한 표정과 대조되는 모습에 그만 웃음을 터뜨리고 말았다.

"아, 미안. 그런데 정말 그런 버릇을 가지고 있단 말이야?"

"그래. 나도 저번 시즌 말미에서나 알아챘거든. 솔직히 누가 투수 콧구멍에 시선을 두겠어. 공을 뿌리는 손에 주목하지."

실베리오는 마치 자신이 대단한 사람이라는 것처럼 어깨를 으쓱해 보였다.

짝짝!

"이야! 어떻게 그런 걸 다 잡아냈데? 대단하다 대단해."

민우는 그에 호응하듯 과장된 표정으로 박수를 치며 실베리오를 칭찬해 주었다.

조금 웃긴 모습이긴 했지만 아주 중요한 정보였기에 민우는 진심으로 실베리오에게 고마운 기분이었다.

"그런데 나도 어쨌든 경쟁자인데, 그런 정보를 알려줘도 되는 거야?"

민우의 물음에 실베리오가 잠시 멍한 표정을 짓더니 피식 웃음을 날렸다.

"무슨 소리야? 너랑 나는 친구잖아. 안 그래?"

그 말에 민우는 잠시 어젯밤 실베리오가 자신의 홈런볼을 가져다준 일을 떠올렸다.

'나도 모르게 또 거리를 두려 했나.'

민우는 그런 생각을 한 자신이 민망했는지 이내 과장되게 큰 동작으로 실베리오의 어깨에 팔을 둘렀다.

"그래, 맞다. 그럼, 마이 프렌! 어디 한번 카스프릭 녀석을 실컷 두들겨 주러 가볼까?"

"좋지. 오늘 잘하면 다 내덕분이니까 이기면 한턱 쏘라고!"

"예이예이~ 알겠습니다~"

민우는 실베리오라는 든든한 우군을 얻었다는 것에 기쁘기 그지없었다.

'어제 공을 가져다준 것도 그렇고 지금도 그렇고… 정말 좋은 녀석이야.'

"플레이볼!"

주심의 사인과 함께 인랜드 엠파이어 식스티 식서스와 하이 데저트 메버릭스의 4연전 중 첫 번째 경기가 시작되었다.

식스티 식서스의 선발 투수는 메이저리그 통산 100승을 기록한 우완 노장 투수 파디야였다.

　주 무기로는 최고구속 97마일(156㎞)의 포심 패스트볼과 90마일 초반대의 각이 예리한 싱커를 소유하고 있었다.

　싱글A의 수준에서는 한마디로 '사기캐(사기 캐릭터)'에 가깝다고 할 수 있는 투수였다.

　"스트라이크!"

　"스트~ 라익!"

　심판은 걸쭉한 목소리로 연신 스트라이크를 선언하고 있었다.

　─다저스의 베테랑 투수인 파디야가 오늘은 싱글A를 초토화시키고 있군요.

　─오늘만큼 메버릭스의 타자들이 불쌍해 보인 적이 또 있었을까 싶습니다. 또 스트라이크입니다. 메버릭스의 타자들은 그저 배트를 휘두르기에 급급한 모습이네요.

　'엄청난 구속이야. 지금까지 봐왔던 공이랑은 차원이 다르다. 내가 만약에 타석에 서 있었다면 저 공을 쳐 낼 수 있었을까?'

　수비 위치에서 글러브를 만지작거리던 민우는 파디야의 압도적인 투구에 경기 전에 보았던 장면을 떠올렸다.

　경기가 시작하기 전, 민우는 더그아웃에 앉은 채 파디야의 연습 투구를 바라보고 있었는데, 연신 뿌려대는 공의 압도적인 위용에 자기도 모르게 몸이 조금씩 달아오르고 있었다.

　민우의 옆에서 나란히 그 모습을 지켜보던 갤러거가 의문스런 목소리로 한마디를 내뱉었다.

"나이도 많으신 분이 왜 애들 노는 싱글A에 오신 거야?"

"눈먼 총알에 맞으셔서 부상당하는 바람에 오신 거란다. 지금은 열심히 재활 중이고. 뭐, 덕분에 우리는 수준 높은 투수도 볼 수 있고 좋잖아. 다 공부가 되는 거야. 한번 상대해 볼 수 있으면 더 좋겠지만 말이야."

실베리오의 설명이 이어지자 갤러거는 이해했다는 듯 조용히 입을 다물었다.

"스트라이크 아웃!"

"아웃!"

파디야는 마운드에서 연신 빠른 공을 뿌리며 순식간에 두 타자를 연속 삼진으로 잡아내더니 3번 타자를 2구만에 1루수 앞 땅볼로 잡아내며 손쉽게 이닝을 마무리 지었다.

메버릭스의 공격이 순식간에 지나가고 1회 말, 식스티 식서스의 후공이 시작됐다.

메버릭스의 선발인 카스프릭은 키가 205㎝가 넘는 장신이었는데 큰 키에서 내리꽂는 강속구와 큰 낙폭을 가진 체인지업으로 인랜드 엠파이어의 클린업 트리오를 손쉽게 요리하고 있었다.

'파디야보다 구속이 더 빨라 보여. 체인지업도 한국에서 보던 느린 체인지업이랑은 수준이 다르다. 실베리오가 알려준 팁

이 있지만⋯ 조금 어려울지도 모르겠어.'

팡!

"스트라이크 아웃!"

민우가 잠시 생각을 하는 사이 카스프릭은 식스티 식서스의 3번 타자 레이븐을 삼진으로 돌려세우며 여유 있는 발걸음으로 더그아웃으로 돌아갔다.

1회와 마찬가지로 2회에도 파디야와 카스프릭의 투수전이 이어지고 있었다.

파디야가 세 타자를 범타로 돌려세웠고 카스프릭도 식스티 식서스의 4, 5번 타자를 삼진과 땅볼로 돌려세운 상태였다.

그리고 타석에는 6번 타자로 첫 선발 출장하는 민우가 들어서고 있었다.

'패스트볼 구속이 압도적이고 변화구는 그리 다양하지 않으니까⋯ 배터 박스 뒤쪽에서 반걸음 정도 앞에 자리 잡는 게 좋겠지.'

오른손을 든 채 배터 박스의 바닥을 고르던 민우가 배트를 한 번 휘두르고는 천천히 타격 준비를 마쳤다.

카스프릭은 로진백을 손으로 매만진 뒤, 민우를 지그시 노려보았다.

'저 녀석이 데뷔 타석에서 홈런을 쳤다는 풋내기인가.'

민우 역시 날카로운 눈빛으로 카스프릭을 노려보고 있었다.

'주자가 없으니 콧구멍은 소용이 없으려나?'

서로 다른 생각에 빠져 있었지만 겉으로 보기에는 기 싸움을 하는 듯 보였고, 그 눈빛이 카스프릭을 자극하기 시작했다.

'뭐… 한 타석 정도는 괜찮겠지.'

어느새 카스프릭의 가슴속에는 민우에 대한 호기심과 호승심이 생겨나기 시작했다.

주심의 사인과 함께 포수와 사인 교환을 마친 카스프릭이 역동적인 투구 폼으로 공을 뿌렸다.

쑤아악!

'윽!'

민우는 몸 쪽을 향해 날아오는 패스트볼이 너무나도 아슬아슬한 궤적으로 날아오자 그만 몸의 중심을 잃고 뒤로 휘청거렸다.

팡!

"볼!"

다행히 주심의 판단은 볼이었지만 그와 별개로 민우는 약간의 식은땀을 흘리고 있었다.

담담한 표정을 지으며 다시 배터 박스에 자리를 잡았지만 속은 그렇지 못한 상태였다.

'이상해. 분명 몸에 맞을 만한 공은 아니었는데 떠오르는 것처럼 보였어. 구속이 빨라서 그런 건가?'

슈우욱!

그런 민우의 고민과는 별개로 카스프릭이 뿌린 다음 공이 홈 플레이트를 향해 날아오고 있었다.

'안쪽 공 다음엔 바깥쪽… 유인구인가?'

조금 전 몸 쪽 가까이 날아온 강속구의 영향일까.

바깥쪽으로 날아오는 공이 민우의 눈에는 너무나도 멀게만 느껴졌다.

찰나의 순간, 민우는 그 공을 흘려보내기로 했다.

'한번 지켜보자.'

팡!

바깥쪽으로 한 발을 빼고 앉아 있던 포수의 미트에 공이 빨려 들어갔다.

포수의 미트질에 시야가 흔들린 듯, 주심은 잠시 움찔하는 모습을 보였다.

하지만 그것이 전부였고, 주심의 손은 올라가지 않았다.

오히려 어린 선수가 자신의 판정을 흔들어보려 한 것이 마음에 들지 않는 듯 인상을 찌푸리고 있는 모습이었다.

민우는 주심이 볼로 판정을 내리자 속으로 안도의 한숨을 내쉬었다.

'휴~ 아슬아슬했네. 한국에서였다면 스트라이크로 판정을 내려도 이상하지 않을 코스였어.'

민우의 몸은 한국에서 뛰던 때의 보편적인 스트라이크존이 각인이 되어 있는 상태였다.

그렇기에 민우는 카스프릭과의 첫 타석에서 스트라이크존을 조금씩 수정하고 있었다.

'오늘 주심은 스트라이크존의 좌우 폭을 좁게 잡고 있다. 상

하 폭은 어떨까? 어제 주심이랑 비슷할까?'

민우는 어제 경기에서의 스트라이크존을 잠시 떠올렸다 지운 뒤 다시 배터 박스에 자리를 잡았다.

볼카운트는 2볼.

투수가 스트라이크에 꽂을 확률이 높은 상황이었다.

카스프릭은 포수와의 사이가 엇갈리는 듯 고개를 두어 번 젓는 모습을 보이고 있었다.

그 모습에 포수는 무언가 마음에 들지 않는 것인지 옅은 한숨을 내쉬었다.

'투수가 고집이 있나 보네. 보통 이런 경우는 정면 승부일 확률이 높던데.'

투수가 와인드업 자세를 취하기만을 기다리던 민우가 타임을 외칠까 고민할 즈음 카스프릭이 두 손을 가슴에 올렸다.

그 모습에 민우는 잡념을 지우며 배트를 다잡았다.

슈우욱!

'또 패스트볼인가?'

민우는 아래쪽 스트라이크존에 아슬아슬하게 걸치는 공에 눈을 번쩍이며 빠른 속도로 배트를 휘둘렀다.

탁!

'윽!'

민우는 공을 때려내는 순간 손이 울리는 느낌을 받고는 인상을 찡그리며 배트를 내던진 채 1루를 향해 내달리기 시작했다.

타다다닷!

민우가 때려낸 타구는 힘없이 내야를 타고 굴러 2루수의 글러브로 빨려 들어갔다.

민우는 끝까지 포기하지 않고 전력으로 내달렸지만 결국 1루 베이스를 두어 걸음 앞에 둔 채 아웃이 되고 말았다.

'분명 정확한 타이밍에 배트를 내밀었다고 생각했는데……'

1루 베이스를 지나 더그아웃으로 돌아가는 민우의 등을 1루 코치가 괜찮다는 듯 '툭' 하며 때렸다.

'도대체 어떻게 된 거지?'

"민우, 네 글러브."

민우가 고개를 들어보니 실베리오가 민우의 글러브까지 챙겨 나와 내밀고 있었다.

"아, 고마워."

"무슨 생각을 그렇게 해?"

"조금 전 아웃당한 거."

민우의 대답에 실베리오가 피식 웃으며 자신의 포지션인 우익수 방면으로 향했다.

"이제 겨우 첫 타석이잖아. 다음번에 두들겨 주면 되니까 너무 그렇게 신경 쓰지 말라고! 그러다가 수비에서 실수라도 하면 채프먼 감독님한테 찍힐지도 몰라!"

민우는 그런 실베리오의 말에 고개를 끄덕였다.

'그래, 생각은 나중에. 일단은 수비에서 실수가 없게 집중하자.'

3회 초, 메버릭스의 하위 타선은 파디야의 윽박지르는 투구에 기가 죽은 듯 무기력하게 물러섰고, 그 덕에 민우는 텅 빈 글러브를 주무를 수밖에 없었다.

3회 말, 식스티 식서스의 공격 역시 여전히 카스프릭의 공을 제대로 때려내지 못하는 모습을 보이며 삼자범퇴로 싱겁게 지나가 버렸다.

채프먼 감독은 파디야의 투구에 만족한 듯 했지만, 4회부터는 불펜 투수를 투입하기로 결정했다.

"파디야, 수고했네. 맷, 마틴을 준비시키게."

채프먼의 지시에 투수 코치인 맷이 물음을 던졌다.

"감독님. 마틴은 아직 제구력에 문제가 많습니다. 지고 있는 상황이 아니니 마틴보다는 라이언이 낫지 않을까요?"

마틴은 최고 구속 97마일(156km)의 빠른 공을 소유하고 있었으나 매 경기 불안한 제구력을 보이며 방어율이 6점대에 달하는 투수였다.

반면 라이언은 최고 구속 95마일(153km)에 칼날 같은 제구력이 더해져 식스티 식서스의 허리를 든든히 지켜주고 있는 투수로 현재 2점대 방어율을 유지하고 있었다.

이에 채프먼은 고개를 저으며 입을 열었다.

"아니. 패전 처리로 등판을 시키다 보면 저 새가슴은 절대로 고칠 수 없을 거야. 접전을 벌이고 있는 상황에 대한 경험을 많이 해봐야 성장할 수 있다는 건 자네도 잘 알지 않나. 그러니

다음 투수로 마틴을 올리게."

"알겠습니다."

채프먼의 단호한 지시에 맷은 더 이상 토를 달지 않은 채, 불펜을 향해 지시를 내렸다.

4회가 시작되며 공을 이어받은 마틴이 마운드에 올라섰다.

하지만 채프먼 감독의 기대와는 달리 마치 마틴의 등판만을 기다렸다는 듯 메버릭스의 타선에 불이 붙기 시작했다.

들쑥날쑥한 제구력에 마틴의 투구는 스트라이크와 볼의 뚜렷한 차이를 보였고, 메버릭스의 타자들은 빠지는 볼을 흘려내며 손쉽게 스트라이크존으로 들어오는 공에만 집중적으로 타격을 해내고 있었다.

마틴은 순식간에 연속 3안타를 때려 맞고 2실점을 하며 난조를 보였다.

덕분에 민우는 외야로 뻗어 나오는 타구를 쫓아 좌우를 가리지 않고 이리저리 바쁘게 뛰어다니고 있었다.

'이거 왠지 3이닝 동안 밀린 숙제 하는 기분인데.'

그리고 4회 초, 1아웃 주자 3루 상황.

다음 타자는 메버릭스의 5번 타자, 디아즈의 차례였다.

디아즈는 시즌 타율 0.291을 기록하고 있었는데, 최근 5경기에서 홈런 3방을 때려내며 자신의 존재감을 과시하고 있었다.

마틴의 눈에는 배터 박스에 들어서는 디아즈의 모습이 너무나도 거대해 보였다.

'젠장… 이번에 또 얻어맞으면 정말 위험하다고.'

마틴은 살짝 시선을 돌려 더그아웃을 바라봤다.

더그아웃에서는 채프먼 감독이 무표정한 얼굴로 입안 가득 풍선껌을 씹으며 마틴을 바라보고 있었다.

'마틴, 날 그런 눈으로 쳐다봐도 널 도와줄 수 없다.'

이마를 타고 흘러내리는 땀을 훔친 마틴은 다시 타석을 바라봤다.

마틴의 흔들리는 시선에 디아즈가 입꼬리를 씩 말아 올리는 모습이 보였다.

멘탈이 약한 선수들에게는 아주 잘 먹히는 도발이었고, 마틴은 보기 좋게 넘어가고 말았다.

'젠장, 얕보지 말라고!'

마틴의 모습이 몹시 불안해 보이자 포수인 델모니코는 양손을 벌려 아래로 내리는 제스처를 취한 뒤, 다리 사이로 손을 넣었다.

'차분하게. 초구는 스트라이크를 잡자고.'

사인을 받은 마틴은 고개를 끄덕인 뒤 글러브를 끌어 올렸다. 그리고 잠시 3루 주자를 견제하기 위해 눈으로 훑은 뒤 세트 포지션으로 빠르게 공을 뿌렸다.

슈우욱!

따악!

'헉!'

디아즈는 마치 이곳으로 던질 줄 알았다는 듯 낮은 쪽 스트라이크존에 공 반 개 정도 걸치는 마틴의 초구를 호쾌한 어퍼 스윙으로 걸어 올렸다.

크게 울려 퍼지는 타격음에 마틴은 심장이 철렁하는 느낌이었다.

―아! 디아즈 선수! 초구를 노렸습니다! 디아즈가 걸어낸 타구는 쭉쭉 뻗어 센터 방면으로 향합니다. 타구를 쫓아 강민우가 펜스를 향해 빠르게 달려갑니다.

민우가 디아즈의 타구를 눈으로 쫓으며 스타트를 끊는 순간.

띠링!

[돌발 퀘스트 발동―One Shot Two Kill! (0/5)]

―외야 플라이를 잡아내십시오.

―홈 송구로 3루 주자의 득점을 저지하십시오.

―성공 시 영구적으로 수비 +1, 송구 +1. 50포인트 지급.

―실패 시 일주일간 수비 ―3, 송구 ―3. 경기 종료 후 하루 동안 근육통 발생.

―본 퀘스트는 발생 횟수에 제한이 없습니다.

'퀘스트!'

그와 동시에 민우의 시야에 타구의 방향을 가리키는 초록색

화살표가 나타났고 민우는 펜스를 향해 뒤돌아 달리기 시작했다.

'홈에서 잡을 수 있을까?'

디아즈의 타구는 타격음과는 달리 마틴의 구위에 밀린 듯 약간 높은 포물선을 그리고 있었다.

빠른 발을 자랑하듯 어느덧 낙구 위치에 도달한 민우는 서너 걸음을 뒤로 물러선 뒤 홈 방향으로 달려 나갈 준비를 했다.

슈우우!

공이 점점 가까워지는 모습이 보이자 민우가 천천히 홈 방향으로 스타트를 끊었다.

팍!

세 걸음을 달려 나온 민우의 글러브에 공이 잡히며 전광판의 아웃 카운트가 두 개로 늘어났다.

'간다앗!'

공을 잡아낸 민우는 부드러우면서도 빠른 동작으로 글러브에서 공을 뽑아 팔을 뒤로 쭈욱 당겼다.

그리곤 홈을 향해 영점을 잡은 뒤 기합을 내지르며 온힘을 다해 공을 뿌렸다.

"하앗!"

쑤아아악!

민우의 괴성과 함께 손을 떠난 공이 그라운드를 가로지르며 바람을 가르는 소리를 뿜어댔다.

—3루 주자 태그 업! 동시에 강민우가 홈을 향해 엄청난 속도로 공을 뿌립니다! 빨랫줄 같은 송구! 홈에서 승부! 홈에서! 홈에서! 홈에서!!

해설진은 민우가 뿌린 송구를 눈으로 쫓으며 계속해서 흥분된 목소리를 내뱉고 있었다.

관중석에 자리한 홈 팬과 원정 팬들은 민우가 홈 플레이트를 향해 공을 뿌리는 모습에 모두 자리에서 일어났다.

그리고 모두가 한마음으로 날아가는 공을 바라봤다.

2루수의 키를 넘어서도 힘을 잃지 않은 송구가 포수의 글러브로 빨려 들어갔다.

3루 주자는 어느새 홈 플레이트를 목전에 두고 몸을 숙여 슬라이딩을 하고 있었다.

공을 포구한 포수는 홈 플레이트로 쇄도하는 3루 주자를 향해 글러브를 뻗었다.

거의 동시에 태그가 이루어진 상황.

포수와 주자는 같은 눈빛으로 주심을 바라보고 있었다.

이윽고 주심이 주먹을 쥔 손을 앞으로 휘두르며 외쳤다.

"아웃!!"

"좋아!!"

델모니코는 미트를 들어 올리며 환호성을 질렀고, 엎어져 있던 메버릭스의 주자는 고개를 푹 하며 떨구고 말았다.

─원더풀!! 정말 대단합니다!! 강민우의 손에서 발사된 레이저빔이 다이렉트로 홈에 도달합니다!!

─정말 '오 마이 갓'입니다! 저 먼 거리에서 노바운드로 엄청난 송구를 보여줬습니다!! 홈으로 쇄도하던 주자는 마치 공포에 질린 듯 일어설 힘조차 없어 보입니다!

"예에에에!!"

"나이스! 민우!"

"꺄아악~ 멋져!"

주심의 판단과 함께 홈 팬들과 원정 팬들의 희비가 엇갈렸다.

원정 팬들이 힘없이 자리에 주저앉으며 탄식을 내뱉은 반면, 홈 팬들은 경기장이 흔들리는 것이 아닐까 싶을 정도로 흥분에 가득 찬 함성을 내지르고 있었다.

"됐어!"

공을 뿌린 뒤 홈 플레이트를 주시하고 있던 민우 역시 환호성과 함께 허공에 주먹을 내지른 뒤, 더그아웃을 향해 달려갔다.

띠링!

[돌발 퀘스트 ─ One Shot Two Kill! (1/5) 결과]

─외야 플라이를 성공적으로 잡아냈습니다.

─빠르고 완벽한 홈 송구로 3루 주자의 득점을 저지해 냈습니다.

―퀘스트 성공 보상으로 영구적으로 수비 +1, 송구 +1이 상승합니다. 50포인트가 지급됩니다.

민우가 더그아웃에 들어서자 선수들이 환호성을 지르며 민우를 반겼다.

"민우 이 자식! 장난 아니잖아!"

"완전 멋졌어. 반할 뻔했다, 인마!"

"엎어져 있던 녀석 표정 봤어? 완전 썩어 있었다고! 하하!"

민우는 선수들 한 명 한 명과 하이파이브를 하며 입을 열었다.

"발이 느렸으니 망정이지, 아니었으면 못 잡았을 거야."

민우의 입에서 짐짓 겸손한 대답이 나오자 실베리오와 갤러거가 마치 못 볼 것을 본 듯한 표정을 지어 보였다.

"야. 그냥 그런 건 모른 척하고 그냥 잘난 체해도 되는 거야!"

"도대체 한국에서는 어떻게 했기에 애가 이런 반응이야?"

민우는 그들의 말에 씨익 웃어 보였다.

"그래그래. 다음부턴 그렇게 할게. 고맙다! 크크."

"민우 녀석. 어제는 홈런을 때려내더니, 오늘은 정말 멋진 홈 보살이네요. 수비에 자신감이 넘칩니다. 이거 스카우터가 진흙 속에서 진주를 찾아온 게 맞나 봅니다."

브렌트는 살짝 들뜬 표정을 지은 채 흥분된 목소리로 말을 내뱉고 있었다.

반면 나란히 서 있던 채프먼 감독은 브렌트의 말을 애써 한 귀로 흘려버렸다.

브렌트는 채프먼이 모든 것이 마음에 들지 않는 것처럼 굳은 얼굴을 펴지 않자 더 이상 말을 꺼내지 않았다.

오히려 브렌트의 옆에서 나란히 민우를 바라보고 있던 맷이 탐이 난다는 듯한 눈빛으로 입을 열었다.

"저 정도로 싱싱한 어깨라면 투수로 키워보는 것도 괜찮지 않을까요?"

예상치 못한 이야기에 그라운드를 바라보고 있던 브렌트의 고개가 부러질 듯 휙 하고 돌아갔다.

"뜬금없이 그게 무슨 소린가? 투수라니."

맷의 제안에 펄쩍 뛰며 반대하려던 브렌트는 맷의 표정에서 느껴지는 진지함에 냉정함을 되찾으며 물었고, 맷은 기다렸다는 듯 브렌트를 바라보며 입을 열었다.

"브렌트, 자네도 방금 보지 않았나. 조금 전의 홈 송구의 속도나 정확도는 아무나 보여줄 수 있는 게 아니야. 물론, 단 한 번의 송구로 단정 지으려는 건 아니네. 다만, 내 개인적인 식견에서 투수로서도 가능성이 보이는 것 같아서 하는 말이지. 그리고… 그 귀하다는 왼손잡이이기도 하고 말이야."

맷의 말에 브렌트가 혹하는 표정을 짓더니 이내 빠르게 고개를 저었다.

"아니, 내 생각은 다르네. 강한 어깨는 외야수에게도 큰 장점이 되지 않나. 한 시즌 정도는 지켜보고 결정해도 늦지 않다고 생각하네."

"그래. 자네 말대로 일단은 더 지켜봐야지."

브렌트의 단호한 말에 맷은 동의한다는 듯 고개를 끄덕여 보였지만 아쉬운 표정을 완전히 지우지는 못했다.

마운드에 오른 카스프릭은 여전히 빠른 공을 뿌리대며 식스티 식서스의 타자를 압도하고 있었다.

민우는 그 모습을 보며 첫 타석을 복기했다.

'분명 타이밍은 정확했어. 그런데도 스위트스폿에 맞지 않고 배트가 울렸어. 내가 착각한 걸까?'

"스트라이크 아웃!"

4회 말, 1번 타자인 부스는 첫 타석과 마찬가지로 또 하나의 삼진을 헌납한 뒤 더그아웃으로 돌아오고 있었다.

민우는 혹시나 하는 마음에 부스에게 다가갔다.

"부스!"

"응?"

부스는 민우의 부름에 무슨 일이냐는 표정을 지어 보였다.

"방금 전 카스프릭의 패스트볼 말이야. 뭔가 이상한 점은 없었어?"

"이상하다니?"

"사실 첫 타석에서 타이밍이 정확했다고 생각했는데 배트가 엄청 울리더라고. 스위트스폿에서도 어긋나고."

민우의 설명을 들은 부스는 피식 웃으며 한마디를 뱉었다.

"변형 패스트볼이야."

"변형 패스트볼?"

"그래. 음… 컷 패스트볼에 가깝다고 해야 하나?"

민우는 부스의 말에 '아!' 하는 표정을 지었다.

컷 패스트볼은 선수마다 쥐는 법이 제각각으로 알려져 있는 구종이다.

대체로 포심 패스트볼과 그립은 거의 동일하지만 공을 약간 비틀어 쥐고 공을 챌 때 중지에 힘을 좀 더 실어 던져서 홈 플레이트 근처에서 미세한 궤적의 변화를 주는 공이다.

우투수의 공을 기준으로 좌타자의 몸 쪽으로 휘어 들어가기에 타자가 배트 중심에 맞추기 어려움을 느끼며 배트를 자주 부러뜨려 커터라는 이름으로 불리기도 하는 구종이다.

패스트볼 구속과 3㎞ 내외의 차이를 보이고 홈 플레이트 근처에서 궤적이 변화하기 때문에 패스트볼과의 구분이 쉽지 않은 구종이기도 하다.

"한국에서는 저런 공을 던지는 투수가 없었나 보지?"

"그래. 난 이번에 처음 본 거야."

민우의 대답에 고개를 끄덕인 부스가 설명을 이어갔다.

"카스프릭의 포심 패스트볼은… 그래. 민우 너를 기준으로 안쪽으로 미세하게 휘어 들어오는 더러운 무브먼트를 보이거든."

부스의 설명이 이어지고 나서야 민우는 왜 자신의 배트가 울렸는지 이해할 수 있었다.

"고마워, 부스. 덕분에 하나 더 알아 가는군."

민우의 인사에 부스가 손을 휘휘 저었다.

"다 아는데 너만 모르는 거였는데 뭐. 지금이라도 알았으면 다음 타석에서 저 재수 없는 자식을 혼내주라고."

"오케이. 내가 네 몫까지 한 방 먹여줄게."

"그래. 부탁해~"

부스는 예의 여유 있는 몸짓으로 민우에게 손을 흔들었다.

민우는 그런 부스에게서 시선을 돌려 카스프릭을 바라봤다.

'듣기에는 간단하지만 대처하기는 쉽지 않을 거야.'

패스트볼과 거의 차이가 없는 구속에 미세한 변화를 일으키는 공을 구분해 내는 것은 결코 쉬운 일이 아니었다.

하지만 고민은 길지 않았고, 민우는 다짐하듯 주먹을 꽉 쥐었다.

'하지만 이곳은 싱글A야. 여기서 저 녀석의 공도 쳐 내지 못한다면 메이저리그는 당장에 때려치워야겠지.'

민우의 가슴속에 어느새 호승심이 스멀스멀 생겨나기 시작했다.

'그 공, 내가 때려내 주마.'

민우는 자신의 차례가 오기를 기다리며 식스티 식서스의의 타자를 상대하는 카스프릭의 공 하나하나를 주의 깊게 살펴보기 시작했다.

5회 말까지 식스티 식서스의 타선은 카스프릭의 공을 단 하나도 안타로 만들어내지 못했고, 어느새 6회 말이 되었다.

5회까지 퍼펙트를 기록하고 있다는 자신감 때문일까.

카스프릭은 6회 말이 되자, 다시금 여유 있는 발걸음으로 마운드로 올라서고 있었다.

채프먼은 그 모습이 마음에 들지 않는다는 듯 인상을 찌푸렸다.

'흠, 좋지 않아. 이번 이닝에서 타선이 조금이라도 살아나야 한다.'

카스프릭은 5회까지 투구 수가 50개에 불과할 정도로 아주 효율적인 피칭을 하고 있었다.

그 말인즉슨 식스티 식서스의 타선이 카스프릭의 구위에 눌려 속수무책으로 당하고 있다는 증거이기도 했다.

때문에 식스티 식서스의 타자들은 자신도 모르게 심리적으로 패배감이 젖어들고 있었다. 그것은 타석으로까지 이어져 무기력한 스윙을 보여주고 있었다.

'이번 이닝은 4, 5, 6번으로 이어지는 중심타선이다. 믿을 수밖에 없어. 이번에 하나 만들어줬으면 좋겠군.'

채프먼은 타석으로 향하는 팀의 4번 타자, 덴커를 바라봤다.

덴커는 지난 시즌 0.294의 타율과 11개의 홈런을 기록하며 식스티 식서스의 4번 타자 자리를 꿰찬 선수였다.

하지만 올 시즌은 무슨 이유인지 초반부터 저조한 타격감을 기록하며 타선의 무게감을 떨어뜨리고 있었고, 채프먼의 인내심에도 한계가 찾아오고 있는 상태였다.

'덴커, 이번에는 하나 때려낼 때도 되지 않았나. 내가 기다려 주는 것도 한계가 있다. 만약 네가 저 동양인 애송이였다면 팀에 너의 자리는 이미 없었을 거야.'

그런 채프먼의 바람에도 불구하고 덴커는 큼지막한 스윙을 연달아 세 번 보이고는 배트를 집어 던지며 더그아웃으로 돌아왔다.

그 모습에 채프먼이 답답하다는 듯 눈을 질끈 감고 말았다.

'아이고… 그래도 해치 녀석이라면……'

해치는 메이저리그 경험이 있는 베테랑 타자로 0.323의 시즌 타율을 보이고 있었다.

슈욱!

팡!

"스트라이크!"

해치는 신중한 표정으로 초구를 흘려보냈다.

민우는 대기 타석에서 카스프릭과 해치의 대결을 지켜보며 가상의 궤적을 그리고 타이밍을 맞춰보고 있었다.

'투심 패스트볼과 반대의 궤적을 그린다고 생각하면 될까?'

민우는 머릿속으로 자신이 경험한 포심과 투심의 궤적을 조합해 보았다. 그리고 그 궤적에 카스프릭의 포심 패스트볼을 넣어보곤 인상을 찌푸렸다.

'아니야. 카스프릭의 공은 투수의 손을 떠나며 궤적을 바꾸는 투심과는 또 다르다. 분명 공 끝이 변하는 거야.'

"스트라이크!"

해치는 빠지리라 생각하고 흘려보낸 공이 스트라이크 판정을 받자 미간을 찌푸린 뒤 배트를 다잡고 있었다.

슈욱!

"홉!"

두 개의 패스트볼을 허무하게 흘려보낸 해치가 3구째에 큰 기합 소리와 함께 배트를 크게 휘둘렀다.

틱!

하지만 그런 해치의 의도와는 다르게 카스프릭의 체인지업은 해치의 배트 밑동에 부딪히며 크게 바운드되어 튕겨졌다.

타탓!

그 타구를 여유 있는 스텝을 보이며 잡아챈 메버릭스의 3루수는 글러브에서 가볍게 공을 뽑아 1루를 향해 러닝 스로를 하며 해치를 잡아냈다.

"아웃!"

1루심의 아웃 판정과 함께 순식간에 아웃 카운트는 2아웃이 되어버렸다.

카스프릭은 송진 가루가 묻은 손을 '훅' 하고 불며 여전히 여유 있는 눈빛을 보이고 있었다.

'하아……'

5번 타자인 해치마저 3구 만에 3루수 앞 땅볼로 물러나자 채프먼은 6번 타자인 민우에게는 기대조차 하지 않는다는 듯 고개를 푹 숙여 버렸다.

대기 타석에서 고민을 마친 민우는 자신의 차례가 돌아오자 카스프릭을 노려보며 배터 박스로 들어섰다.

"강! 어제처럼 날려 버려!"
"메버릭스에게 완봉을 헌납하지 말라고!"
"민우! 민우! 민우!"
어제의 짜릿한 기억이 남아 있어서일까.
첫 타석에서 땅볼로 물러난 것은 잊어버린 듯, 관중석에서는 민우를 향한 기대에 찬 목소리가 터져 나오고 있었다.

―어제 멋진 역전 홈런을 날려낸 주인공. 강민우가 타석에 들어섭니다.
―마이너리그 데뷔 첫 타석에 날려낸 홈런이었죠? 그래서인지 팬들의 기대가 더더욱 커 보이는군요. 앞선 타석에서는 힘없는 2루수 앞 땅볼로 물러났습니다.
―땅볼로 물러난 것이 강민우에게 자극을 줬을까요? 타석으로 들어서는 강민우의 눈빛이 아주 매섭네요. 이번엔 지지 않겠다는 의지를 보이는 것 같습니다.

한껏 여유를 부리던 카스프릭은 따갑게 느껴지는 민우의 시선에 가소롭다는 듯 피식 웃어 보였다.
'노려보면 어쩌려고. 어제와 같은 홈런을 날릴 수 있다고 생각하는 건 아니겠지?'

민우는 그런 카스프릭의 여유를 꼭 무너뜨리리라 생각했다.

'방금 전까지 17번의 타석에서 초구 패스트볼로 스트라이크를 잡은 건 모두 14번이었지. 아주 공격적인 투구를 보이고 있어. 안타를 하나도 맞지 않았기 때문에 지금의 패턴을 유지할 확률이 높다.'

포수의 사인에 카스프릭이 고민 없이 고개를 끄덕이는 것을 본 민우는 확신을 가졌다.

'초구를 노린다.'

배트를 쥔 손에 힘을 준 민우가 몸을 흔들며 근육을 적당히 이완시켰다.

그와 동시에 와인드업 자세를 취한 카스프릭이 스트라이드를 내딛으며 빠르게 공을 뿌렸다.

슈우우욱!

카스프릭의 손을 떠난 야구공이 민우의 시야에 빠르게 다가오기 시작했다.

"흡!"

홈 플레이트로 날아오는 공의 궤적을 그려냄과 동시에 영점을 잡았다.

쑤아악!

그와 동시에 민우의 허리가 매섭게 시동을 걸었다. 뒤이어 탄력을 받고 따라 나온 배트는 홈 플레이트에 다다른 공을 강하게 때려냈다.

따아악!

'헉!'

자신이 뿌린 공을 여유 있게 바라보고 있던 카스프릭은 예상치 못한 거친 타격음에 속이 철렁함을 느끼며 놀란 표정을 지어 보였다.

—초구 타격! 우측으로 빠르게 뻗어가는 타구입니다. 우익수가 조금 늦은 스타트를 끊는군요.

민우가 때려낸 타구는 당겨 친 모양으로 우익수 방면을 향해 총알같이 뻗어나가기 시작했다.

동시에 중심을 잡은 민우가 배트를 내던지고 1루 베이스를 향해 빠르게 달려 나갔다.

타타타탓!

정상 위치에서 수비를 하고 있던 우익수가 뒤로 내달리며 노바운드 캐치를 시도하려는 듯한 모습을 보였다.

'이익!'

우익수가 몸을 날리며 있는 힘껏 뻗은 글러브에 민우의 타구가 빨려 들어갈 듯 보였다.

쉭!

그러나 민우가 마음먹고 당겨 친 타구에는 힘이 제대로 실려 있었고 그 속도와 휘는 각은 우익수의 예상을 뛰어넘을 정도로 거친 모습이었다.

결국 우익수의 시도에도 불구하고 민우의 타구는 아슬아슬한 타이밍으로 글러브를 스쳐 빗겨 나갔다.

"아, 안 돼!"

우익수의 절망스러운 외침을 뒤로한 채 타구는 펜스를 향해 굴러가기 시작했다.

"What the⋯⋯."

그 모습을 바라보고 있던 카스프릭이 양손을 들어 보이며 무슨 짓이냐는 듯한 제스처를 취해 보였다.

─오우! 아! 이런⋯⋯. 우익수가 노바운드 캐치를 시도합니다만 무리한 시도였습니다. 미끄러진 우익수를 뒤로한 채 펜스까지 굴러가는 타구! 뒤늦게 백업에 들어온 중견수가 타구를 잡으러 뛰어갑니다.

'좋아! 3루까지 가능해!'

빠른 속도로 1루를 돌아 2루를 향하며 타구를 바라보던 민우는 우익수가 타구를 놓치는 것을 발견했다.

그리곤 빠르게 목표를 3루로 변경한 뒤, 기어를 올리며 속도를 붙여 3루를 향해 내달리기 시작했다.

타타타탓!

─강민우는 이미 2루에 거의 도달해 있습니다! 어~ 강민우가 질주를 멈추지 않는군요! 기세를 몰아 3루를 향해 방향을 잡습니다!

"이익!!"

뒤늦게 메버릭스의 중견수가 공을 뿌려보았지만 민우는 3루에 서서 들어갈 정도로 여유가 있는 모습이었다.

중견수가 뿌린 공을 중간에서 커트해 낸 2루수가 3루를 향해 공을 차마 뿌리지도 못한 채 허탈한 표정으로 민우를 바라보고 있었다.

─빠른 판단 덕분에 너무나도 여유 있게 3루에 도달합니다! 강민우가 우익수의 판단 미스를 틈타 3루타를 만들어내며 카스프릭의 퍼펙트 행진을 저지합니다!

─2루타로 막을 수 있었을 타구가 3루타로 늘어나며 순식간에 실점 위기를 맞습니다. 카스프릭의 멘탈에 충격이 없지 않겠습니다.

─예. 그렇습니다. 말씀하신 것과 동시에 메버릭스가 만일의 상황에 대비하기 위해 빠르게 불펜진을 가동시키는 모습이 보이고 있습니다.

민우의 3루타로 인해 상황은 순식간에 6회말 2아웃 주자 3루가 되었다. 다음 타자가 단타 하나만 때려내도 바로 득점을 할 수 있는 찬스 상황이었다.

카스프릭의 호투에 침체되어 있던 홈 팬들과 더그아웃의 분위기도 찬스 상황에 덩달아 살아나기 시작했다.

"와아아!"

"민우 캉! 민우 캉!"

"나이스 민우!"

"홈런 다음은 3루타냐! 와하하!"

더그아웃의 난간에 기댄 채 민우를 바라보고 있던 채프먼은 3루에 도달한 민우의 모습에 믿을 수 없다는 표정을 짓고 있었다.

'때려냈다고? 다른 녀석들도 제대로 때려내지 못했던 카스프릭의 공을? 말도 안 돼.'

채프먼은 그저 브렌트가 자신의 판단이 틀렸다는 것을 깨닫게 하기 위해 일부러 민우를 선발 출장을 시킨 것이었다.

그런데 민우가 전날 대타 홈런에 이어 오늘은 3루타까지 때려냈다. 상황이 자신의 의도와는 다르게 돌아가자 묘한 위화감을 느끼고 있었다.

채프먼과는 달리 브렌트는 민우의 활약에 기뻤지만, 한편으론 오늘 경기에서 처음으로 맞이한 득점 기회이기에 냉정하게 상황을 바라보며 다음 상황을 계산하고 있었다.

'3루타 하나로 분위기가 넘어왔다. 수비 실책으로 흔들릴 타이밍이야. 하지만 2아웃 상황, 지금 찬스에 몰아붙여야 한다. 카스프릭을 강판시킬 수 있다면 더 좋겠지.'

브렌트는 기대에 찬 눈빛으로 타석에 들어서는 실베리오를 바라봤다.

실베리오의 시즌 타율은 2할 중반대를 기록하고 있었지만,

카스프릭과의 상대 전적은 10타수 5안타로 시즌 타율을 크게 상회하는 모습을 보이고 있었다.

어느새 정신을 가다듬은 채프먼도 상황을 확인하고는 3루에 있던 코치를 향해 손바닥과 팔, 가슴, 코를 매만지며 작전을 지시했다.

코치는 가볍게 고개를 끄덕인 뒤, 타석에 들어선 실베리오에게 사인을 보냈다.

'분명 유인구가 많을 것이다. 스트라이크존을 좁혀서 패스트볼을 노려라.'

실베리오가 사인을 받고 고개를 끄덕여 보였다.

3루에서 그 모습을 바라보던 민우 역시 깨달았다는 듯 고개를 끄덕였다.

'그렇군. 2아웃 3루 상황에선 단타만 나와도 실점이니까 굳이 주자를 신경 쓸 필요가 없다는 거군. 최대한 유인구로 가져가다가 안 되면 거르고 다음 타자와 승부하면 되니까.'

여기에 민우가 아직 깨닫지 못한 것이 하나 더 있다면, 후속 타자의 기록에 따라 그 패턴도 달라질 수 있다는 것이었다.

민우는 혹시나 유인구가 뒤로 흐를 경우 홈 쇄도를 할 모양으로 리드 폭을 평소보다 조금 더 크게 잡아보였다.

'카스프릭의 신경을 살살 건드려 볼까.'

카스프릭은 3루타를 맞은 것에 멘탈에 금이 간 마당에 민우가 3루에서 알짱대는 모습이 자꾸 눈에 들어와 심기가 불편했다.

'안 그래도 거슬리는데 저 자식이… 설마 아까 작전이 스퀴즈 사인은 아니겠지?'

카스프릭의 뇌리에 과거 실베리오에게 스퀴즈 번트로 내야 안타를 허용했던 기억이 떠올랐다.

'아니야. 2아웃에 번트를 대는 멍청한 짓을 할 리가 없어.'

브렌트는 흥분을 진정시키려는 듯 잠시 발을 풀며 수비수들을 둘러보았다.

그런 카스프릭의 모습을 보던 실베리오는 속으로 웃음을 보였다.

'훗. 민우에게 안타를 맞은 게 충격이 컸나 보군. 어디, 신경을 좀 긁어볼까?'

이윽고 카스프릭이 마운드에 다시 자리를 잡고는 빠르게 공을 뿌렸다.

슈우욱!

카스프릭이 손에서 공을 놓는 순간 실베리오는 빠른 동작으로 페이크 번트 모션을 취해 보였다.

그러자 1루수와 3루수가 예상치도 못했다는 듯 깜짝 놀라며 앞으로 튀어나오려는 몸짓을 보였다.

'어? 뭐야 갑자기?'

민우 역시 속으로 깜짝 놀라며 홈으로 쇄도하려는 동작을 보였다.

팡!

"볼."

카스프릭의 초구는 낮은 쪽으로 떨어지는 슬라이더였다.

누가 봐도 너무도 티 나는 유인구였다.

─아~ 2아웃인데 이게 무슨 일이죠? 실베리오가 번트 모션을 취해 보입니다.

─3루 코치가 바삐 움직이던데, 허를 찌르는 스퀴즈 번트 작전이라도 시도하려던 걸까요?

민우가 움찔하는 모습을 본 3루 코치가 슬며시 다가와 귓속말을 건넸다.

'페이크 번트니까 걱정 마.'

그제야 민우가 안심하며 속으로 한탄 섞인 말을 내뱉었다.

'에이 씨. 깜짝 놀랐잖아. 안타 못 치면 한 대 때려줄 테다.'

그런 민우의 속을 모르는 실베리오는 카스프릭이 던진 공에 대해 생각하고 있었다.

'처음으로 슬라이더를 던졌군.'

카스프릭은 실베리오의 번트 모션을 보고는 긴장한 표정이 역력했다.

'저 자식. 도대체 무슨 생각인 거야?'

애써 진정시켰던 가슴이 실베리오의 도발에 다시금 빠르게 두근거리고 있었다.

실베리오는 카스프릭의 그 모습이 웃긴 듯 '풉' 하고 가볍게 웃어 보였다.

'흔들기에는 스퀴즈 번트만 한 게 없지. 자, 이제 콧구멍을 보자!'

실베리오는 자연스럽게 배트를 다잡고는 카스프릭의 콧구멍에 시선을 주며 공을 뿌리기만을 기다리고 있었다.

포수와 사인을 교환한 카스프릭이 민우를 힐끗 바라보고는 글러브에 넣은 손을 이리저리 굴리고 있었다.

그리고.

벌렁.

카스프릭의 콧구멍이 움찔거렸다.

'체인지업!'

실베리오가 체인지업에 온몸의 신경을 집중함과 동시에 카스프릭이 세트포지션으로 공을 뿌렸다.

슈우우욱!

'어?'

카스프릭은 체인지업을 던지는 순간 실베리오의 눈빛을 바라봤고 그 순간 무언가 잘못되었다는 느낌을 강하게 받았다.

하지만 이미 공은 손을 떠난 상태였고, 홈 플레이트에 쪼그려 앉아 있는 포수의 글러브를 향해 날아가고 있었다.

동시에 실베리오는 입꼬리를 씨익 말아 올린 채 스트라이드를 강하게 내디디며 배트를 크게 휘둘렀다.

따악!

'안 돼!'

실베리오의 웃음기 띤 얼굴을 보는 순간 카스프릭은 아차 싶었으나 이미 늦은 후회였다.

실베리오는 손을 타고 느껴지는 부드러운 울림에 배트를 가볍게 던지고는 천천히 베이스를 돌기 시작했다.

—실베리오! 벼락같은 스윙으로 카스프릭의 2구를 때려냅니다. 높이 뜨는 센터 방면 플라이 볼!

민우는 홈 플레이트를 향해 느릿하게 발걸음을 옮기며 실베리오의 타구를 눈으로 쫓았다.

'체인지업을 제대로 때려냈어.'

정확한 타이밍에 때려낸 듯 실베리오의 타구는 높이 솟아오르면서도 힘을 잃지 않고 센터 방면으로 계속 날아가고 있었다.

타구를 쫓아 워닝 트랙을 향해 내달리던 메버릭스의 중견수는 펜스가 눈앞에 가까워지자 몸을 돌려 그대로 등을 기댄 채양팔을 늘어뜨리고는 멈춰 설 수밖에 없었다.

이윽고 펜스까지 날아온 타구가 그의 시야에 잡혔지만 도저히 잡을 수 없다고 판단하고는 고개를 푹 숙이고 말았다.

—좋습니다! 좋아요! 깊은 센터 펜스를 향해 날아갑니다! 워닝 트랙을 지나서… 홈런! 홈런입니다!

—센터 펜스를 넘기는 환상적인 홈런이 나왔습니다! 실베리오의 홈런으로 식스티 식서스가 메버릭스와의 균형을 맞추고

있습니다! 스코어 2 대 2 동점입니다.

자리에서 벌떡 일어난 채 타구를 쫓아 고개를 돌려 바라보던 홈 팬들은 타구가 펜스를 넘어가며 홈런이 되자 일제히 환호성을 내질렀다.

"와아아아!!"

"홈런이야!!"

"나이스 실베리오!!"

홈 플레이트 근처에서 실베리오를 기다리고 있던 민우는 실베리오가 홈 플레이트를 밟자마자 하이파이브를 하며 한마디를 던졌다.

"실베리오, 엄청난 홈런이잖아! 체인지업을 던질 줄 알고 있었어? 혹시 콧구멍을 벌렁거린 거야?"

민우가 물음을 던지며 콧구멍을 벌렁거리자 더그아웃으로 향하던 실베리오가 웃음을 터뜨리며 대답했다.

"푸핫! 맞아. 콧구멍을 보고 노리고 친 거야."

"뭐? 진짜야? 푸하핫!"

민우는 반신반의하던 '콧구멍=체인지업' 공식이 사실로 드러나자 웃음을 터뜨리고 말았다.

'농담일 거라고 생각했는데, 그게 진짜였다니.'

실베리오에 이어 민우가 더그아웃에 들어서자 선수들이 다가오며 하이파이브를 건넸다.

"예에~"

"잘했어 민우!"

"멋진 3루타였어."

"고마워!"

선수들과 빠르게 하이파이브를 나눈 민우는 몇 걸음 떨어진 곳에서 작당 모의 하듯 자신을 쳐다보는 덴커와 눈이 마주쳤다.

'훗! 봤느냐 이 몸의 대활약을!'

민우는 순간 무슨 생각인지 손에 배트를 쥐고 크게 휘두른 뒤 멀리 내다보는 모습을 과장되게 흉내 냈다.

마치 나는 3루타를 때려냈는데 너는 무엇을 했냐고 뽐내는 듯한 모습이었다.

그 모습에 덴커는 분한지 주먹을 쥔 손을 파르르 떨더니 애꿎은 음료수 컵을 던지며 화풀이를 하고는 몸을 돌려 버렸다.

'흥. 나도 어디서 실력으로 꿀리진 않는다고! 앞으로 내 앞에서 기도 못 펴게 만들어줄 테다. 너도, 채프먼도!'

민우가 각오를 다지는 사이 카스프릭은 연속 안타를 허용하며 계속해서 흔들리는 모습을 보이고 있었다.

그리고 1번 타자인 부스에게 풀카운트까지 가는 접전 끝에 2루타를 허용하며 완전히 무너지고 말았다.

카스프릭이 6회 말 2아웃 이후 3루타—홈런—안타—안타—2루타를 허용하며 무너지는 모습을 보이자 결국 메버릭스의 감독이 마운드에 올라 카스프릭을 강판시켰다.

이후 등판한 불펜 투수가 가볍게 아웃 카운트를 잡아내며 이닝이 종료되었지만, 이미 식스티 식서스가 4 대 2로 역전하며 분위기는 식스티 식서스 쪽으로 거의 넘어온 상태였다.

이후 민우는 8회 말, 한 타석에 더 들어서 1타점 희생플라이를 때렸고, 경기는 5 대 2로 인랜드 엠파이어의 승리로 마무리되었다.

민우는 오늘 경기에서 최종적으로 3타석 2타수 1안타(3루타) 1득점 1타점을 기록하였고, 시즌 타율은 0.667이 되었다.

경기가 끝난 뒤, 라커룸에는 선수들이 흘린 시큼한 땀 냄새가 진동하고 있었다.

그중 유니폼 이곳저곳이 흙으로 범벅이 된 팀의 주장, 해치가 마무리 인사를 전했다.

"다들 오늘도 고생했다. 특히 추격과 역전의 발판을 마련한 민우의 3루타와 실베리오의 홈런을 높이 산다."

해치가 말을 멈추며 민우를 바라보며 미소를 지어 보였다.

"자, 그럼 내일도 우승을 목표로 달려보자!"

"오우!"

"우승과 승격을 동시에!"

해치가 공동의 목표를 재차 일깨우며 마무리 인사를 끝내자 선수들이 기합을 내지르거나 손을 들어 올리는 등 각자의 방법으로 화답했다.

쾅!

그때, 라커룸의 문이 거칠게 열리는 소리와 함께 채프먼 감독이 라커룸으로 들어섰다.

"우승이라도 했나? 뭐가 이리 소란스러워!"

들어서자마자 일갈을 날리는 채프먼의 모습에 라커룸에 순간 정적이 흘렀다.

무엇이 마음에 들지 않는 지 채프먼은 연신 인상을 쓴 채였다.

"이런 가벼운 분위기이니 6회까지 퍼펙트로 끌려갔던 게 아니겠나. 다들 정신들 똑바로 차려라. 특히, 덴커!"

채프먼의 호통에 급격히 경직된 선수들 사이에서 덴커가 천천히 일어섰다.

"예, 감독님."

채프먼은 덴커의 모습을 보더니 더욱 인상을 찌푸렸다.

"너는 팀의 4번 타자라는 녀석이 제대로 해낼 생각이 없는 건가? 이제 갓 팀에 합류한 저 애송이도 3루타를 때려냈는데, 너는 도대체 뭘 하고 있는 거지? 삼진 3개? 프로로서의 자부심은 있는 건가?"

채프먼이 차갑게 빛나는 눈으로 덴커를 노려본 채로 손을 들어 민우를 가리켰다.

덴커를 포함한 모든 선수들의 시선이 일순 민우에게로 몰렸다가 다시 채프먼과 덴커에게로 향했다.

덴커가 아무런 대답도 하지 않자 그조차 마음에 들지 않는다는 듯, 채프먼은 인상을 쓴 채 등을 돌려 걸음을 옮기며 쓴소리를 내뱉었다.

"4번 타자 자리를 빼앗기고 싶지 않다면 그 자리에 걸맞은 성적을 보여라!"

쿵.

문이 닫히는 소리와 함께 채프먼의 발소리가 멀어졌지만 얼어붙은 라커룸의 분위기는 쉬이 가라앉지 않았다.

"자자. 감독님 화난 거 다들 봤지? 내일은 이런 일 없게 다들 분발하자고! 해산, 해산!"

분위기를 녹여보려는 듯 소란을 떠는 해치의 모습에 선수들도 애써 웃음을 보이고는 하나둘 샤워실로 향했다.

툭툭!

"덴커, 감독님이 다 널 챙겨서 그러는 거니까 너무 상심하지는 마라."

해치는 자신의 본분을 다하듯 덴커의 어깨를 두드리며 위로의 말을 던지고는 샤워실로 발걸음을 옮겼다.

그때까지 자리에 앉은 채 아무런 말이 없던 덴커의 주먹이 부서질 듯 쥐어져 있다는 건 아무도 눈치채지 못했다.

타닥!

타다닥!

이곳저곳에서 키보드를 두드리는 소리가 정신없이 들려오는 사무실.

탁!

머리를 위로 말아 올려 시원하게 드러난 새하얀 목선이 아름다운 여성이 키보드를 두드리다 멈칫했다.

놀란 표정으로 다시 한 번 무언가를 확인하듯 키보드를 두

드린 여성은 설마가 사실이 되자 안경을 벗고는 벙한 표정을 지었다.

"강민우 선수의 이름이… 없어졌네?"

그녀가 바라보고 있는 화면에는 LC트윈스의 선수 목록이 띄워져 있었다.

분명 마지막으로 확인했을 때만 하더라도 '강민우'라는 이름 위에 날렵한 턱선을 가진 인물이 분명히 존재하고 있던 것이 기억에 남아 있었다.

그런데 지금은 몇 번을 새로 고침을 해보아도 그의 이름을 찾아볼 수가 없었다.

그녀는 얼마 전 자신이 썼던 기사를 떠올렸다.

'사이클링 히트를 아깝게 놓쳤지만 꽤 인상 깊은 활약을 보였던 선수였는데……. 속사정도 꽤나 어두웠지.'

그녀는 약 한 달 전에 민우에 대한 기사를 썼던 기자, 이아름이었다.

처음엔 자신 외엔 아무도 그에게 관심을 가지지 않았기에 그가 좋은 성적을 낼수록 자신만의 보물이라도 찾은 것처럼 벅찬 느낌을 받았다. 후에 자신의 안목을 증명하는 기사가 되리라 생각했었다.

하지만 기사를 내보낸 후에 더 알아본 결과, 그의 아버지가 2군 생활을 전전하다 은퇴했고, 그 자신도 부상으로 야구계를 떠났다가 우연한 계기로 복귀했다는 사실을 알게 되었다.

그때부터 아름은 민우를 향한 안쓰러운 마음이 생기며 나름의 애정을 가지고 종종 그의 기록을 찾아보고 있었다.

최근 한 달 사이 취재를 다니느라 잠시 그에 대한 기억을 저편에 미뤄두고 있었기에, 무슨 일이 벌어졌는지 빠르게 알지 못했던 것이다.

'내가 마지막으로 찾아봤던 날의 기록이 마지막이야. 그사이 무슨 일이라도 있었던 건가? 부상인가?'

사실을 알기 위해 구단 홈페이지를 이리저리 뒤져 보고, 혹시나 다른 기사가 있는지 검색을 해보았지만 무엇 하나 나오는 것이 없었다.

'나 말고는 아무도 기사를 쓰지 않았었으니 당연한 건가. 후… 이번 기사만 처리되면 직접 알아보자.'

머릿속으로 생각을 정리한 아름은 벗어두었던 안경을 다시 고쳐 쓰고는 빠르게 키보드를 두드리기 시작했다.

『메이저리거』 3권에 계속…

초대형 24시 만화방

신간 100%, 샤워실, 흡연실, 수면실(침대석), 커플석, 세탁기 완비

▪ 강북 노원역점 ▪

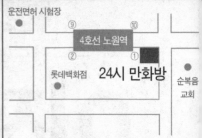

서울 노원구 상계동 340-6 노원역 1번 출구 앞 3층
02) 951-8324 (화용빌딩 3층)

▪ 일산 정발산역점 ▪

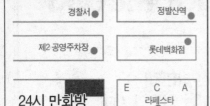

라페스타 E동 건너편 먹자골목 내 객잔건물 5층
031) 914-1957

▪ 일산 화정역점 ▪

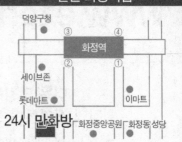

경기도 고양시 덕양구 화정동 984번지 서일빌딩 7층
031) 979-4874 (서일사우나 건물 7층)

▪ 부천 역곡역점 ▪

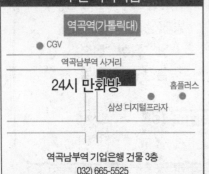

역곡남부역 기업은행 건물 3층
032) 665-5525

▪ 부평역점 ▪

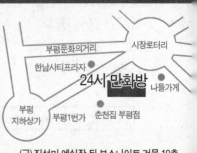

(구)진선미 예식장 뒤 보스나이트 건물 10층
032) 522-2871

먹운 장편 소설

FUSION FANTASTIC STORY

전광

삼국지

2세기 말 중국 대륙.
역사상 가장 치열했던 쟁패(爭覇)의
시기가 열린다!

중국 고대문학을 공부하던 전도형,
술 마시고 일어나니 도겸의 둘째 아들이 되었다?

조조는 아비의 원수를 갚으려 쳐들어오고
유비는 서주를 빼앗으려 기회만 노리는데……

"역시 옛사람들은 순수하다니까.
　유비가 어설픈 연기로도 성공한 데는 다 이유가 있지, 암."

**때로는 군자처럼, 때로는 효웅처럼!
도형이 보여주는 난세를 살아가는 법!**

Book Publishing CHUNGEORAM

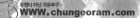

유행이 아닌 자유추구 -
WWW.chungeoram.com

이경영 판타지 장편소설

FANTASY FRONTIER SPIRIT

그라니트

용들의 땅

GRANITE

사고로 위장된 사건에 의해 동료를 모두 잃고 서로를 만나게 된 '치프'와 '데스디아'.
사건의 이면에 상식을 벗어난 음모가 있음을 알게 된 둘은
동료들의 죽음을 가슴에 새긴 채 각자의 고향으로 돌아간다.
2년 후, 뜻하지 않게 다시 만난 두 사람은 동료들의 복수를 위해
개척용역회사 '그라니트 용역'을 설립해 다시금 그 땅을 찾게 되는데……

용들이 지배하는 땅 그라니트!
그곳에서 펼쳐지는 고대로부터 이어지는 운명적 만남,
깊어지는 오해, 그리고 채워지는 상처.

『가즈 나이트』시리즈 이경영 작가의 미래형 판타지 신작!

Book Publishing CHUNGEORAM

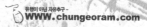
유행이 아닌 자유추구 -
WWW.chungeoram.com